CATHERINE SIMON

Falsche Austern

GOLDMANN
Lesen erleben

Catherine Simon

Falsche Austern

Der vierte Fall
für Kommissar Leblanc

GOLDMANN

Dieses Buch ist auch als E-Book erhältlich.

MIX
Papier aus verantwortungsvollen Quellen
FSC® C014496
FSC www.fsc.org

Verlagsgruppe Random House FSC® N001967

1. Auflage
Originalausgabe Februar 2018

Neumarkter Str. 28, 81673 München
Umschlaggestaltung: UNO Werbeagentur, München
Umschlagmotiv: © Gettyimages/© Dado Daniela
Umschlaginnenseiten: Udo Bernhart/Huber Images
Redaktion: Regina Carstensen
BH · Herstellung: kw
Satz: Vornehm Mediengestaltung GmbH, München
Druck und Bindung: GGP Media GmbH, Pößneck
Printed in Germany
ISBN 978-3-442-48553-6
www.goldmann-verlag.de

Besuchen Sie den Goldmann Verlag im Netz

Für meine Freundin Lydie
Pour mon amie Lydie

EINS

Albert Barat hatte schlecht geschlafen. Seit Tagen marterten ihn quälende Gedanken. Wie ein ständig sich abspulender Film tauchte eine Szene in Endlosschleife in seinem Kopf auf. Sobald er sich abzulenken versuchte, ergriffen die Bilder von ihm Besitz, Bilder, die er längst vergessen zu haben glaubte. Bei der Arbeit oder beim Essen mit der Familie überfielen sie ihn wie ein böses Insekt, das sich nicht abschütteln ließ und einen Giftstachel in sein Fleisch bohrte. Noch schlimmer war: Er hatte Angst, zum ersten Mal in seinem Leben hatte er furchtbare Angst und das Gefühl, verfolgt zu werden. Ich drehe noch durch, wenn das so weitergeht, dachte Barat, ich werde zu einem Psychopathen, der alle zwei Minuten kontrolliert, ob jemand hinter ihm her ist. Ich muss damit aufhören und zur Normalität zurückfinden. Aber wie? Albert Barat fühlte sich wie ein Gefangener in einer ausweglosen Situation. Was sollte er tun? An wen sich wenden?

Vorgestern hatte er seinen Freund Xavier angerufen, ihn jedoch nicht erreicht. Im Nachhinein dachte er: besser so. Als Anwalt hätte Xavier ihm geraten, juristische Schritte einzuleiten. Und das wäre keine Lösung für sein Problem und würde ihm die Angst nicht nehmen. Gestern war er nahe daran gewesen, sich Laure anzuvertrauen, hatte das Vorhaben aber wieder verworfen. Seine Frau wäre beunruhigt gewesen und hätte ihm doch nicht helfen können.

Die Leuchtziffern des Weckers zeigten sechs Uhr fünfzehn an. Es war noch dunkel, aber der durch die offenen Jalousien zu erkennende Himmel verhieß Morgendämmerung. Laure lag zusammengerollt auf der linken Seite. Ihr regelmäßiger Atem ließ darauf schließen, dass sie tief schlief. Es war Sonntag, was für Albert, Laure und die Kinder bedeutete, sie mussten nicht wie gewöhnlich um sechs Uhr dreißig aufstehen. Als Kunsthistoriker leitete Albert Barat zwei Museen, das Kunstmuseum in Le Havre und das kleinere Museum Eugène Boudin in Honfleur. Mehr Zeit verbrachte er in Le Havre, achtete aber darauf, dass das Museum in Honfleur nicht benachteiligt wurde. Normalerweise genoss Barat die Morgenstunden am Sonntag, wenn er sich noch einmal umdrehen und in einen Halbschlaf hineindämmern konnte. Heute nicht. Er schlug die Bettdecke zur Seite und setzte seine Füße auf den Dielenboden. Als er auf der Bettkante saß und sich mit den Händen durch die dichten schwarzen Haare fuhr, erwachte Laure und drehte sich zu ihm um. Er hatte die Tiefe ihres Schlafes überschätzt. Leise murmelte sie:

»Wie spät ist es?«

»Viertel nach sechs«, antwortete er, »schlaf weiter.«

»Wieso stehst du schon auf?«

»Ich geh aufs Boot.«

»Hm«, brummte sie zum Zeichen, dass sie verstanden hatte, und drehte sich auf die andere Seite.

Barat erhob sich, griff sich Jeans, Pullover und Unterwäsche, die er am Abend zuvor auf einem Stuhl abgelegt hatte, verließ das Schlafzimmer und ging über den Flur ins Bad. Dort zog er sich an. Der Spiegel warf ihm ein blasses, zerfurchtes Gesicht mit dunklen Augenringen entgegen. Lange würde er seinen aufgewühlten Zustand nicht mehr verheimlichen können, zumindest vor Laure nicht. Es kam ihm vor, als hätte sie ihn in den letzten Tagen mehrmals besorgt angesehen, aber nicht den Mut oder den richtigen Zeitpunkt gefunden, ihn nach dem Grund zu fragen.

Leise stieg Barat die Treppe hinab. Die beiden Jungen, der vierzehnjährige Édouard und der zwölfjährige Edgar, schliefen noch.

Innerhalb der nächsten Stunde würden sie mit der geballten Energie von Heranwachsenden in die Küche stürmen. Vor drei Jahren, als er den Posten als Museumsleiter angenommen hatte, war die ganze Familie mit Ausnahme seines ältesten Sohns von Paris nach Honfleur gezogen. Zugleich war, ein weiterer Glücksfall, Laures Bewerbung am Gymnasium in Honfleur erfolgreich gewesen, sie unterrichtete Philosophie, französische Literatur und Kunst. Deshalb hatten sie beschlossen, nicht in Le Havre zu wohnen, sondern auf dem Land, wie Laure sagte, und sie hatten dieses Haus im Chemin du Buquet gekauft, ein wenig oberhalb der Stadt im Grünen. Es hatte ein halbes Jahr gedauert, bis es so umgebaut war, dass es ihnen gefiel, im Erdgeschoss ein großes Wohnzimmer mit offener Küche und Essbereich, im ersten Stock die Schlafzimmer, im zweiten Stock vier weitere Räume, die sie zum Arbeiten und zur Unterbringung von Gästen nutzten. Ihr ältester Sohn Julien besuchte nach dem Abitur eine Vorbereitungsklasse in Paris, um an der École Normale Supérieure, einer der angesehensten Eliteuniversitäten, studieren zu können. Sein Ziel war es, in die Fußstapfen seines Großvaters zu treten und ein bedeutender Historiker zu werden. Der siebzehnjährige Julien, der auch den Namen seines Großvaters trug, lebte in Paris im Haus von Alberts Schwester und ihrer Familie.

Die Gedanken an die Kinder ließen Barat seine bedrohliche Lage für einen Moment vergessen. Aber als ihm bewusst wurde, was sich da in seinem Kopf verschob, zerbröselte die Konzentration auf seine Kinder, und das Dahinterliegende trat umso stärker hervor. Wieder die Panik, wieder die Angst.

Ein paar Stunden Ruhe und Ablenkung, dachte Albert, dann kann ich auch wieder klar denken und überlegen, was zu tun ist. Auf dem Meer fühle ich mich sicher.

Er würde mit seinem Segelboot rausfahren, einen kleinen Törn die Küste entlang unternehmen. Das Wetter war günstig, goldene Herbsttage, morgens leichter Nebel, den im Lauf des Vormittags ein milder Wind zerstreute, um einen strahlenden Azurhimmel freizugeben – das Hochdruckgebiet hielt schon die ganze Woche an und sollte sich, nach der Wettervorhersage, auch heute nicht ändern. Ideal zum Segeln. Schon sein Vater war ein passionierter Segler gewesen und hatte Albert als Kind regelmäßig mitgenommen. Die Ferien hatten sie auf Jachten am Mittelmeer oder an der Kanalküste verbracht. Seine Mutter hatte diese Leidenschaft nicht geteilt und es bevorzugt, am sicheren Land zu bleiben, wo sie sich die Zeit mit Bridgeturnieren vertrieb. Der Umzug nach Honfleur hatte Barat dazu verleitet, sich ein eigenes Segelboot anzuschaffen. Er musste nicht lange warten, bis ihm jemand ein gebrauchtes verkaufte, ein zwölf Meter langer Langkieler mit Motor und einer kleinen Kajüte, ausgestattet mit zwei Schlafplätzen, Küche und Minibad. Er hatte ihm den Namen seiner Frau gegeben, *Laure.*

Barat stellte die Kaffeemaschine an und füllte die braune Flüssigkeit aus der gläsernen Kanne in eine Thermoskanne. Neben der Spüle stand eine Plastiktüte auf dem Boden, sie enthielt die Austernschalen vom gestrigen Abendessen. Er würde sie mitnehmen und in die Mülltonne werfen.

Es war Austernzeit. Am Wochenende überschwemmten Tagestouristen die Stadt. An den Ständen am Hafen konnte man frische Austern kaufen, und auf Schildern warben die Bistros mit »Fine de claire« oder der begehrten größeren »Pied de cheval«. Im Grunde war die Regel, nach der Austern im Sommer nicht verzehrt werden sollten, längst überholt. Die genmanipulierten Schalentiere wurden nicht mehr geschlechtsreif und waren daher das ganze Jahr über genießbar. Trotzdem begann für viele Franzosen die Austernsaison im September, man hielt auf Tradition.

Barat steckte die Thermoskanne in seinen Rucksack. Auf ein Blatt Papier, das er aus der Küchenschrankschublade gezogen hatte, schrieb er: »Bin segeln, zum Mittagessen zurück. A.« Er kontrollierte, ob er Schlüsselbund und Handy dabeihatte, zog die Segeljacke über, griff den Müllbeutel mit den Austernschalen und verließ das Haus.

Die Uhr zeigte inzwischen Viertel vor sieben, Dunkelheit und Nebelschwaden hüllten den Frühaufsteher ein. Reflexhaft blickte Barat sich um, nach rechts, nach links. Niemand zu sehen, alles still. Zu seinen Füßen lag das Städtchen Honfleur wie eine ausgestreckte schlafende Katze. Er lief die Rue Charrière Saint-Léonard hinunter, bog links in die Rue Saint-Léonard ein, dann wieder rechts, bis er zum alten Hafenbecken kam. Nicht, dass er sich in Sicherheit gewiegt hätte, aber sein Atem wurde ruhiger, als er die Segelboote und Jachten an der Mole vertäut liegen sah. Seine *Laure* war allerdings nicht dabei. Barat hatte einen Platz außerhalb des Hafenbeckens bekommen, an dem Wasserarm, der direkt aufs Meer führte. Ein großer Vorteil, denn die Zugbrücke, die den Innenhafen mit dem Wasserarm verband, öffnete sich nur einmal in der Stunde, um Boote hinein- oder hinauszulassen. In der Rue du Dauphin betrat er den einzigen Bäckerladen, der am Sonntag um sieben öffnete. Er atmete den warmen, süßen Duft von frischen Brioches und Croissants ein, der sich mit dem für die herbstliche Normandie typischen Geruch von Äpfeln mischte, die hier zu Apfeltarte verarbeitet wurden. Die Verkäuferin kannte ihn, die Familie zählte zu den Stammkunden der Bäckerei.

»Bonjour, Monsieur Barat«, begrüßte sie ihn, »so früh schon unterwegs?«

»Ich mache eine Tour mit dem Boot. Geben Sie mir bitte ein Croissant.«

»Gerne.« Die Verkäuferin steckte das Gebäck in eine Tüte.

»Und legen Sie mir vier Apfeltörtchen zurück. Ich bezahle sie gleich und hole sie nachher ab. Falls meine Frau vorbeikommt, sagen Sie ihr, dass ich schon welche gekauft habe, sonst haben wir am Ende acht. Aber vermutlich würden die Jungen mit ihrem Appetit auch das schaffen.«

Die Verkäuferin lachte. »Ist gut, Monsieur Barat.«

Die Bäckerei hatte Barat ein Gefühl der Sicherheit gegeben, es war die Hoffnung in ihm aufgekeimt, seine Angst sei nur ein Hirngespinst und würde sich in Luft auflösen, er müsse nur daran glauben, und die Normalität würde sich von selbst wieder einstellen. Aber kaum stand er auf der Straße, ging es erneut los. Er drehte den Kopf zur einen und zur anderen Seite, spähte in die Lücke zwischen den Häusern. Dennoch setzte er seinen Weg fort, am äußeren Hafen entlang bis zum Kinderkarussell, wo der öffentliche, mit üppigen Platanen bestandene Parkplatz begann. Er sah sie schon, seine *Laure*. Noch ein paar Schritte. Angekommen, gerettet, jetzt konnte ihm nichts mehr passieren. Er sprang auf die Bootsplanken, schloss die Kajütentür auf und ging hinab, um seinen Rucksack abzustellen. Mit Thermoskanne und Bäckertüte stieg er wieder an Deck, goss Kaffee in den Becher und biss in das Croissant. Es war fast hell, aber durch die Nebelschwaden war die Sicht eingeschränkt. In einer halben Stunde würde sich der Nebel gelichtet haben, nach dem Frühstück würde er ablegen.

Er legte den Kopf in den Nacken und richtete seinen Blick zum Himmel. Ein zufriedenes Lächeln breitete sich auf seinem Gesicht aus, als er an die großartigen Himmelsszenen der Impressionisten dachte. Besonders die von Eugène Boudin liebte er, blassblauer Grund mit Wolkenformationen, lockeren weißen Gebilden oder einer düsteren, vom Meer heranziehenden Front. Der Maler, in Honfleur geboren, wurde zu seiner Zeit »König der Himmel« genannt. Und er, Albert, stellte Boudins Bilder in seinen Museen aus. Stolz und ein gewisses Glücksgefühl überkamen ihn, wenn er daran dachte. Er führte den Becher zum Mund, um einen Schluck Kaffee zu trinken.

Die Kugel traf ihn von hinten, durchbohrte seinen Rücken und blieb im Herzen stecken. Durch die Wucht des Geschosses wurde er nach vorn geschleudert, Becher und angebissenes Croissant fielen zu Boden, seine Hand griff nach der Kajütentür, griff ins Leere, er taumelte, stürzte vornüber. Das letzte Bild, das in Albert Barats Hirnregionen zusammengesetzt wurde, nachdem seine Netzhaut die empfangenen Lichtreize an die Nervenzellen übermittelt hatte – das letzte Bild, das Barat sah, bevor der Tod eintrat, war der von Nebelschleiern verhangene normannische Himmel, der an diesem frühen Sonntagmorgen das Blau nur erahnen ließ, das er später enthüllen würde.

ZWEI

Kommissar Leblanc hätte an diesem Sonntagmorgen das Klingeln seines Handys lieber nicht gehört. Er war erst um vier im Bett gewesen und hatte, überreizt von Gesprächen und Getränken, noch mindestens eine Stunde wach gelegen, bevor er eingeschlafen war. Sein Freund Franck, Jazzmusiker aus Paris, hatte in Deauville ein Konzert gegeben. Ehrensache, dass er hinging, er sah Franck nicht mehr häufig. Nach dem Konzert hatten sie zusammengesessen und von alten Zeiten geredet. Diese gedankliche Verjüngungsreise hatte dazu geführt, dass er mehr getrunken hatte als üblich, er war Whiskey nicht gewohnt. Warum musste es bei Musikern immer Whiskey sein? Die Freude, den Freund wiederzusehen, war, als er schließlich im Bett lag, abgelöst worden von Katzenjammer. Der Blick in die Vergangenheit – dieses »Weißt du noch, als wir …? Erinnerst du dich noch an …?« – hatte ihn wehmütig gestimmt. Wo war der Leblanc geblieben, der er vor zehn, fünfzehn Jahren gewesen war: aktiv, dynamisch, immer auf dem Sprung, zu allem bereit? Ein anderer war an seine Stelle getreten, ein behäbigerer, einer, der seine regelmäßigen Mittagessen mehr schätzte als nächtliches Herumstreunen, der für einen festen Ankerplatz das Einlaufen in wechselnde Häfen aufzugeben bereit war. Na ja, vielleicht nicht völlig, aber überwiegend. Er hatte an Marie gedacht. Seit sie im Juni zusammen in Kamerun bei der Hochzeit seiner Mutter gewesen waren, hatte sich ihre Beziehung gefestigt. Er verbrachte mehr Zeit bei ihr und blieb auch häufiger über Nacht. In den letzten zwei Wochen, das war ihm aufgefallen, hatte sich Marie allerdings zurückgezogen. Er konnte sich nicht erklären, warum. Auf jeden Fall sollte er mal wieder bei ihr vorbeischauen. Mit dem Vorsatz war er endlich eingeschlummert.

Und jetzt dieses Geklingel, das ihn aus dem Schlaf riss. Seine Hand tastete nach dem Handy auf dem Boden vor seinem Bett. Er räusperte sich, bevor er sich meldete.

»Kommissar Leblanc, Mordkommission …« Hatte seine Stimme nicht einen knurrenden, geradezu tierischen Unterton?

Dem diensthabenden Kollegen vom Präsidium, der am Telefon war, schien diese neue Variante in der Stimme des Kommissars nicht aufzufallen, jedenfalls ließ er sich nichts anmerken.

»In Honfleur wurde eine männliche Leiche in einem Segelboot gefunden.«

Nichts hätte Leblanc schneller in den Zustand völliger Wachheit katapultieren können, aller Müdigkeit zum Trotz.

»Wo genau?«

»Am äußeren Hafen, auf dem Kanal, der zum Meer führt, neben dem großen Parkplatz.«

»Ich weiß, wo das ist, ich komme sofort. Ruf Bernard an, er soll mit allen verfügbaren Kollegen anrücken. Und sag auch Serge von der Rechtsmedizin Bescheid.«

»Ja, wird gemacht.«

Sollte er Nadine benachrichtigen? Sie hatte zwar noch bis zum nächsten Tag Urlaub, aber er wusste, dass sie bereits von ihrer Ferienreise auf die Insel La Réunion zurückgekehrt war. Nach drei Jahren gemeinsamer Arbeit glaubte er, seine Kollegin zu kennen. Nadine stürzte sich mit Begeisterung in jeden Fall. Manchmal erstaunte ihn ihr Eifer, immerhin hatten sie es mit Gewaltverbrechen, mit Mord und übel zugerichteten Toten zu tun. Es war nicht einfach, sich eine positive Einstellung zu bewahren, manche Kollegen wurden zynisch, manche depressiv. Aber Nadine besaß die Gabe, solche Gedanken ausblenden und sich vollkommen auf die

Aufklärung des Verbrechens konzentrieren zu können. Sie dachte nicht über die Gräueltaten nach, die Menschen einander zufügten – was bei manchen sensiblen Naturen unter Kriminalisten schon zur Berufsaufgabe geführt hatte –, sondern ging an jeden Fall wie an eine Aufgabe heran, die mit bestimmten Mitteln praktisch bearbeitet und zu einer Lösung gebracht werden musste. Er war sicher, dass sie bei der Tatortbegehung dabei sein wollte, und tippte ihre Nummer ein. Sie meldete sich sofort.

»Ja, Chef?«

»Hallo Nadine, habe ich das richtig in Erinnerung, dass du gestern aus dem Urlaub zurückgekommen bist?«

»Genau, wir sind mittags in Paris gelandet, und am Abend war ich wieder zu Hause.«

»Ich weiß, du hast heute noch frei. Gerade hat mich der diensthabende Kollege angerufen. Wir haben eine Leiche in Honfleur, ich bin auf dem Weg dorthin. Willst du mit?«

»Klar, unbedingt.«

»Dann hole ich dich gleich ab.«

Fünfzehn Minuten später stieg eine gebräunte, energiegeladene Nadine in Jeans und Pullover in den Wagen, der vor ihrem Haus hielt. Durch sportliche Aktivitäten hatte sich Nadines von Natur aus wohlgestalteter Körper der Perfektion angenähert. Leblanc sah sie anerkennend an.

»Du siehst erholt aus.«

Seine Mitarbeiterin strahlte. »Es war fantastisch auf La Réunion, wir hatten Glück mit dem Wetter. Meistens schien die Sonne, es hat nur wenig geregnet, obwohl das Klima auch außerhalb der Regenzeit heiß und feucht ist. Die Feriensiedlung lag direkt am Meer, und wir haben jeden Tag Handball gespielt. Ist schon toll, wenn man mit der Mannschaft verreist. Ums Essen brauchten wir uns nicht zu kümmern, war alles inklusive. Man ist im Indischen Ozean und trotzdem in Frankreich, ein später Vorteil der Kolonialpolitik, jedenfalls für

Touristen. Ob die Leute dort das auch so sehen, bezweifle ich. Dreißig Prozent der Bevölkerung sind arbeitslos, bei den Jugendlichen liegt die Quote noch höher. Davon kriegen die Touristen aber kaum etwas mit.« Abrupt wechselte Nadine das Thema und wandte sich der Gegenwart zu. »Was ist mit der Leiche?«

»Ein Toter auf einem Segelboot, mehr weiß ich nicht.«

»Unfall oder Mord?«

»Konnte der Kollege nicht sagen. Wir werden es gleich erfahren.«

»Ich bin froh, dass ich wieder hier bin. Ferien sind schön, aber ohne Arbeit fehlt mir etwas.«

Leblanc nahm die Küstenstraße nach Honfleur und bog, als sie den äußeren Hafen erreicht hatten, nach links auf den öffentlichen Parkplatz ab. Zwei Polizeiwagen und das rot-weiße Absperrungsband zeigten an, dass die Kollegen schon vor Ort waren. Neugierige hatten sich auf einer Seite der Absperrung versammelt. Nadine war ausgestiegen, bevor Leblanc das Auto abgestellt hatte. Als er sich dem Segelboot näherte, das am Kai lag, sah er seine Kollegin in gebeugter Haltung vor der Lamellentür stehen, die zum Untergeschoss des Boots führte.

»Chef, der Mann ist erschossen worden«, rief sie ihm zu.

Für schwankende Schiffe hatte Leblanc nicht viel übrig, aber jetzt musste er wohl oder übel seinen Fuß auf die Planken setzen. Zu seiner Erleichterung bewegte sich das Boot kaum. Nadine rückte zur Seite, damit Leblanc den Mann erkennen konnte, von dem im ersten Moment nur die Beine sichtbar waren. Der Oberkörper befand sich, kopfunter und mit dem Gesicht zum Boden gerichtet, auf einer Holztreppe, die ins Innere der Jacht führte. Dass der Mann nicht völlig hinuntergerutscht war, lag daran, dass sich ein Fuß in der Öffnung verhakt hatte. Bernard, der Leiter der Spurensicherung, den Leblanc wegen seiner Kompetenz und Zuverlässigkeit schätzte, durchsuchte die Kajüte.

»Jacques«, rief er hinauf, als er Leblanc bemerkte, »ein Schuss in den Rücken. Der Mann muss an Deck gewesen sein. Vielleicht hat er noch versucht, sich unten in Sicherheit zu bringen, dabei ist er mit einem Fuß hängen geblieben. Serge ist noch nicht da, bevor er ihn untersucht hat, können wir nichts machen. Ihr bleibt am besten oben, es ist ziemlich eng hier. Fotos vom Toten habe ich schon gemacht.«

»Gibt es Hinweise auf seine Identität?«

»Ja, hier ist ein Rucksack. Nach dem Dokument in seinem Portemonnaie handelt es sich um Doktor Albert Barat, geboren am 7. Mai 1972, wohnhaft in Honfleur.«

»Ein Arzt?«

»Ich glaube nicht. Er hat einen Mitarbeiterausweis vom Kunstmuseum in Le Havre dabei.«

»Noch irgendetwas Auffälliges in der Kabine?«, fragte Leblanc.

»Eigentlich heißt das Kajüte, Chef«, korrigierte Nadine, »nur auf Kreuzfahrtschiffen sagt man Kabine.«

Bernard grinste. »Auf den ersten Blick nichts. Aber wir werden das später genauer untersuchen, wenn Serge den Toten mitgenommen hat.«

»Wer hat ihn gefunden?«, wollte Leblanc wissen.

»Ein Spaziergänger, der seinen Hund ausgeführt hat. Boris nimmt gerade seine Aussage auf. Soweit ich weiß, hat er das Boot nicht betreten. Du kannst selbst mit ihm sprechen.«

»Das mache ich«, rief er Bernard zu und wandte sich dann an Nadine: »Frag du indessen die Leute, die hier herumstehen, ob es Zeugen gibt. Hat jemand einen Schuss gehört? Jedes Auto, das weggefahren ist, könnte von Bedeutung sein, jede Person, die sich auf dem Parkplatz aufgehalten hat.«

Der allem Schwankenden misstrauende Leblanc nutzte die Gelegenheit, um wieder festen Boden unter die Füße zu bekommen.

»Was für ein Sonntagmorgen! Haben die Leute nichts Besseres

zu tun, als sich umzubringen?«, ertönte die Stimme des Rechtsmediziners. Serge, Anfang vierzig, durchtrainiert, neuerdings mit geschorenem Schädel, begeisterter Segler, näherte sich dem Boot. »Schönes Teil, die Jacht, würde mir gefallen.«

Leblanc arbeitete gern mit dem stets gut gelaunten Kollegen zusammen. »Bonjour, Serge, der Tote gehört dir, er liegt auf der Treppe im Boot.«

Der Mann, der die Leiche gefunden hatte, war ein Schreinermeister aus Honfleur, klein, gedrungen, in knielanger, ausgebeulter Hose und Sportschuhen, an der Leine ein stämmiger, hellbrauner Bullterrier, der sich auf dem Boden ausgestreckt hatte und hechelte. Mit der freien Hand gestikulierte der Mann in der Luft und redete auf den vor ihm stehenden Polizisten ein, als würde er ihm einen Vortrag halten.

»Ich bin Kommissar Leblanc von der Mordkommission«, stellte sich Leblanc vor. »Sie haben den Toten auf dem Boot entdeckt?«

»Ja, ich habe wie gewöhnlich den Hund ausgeführt. Sonntags drehen wir eine größere Runde, am Kanal entlang, bis zu dem kleinen Park dahinten. Als ich an dem Boot vorbeikam, sah ich den Mann auf der Treppe, das heißt, ich sah eigentlich nur den Fuß. Ich habe gerufen: ›Hallo Sie, was ist mit Ihnen?‹, er hat nicht geantwortet. Das kam mir merkwürdig vor, ich dachte, da stimmt etwas nicht.«

»Haben Sie das Boot betreten, um nach dem Mann zu sehen?«

»Nein, ich … äh … ich wollte keine Spuren verwischen, ich habe mit meinem Handy gleich die Polizei angerufen.«

Der Vorwand ist ihm gerade noch rechtzeitig eingefallen, dachte Leblanc. Wahrscheinlich hat er vermeiden wollen, einem Verletzten oder gar Sterbenden zur Seite zu stehen.

»Der Mann auf dem Boot hätte noch leben können«, wandte er ein.

»Ich habe genau gesehen, dass er tot war, er bewegte sich nicht mehr. Und die Polizei war auch innerhalb von zehn Minuten da.

Gute Leute«, sagte der Mann anerkennend und nickte Boris freundlich zu, »da fühlt man sich als Bürger sicher. Ist heutzutage nicht selbstverständlich bei dem, was alles hier so rumläuft.«

Um weitere Ausführungen über das, »was hier so rumläuft«, zu vermeiden, stoppte Leblanc den Redefluss des Mannes.

»Ist Ihnen vorher jemand aufgefallen? Haben Sie eine Person weggehen oder wegfahren sehen?«

»Ich weiß nicht, kann sein, ich habe nicht darauf geachtet. Es standen ein paar Autos auf dem Parkplatz, die können aber schon die Nacht über da gewesen sein. Herr Kommissar, ich bin keiner, der andere beobachtet. Aber mit den ganzen Flüchtlingen und Illegalen, die sich hier herumtreiben, muss man sich Sorgen machen. In Amerika hat jeder Staatsbürger das Recht, eine Waffe zu besitzen, um sich zu wehren, wenn er angegriffen wird. In Frankreich ist das Waffenrecht viel zu sehr eingeschränkt. Es sollte wieder liberalisiert werden. Gewalt, Terror, Angriffe auf unser Land. Von wem? Von Leuten, die unsere Gastfreundschaft nicht zu schätzen wissen. Die Regierung muss Maßnahmen ergreifen, um die Franzosen besser zu schützen. Der amerikanische Präsident hat gesagt ›Amerika den Amerikanern‹, wir müssen sagen ›Frankreich den Franzosen‹. Freie Waffen für die Bevölkerung, und natürlich müsste die Polizei verstärkt werden. Wir brauchen viel mehr gute Polizisten wie diesen Monsieur hier.« Er deutete auf Boris.

Leblanc hatte genug. Er ignorierte den nationalistischen Waffenfreund und wandte sich an Boris: »Haben wir seine Adresse? Falls noch Fragen auftauchen?«

Bevor der Polizist antworten konnte, hob der Mann noch einmal an: »Ich habe meine Adresse ordnungsgemäß angegeben. Ich stehe Ihnen zur Verfügung.« Es wäre nicht verwunderlich gewesen, wenn er salutiert und die Hacken zusammengeschlagen hätte. »Es handelt sich doch um ein Gewaltverbrechen, nicht? Sonst wären Sie nicht hier …«, schickte er hinterher.

»Wir werden prüfen, ob unterlassene Hilfeleistung vorliegt«, rief Leblanc, schon abgewandt, dem Zurückbleibenden zu. Sicher würde er sich bei Boris über die ungerechte Behandlung beklagen.

Leblanc atmete tief aus, als er zum Segelboot zurückkehrte. In letzter Zeit begegneten ihm öfter solche Law-and-Order-Anhänger, die ihre rechtspopulistische Meinung lauthals herausposaunten. Nachdem Marine Le Pen es bis in die Stichwahl um die letzte Präsidentschaft geschafft hatte, witterten sie Morgenluft. Deprimierender war noch, dass, wie er gelesen hatte, jeder zweite Polizist den Front National gewählt hatte.

»Gibt es Zeugenaussagen?«, fragte er Nadine.

»Nichts Brauchbares. Einer hat eine Frau in einem dunkelblauen Range Rover wegfahren sehen. Aber er war nicht einmal sicher, ob sie hier geparkt hatte. Einen Schuss hat keiner gehört. Die meisten sind aus Neugier gekommen, als sie die Polizei gesehen haben.« Nadine sprang wieder aufs Boot, während Leblanc am Kai stehen blieb. Der kahle Kopf des Rechtsmediziners tauchte in der Kajütenöffnung auf.

»Wir nehmen ihn mit. Erste Ergebnisse der Obduktion hast du heute Nachmittag. Komm mal her, ich will dir etwas zeigen.«

Leblanc betrat die Bootsplanken. Serge drehte ihn so herum, dass er vor der offenen Kajütentür schräg mit dem Rücken zum Kai stand. Der Rechtsmediziner bohrte ihm einen Finger in die linke Seite des Rückens unterhalb des Schulterblatts.

»Da ist das Geschoss eingetreten. So muss der Mann gestanden haben, um nach dem Schuss in die Position zu gelangen, in der er sich jetzt befindet. Das heißt, wenn wir diesen Winkel annehmen, hat sich der Schütze dort hinter dem Baum befunden oder direkt daneben, in einer Entfernung von etwa zehn Metern. Er hat nur einen gezielten Schuss abgegeben. Da hat keiner wahllos im Affekt rumgeballert, der Mörder verstand sein Handwerk. Das heißt wiederum, ihr könnt von einem Täter ausgehen, der im Schießen geübt war, ein Jäger, ein Sportschütze, ein Profikiller, was weiß ich.«

»Der hier seinem Opfer aufgelauert hat? Das heißt, er muss von dessen Vorhaben, segeln zu gehen, gewusst haben.«

»Wie auch immer. Mehr kann ich euch im Moment nicht sagen.« Der Rechtsmediziner winkte zwei Kollegen herbei, die einen Sarg brachten.

»Bernard«, wandte sich Leblanc an den Leiter der Spurensicherung, »untersucht die Umgebung von dem Baum da«, er wies auf die Platane am Rand des Parkplatzes, die Serge ihm gezeigt hatte, »prüft nach, ob ihr in den Büschen und Sträuchern irgendwelche Fasern findet und ob es auf dem Boden Fußabdrücke gibt oder Reifenspuren von einem Auto, das in der Nähe geparkt hat. Nadine, kannst du die Adresse von dem Toten herauskriegen?«

»Schon geschehen, Chef. Chemin du Buquet 31.«

DREI

Laure Barat hatte das herrliche Herbstwetter genutzt, um im Garten die Rosen zu schneiden und die Beete umzugraben. Die zierliche Frau konnte Kräfte entwickeln, die man ihr nicht zugetraut hätte. Auf Reisen war Albert immer erstaunt gewesen über ihre Kondition, die sie bei Wanderungen oder anstrengenden Touren an den Tag gelegt hatte. Die beiden Jungen, die ihr eigentlich hätten helfen sollen, fanden Gartenarbeit langweilig und schossen stattdessen mit dem Fußball auf ein imaginiertes Tor, dessen Abgrenzungen sie mit zwei Stöcken markiert hatten. Es wurde Zeit, dass sie hineinging, um das Mittagessen vorzubereiten.

Laure Barat zog ihren erdverschmutzten Overall aus, schlüpfte in Jeans und weiße Bluse und band die rötlichen, glatten Haare locker am Hinterkopf zusammen. Während sie in der Küche das Gemüse putzte, dachte sie an Albert, der ihr in den letzten Tagen bedrückt vorgekommen war. Bei seiner Rückkehr würde sie ihn fragen, ob es im Museum Probleme gäbe. Das war das Einzige, was sie sich vorstellen konnte. Sie führten eine glückliche Ehe, und Laure war überzeugt, dass Albert, würde er gefragt, nichts anderes behaupten würde. Mit ihrer Philosophie, nicht alles wissen zu wollen, Albert die größtmögliche Freiheit zu lassen und einfach Vertrauen zu haben, war sie gut gefahren. Die Kinder – ja, klar, mit drei Jungen, zwei davon gerade in der Pubertät, war es nicht immer einfach, sie hatten ihren eigenen Kopf, und täglich musste aufs Neue ausgehandelt werden, was erlaubt war und was nicht. Aber wirkliche Sorgen machten ihnen die Kinder nicht, und sie hatten keine finanziellen Schwierigkeiten. Was also sollte Albert belasten? Dass sie diejenige war, die darauf gedrungen hatte, nach Honfleur zu ziehen und dieses Haus zu kaufen, während er lieber in einer größeren Stadt gelebt hätte, wenn schon nicht in Paris, dann wenigstens in Le Havre, war längst kein Thema mehr. Mittlerweile schätzte auch er die Vorzüge des Landlebens. Sie holte den Salat aus dem Kühlschrank und wusch ihn in der Spüle. Es klingelte an der Tür. Der Schussel, dachte sie, hat wieder seinen Schlüssel vergessen. Sie riss die Tür auf, lächelnd, in Erwartung ihres Mannes. Aber es war nicht Albert. Vor ihr standen zwei Menschen, die sie nicht kannte.

»Ach, ich glaubte, es sei mein Mann. Entschuldigen Sie, guten Tag«, begrüßte Laure die beiden.

Leblanc graute es vor der Aufgabe, die ihm jetzt bevorstand. Er nahm einen Anlauf und stellte sich vor. »Ich bin Kommissar Leblanc von der Kriminalpolizei in Deauville, das ist meine Kollegin Liard. Sie sind Madame Barat?«

»Ja. Wollen Sie zu meinem Mann? Er ist noch beim Segeln, wir erwarten ihn aber bald zurück. Kommen Sie doch herein.«

Bei manchen Menschen erzeugte die Erwähnung des Wortes »Kriminalpolizei« Misstrauen und Ablehnung, aber Laure Barat argwöhnte nichts. Als seien die zwei Besucher Freunde ihres Mannes, führte sie Leblanc und Nadine in ein geräumiges Wohnzimmer, dessen Wände von Regalen mit großformatigen Büchern gesäumt waren. Beigefarbene Sitzmöbel gruppierten sich um einen Kamin herum, auf der anderen Seite, in der Nähe der Küche, befand sich ein großer Esstisch.

Leblanc räusperte sich. »Madame Barat, wir müssen Ihnen leider eine schreckliche Nachricht überbringen. Ihr Mann ist auf seinem Segelboot erschossen worden.«

Noch nie hatte Leblanc einen Menschen sich so schlagartig verändern sehen. Laure Barats Augen trübten sich ein, das Lächeln erstarb, und ihre natürliche Hautfarbe verwandelte sich in ein kreidiges Weiß. Nadine bekam den schmalen Körper gerade noch zu fassen, bevor er in sich zusammensackte.

»Chef, helfen Sie mal, wir legen sie auf das Sofa.«

Nachdem Nadine ihr einen Schluck Wasser eingeflößt hatte, kam Laure Barat wieder zu sich. Ernst sagte sie: »Sie treiben keinen bösen Scherz mit mir?«

»Nein. Es tut mir aufrichtig leid, dass wir Sie vom Tod Ihres Mannes unterrichten müssen.«

Die Frau richtete sich auf. »Aber wieso? Ich verstehe das nicht. Wer sollte ihn denn umbringen? Mein Mann ist der friedfertigste Mensch, den man sich vorstellen kann.« Sie begann zu zittern, ihr Körper wurde geschüttelt wie von einem Krampf.

»Ich rufe den Notarzt.« Während Nadine telefonierte, redete Leblanc beruhigend auf die Erschütterte ein.

Zehn Minuten später traf der Arzt ein, und erst als er Laure Barat eine Beruhigungsspritze gegeben hatte, hörte das Zittern auf. Nadine hatte inzwischen die beiden Jungen, die aus dem Garten ins Haus gekommen waren, nach oben in ihre Zimmer gebracht und sie gebeten, dort zu warten.

»Sie sollten nicht allein bleiben«, sagte Leblanc zu der wieder ansprechbaren Laure Barat. »Möchten Sie jemanden anrufen, oder sollen wir das tun?«

»Meine Schwägerin in Paris, ich werde sie benachrichtigen.«

»Wir müssen Ihnen einige Fragen stellen, was Ihren Mann betrifft. Wenn Sie sich jetzt zu schwach fühlen, kommen wir morgen wieder. Aber wir brauchen die Informationen, denn bei der Fahndung nach dem Mörder Ihres Mannes zählt jeder Tag.«

»Fragen Sie, ich versuche es.«

»Wo hat Ihr Mann gearbeitet?«

»Er ist Kunsthistoriker und leitet das Museum in Le Havre und das hier in Honfleur.« Laure Barat verweigerte sich der Vergangenheitsform, sie gab ihren Mann noch nicht an den Tod verloren.

»Hatte er Probleme? Gab es irgendwelche Menschen, mit denen er Streit hatte, die ihm etwas neideten?«

»Nein, gar nicht. Er ist überall beliebt. Glauben Sie mir, er ist immer für Frieden und Menschlichkeit eingetreten, ich kenne niemanden, der versöhnlicher und hilfsbereiter wäre als er. Das Einzige …«

»Ja?«, fragten Leblanc und Nadine gleichzeitig.

»Ach, ich weiß nicht, nur ein Gefühl. Er wirkte in den letzten Tagen irgendwie bedrückt. Gesagt hat er nichts, und ich habe auch nicht nachgeforscht. Hätte ich ihn doch gefragt!« Tränen traten in ihre Augen.

»Wer wusste, dass Ihr Mann heute segeln gehen wollte?«

»Niemand. Also, ich meine, ich wusste es, aber er hat es mir erst am Morgen gesagt, als er aufgestanden ist. Er war früh auf, ich glaube, er hat sich spontan entschieden.«

Nadine schaltete sich ein. »Hatte Ihr Mann eine Waffe? War er Jäger, oder kannte er Leute, die jagen? Oder war er Mitglied in einem Sportschützenverein?«

»Nein, nein, das hätte seinem Charakter widersprochen, er hätte niemals Tiere getötet oder zum Spaß mit einer Waffe hantiert.« Laure Barat fielen vor Müdigkeit beinahe die Augen zu, die Spritze wirkte. »Bitte holen Sie meine Kinder, ich muss ihnen sagen, was ihrem Vater passiert ist. Und, Herr Kommissar, ich will ihn sehen. Wann kann ich ihn sehen?«

»Morgen, Ihr Mann befindet sich in der Rechtsmedizin. Hat Ihr Mann ein Arbeitszimmer? Wir würden uns gern dort umsehen.«

»Im zweiten Stock, die erste Tür rechts.«

Nadine schickte die beiden verstörten Jungen, die ahnten, dass etwas Furchtbares passiert war, zu ihrer Mutter hinunter.

Das Arbeitszimmer machte einen aufgeräumten Eindruck, auf dem Schreibtisch ein Laptop, in den Regalen Ordner mit ausgedruckten Aufsätzen oder Vorträgen, Bücher. In der Schublade

Kontoauszüge, Steuererklärungen, ein Album mit Familien- und Reisefotos. Leblanc nahm den Laptop und ein Notizbuch mit handschriftlichen Eintragungen mit.

Auf der Rückfahrt nach Deauville schwiegen Leblanc und Nadine lange. Nadine begann als Erste zu reden.

»Die Frau war wirklich erschüttert, das war nicht gespielt. Vielleicht hat der Mann ein Doppelleben geführt, und sie wusste nichts davon, oder er war in kriminelle Machenschaften verwickelt. Fakt ist, dass ihn jemand so sehr hasste, dass er ihn aus dem Weg geräumt hat. Und dafür muss es einen Grund gegeben haben.«

»Von einem Museumsleiter erwartet man nicht unbedingt, dass er kriminelle Handlungen begeht. Aber wie wir wissen …«

»… kann jeder unter bestimmten Umständen kriminell werden«, ergänzte Nadine.

»Genau. Wir dürfen nichts ausschließen.«

Als sie Trouville erreichten, war es schon fast zwei Uhr. Leblanc hatte noch nichts gegessen. Sein Magen knurrte unüberhörbar.

»Wenn Sie im Central etwas essen wollen, setze ich Sie dort ab und nehme den Wagen mit zum Präsidium.«

»Nein, sonntags bieten sie kein Mittagsmenü an, außerdem ist es mir am Wochenende zu voll. Hast du auch Hunger? Ich halte bei der Fischhalle, und du holst uns zwei Portionen Fish and Chips. Das ist zwar Fastfood, aber gar nicht so übel. Okay?«

Mit zwei Papptellern betraten sie das gemeinsame Büro im ersten Stock des Polizeipräsidiums, das bald den Geruch von Fisch und Bratöl annahm. Nach dem Essen rief Leblanc den Untersuchungsrichter in Caen, Monsieur Bertrand, an, um seine Informationspflicht zu erfüllen. Bisher konnte er sich über die Zusammenarbeit nicht beklagen, Monsieur Bertrand lobte ständig Leblancs Ermittlungsgeschick und vertraute ihm völlig. Aber statt ihm wie üblich freie Hand zu lassen, setzte der Untersuchungsrichter ihn von einer Entscheidung in Kenntnis, die seine Eigenständigkeit erheblich einschränken würde.

»Kommissar Leblanc«, begann Monsieur Bertrand mit offiziell klingender Stimme, »ich teile Ihnen gewissermaßen vorab einen Beschluss der Polizeidirektion und des Innenministeriums mit, der Ihnen auch noch schriftlich von der entsprechenden Dienststelle zukommen wird. Demgemäß soll die Zusammenarbeit von Kommissariaten gefördert werden und schließlich in eine Zusammenlegung von kleineren Präsidien münden. Es ist gewissermaßen ein Pilotprojekt. Da ich als Untersuchungsrichter die strafrechtlichen Ermittlungsverfahren leite, bin ich kraft meines Amtes befugt zu entscheiden, ob ein für dieses Projekt geeigneter Fall vorliegt. Mir scheint dieser Mordfall in besonderem Maße passend, dass Sie, Kommissar Leblanc, mit Ihrem Kollegen in Le Havre gemeinsam an dieser Sache arbeiten und sie so schnell wie möglich zum Abschluss bringen. Der Leichenfundort liegt in Ihrem Revier, während sich die Arbeitsstelle des Toten, wie Sie mir gerade berichteten, in Le Havre befindet.«

»Aber der Ermordete hat auch das Museum in Honfleur geleitet.« Leblanc versuchte es mit einem Einwand, der sogleich abgeschmettert wurde.

»Damit liefern Sie ein weiteres Argument für eine Zusammenarbeit. Ich erwarte von Ihnen, dass Sie gleichberechtigt kooperieren, dasselbe werde ich auch Kommissar Pennec in Le Havre auferlegen. Ich bin sicher, Sie werden diese zukunftsweisende Maßnahme nach Kräften unterstützen. Leblanc, Sie sind mein bester Ermittler, Ihre Aufklärungsquote kann sich sehen lassen. Es ist mir wichtig, dass wir einen Erfolg vorweisen. Damit würden wir in diesem Projekt die Vorreiterrolle übernehmen und das unberechtigte Vorurteil, wir in der Normandie seien die Schlafmützen der Nation, endgültig vom Tisch wischen.«

Das zweite »Aber« wurde nicht mehr gehört, der Untersuchungsrichter hatte aufgelegt. Leblanc hatte so etwas wie »Viele Köche verderben den Brei« sagen wollen, wusste aber, dass an einer Direktive von oben nicht zu rütteln war. Er kannte den Kollegen Pennec nicht, und er hatte noch nie etwas gegen Kooperation gehabt, aber diese Entwicklung gefiel ihm nicht. Er witterte hinter dieser großartig angekündigten Zusammenlegung eine Sparmaßnahme, die letztlich zu Schließungen von Kommissariaten auf Kosten der Mitarbeiter führen würde.

Nadine, der er seine Befürchtungen mitteilte, versuchte, ihn zu beruhigen. »Erst mal abwarten, vielleicht ist das keine schlechte Idee und der Kollege in Le Havre kann uns behilflich sein.«

»Es bleibt uns nichts anderes übrig. Ich gehe runter zur Spurensicherung und bringe Bernard Barats Laptop. Du könntest in unserer Datei und im Netz nach Informationen über den Kunsthistoriker suchen, und sieh dir mal sein Notizbuch an.«

Nach einer halben Stunde kehrte Leblanc mit ersten Untersuchungsergebnissen ins Büro zurück.

»Sie haben die Patronenhülse im Gebüsch gefunden, präzise an dem Ort, den Serge gekennzeichnet hat, eine 9 mm Luger.«

»Eine Allerweltspatrone. Unsere gesamte Polizei verwendet die 9 mm.«

»Genau, und die Polizei der meisten anderen europäischen Länder auch und das Militär und Sportschützen und Jäger.«

»Wenn man mal Polizei und Militär ausschließt, bleiben Sportschützen und Jäger. Der Mörder müsste demnach einen Waffenschein haben«, meinte Nadine.

»Oder er hat sich illegal eine Waffe besorgt. Das alles hilft nicht weiter. Wir können lediglich davon ausgehen, dass der Mörder ein ausgebildeter Schütze war, wie Serge schon gesagt hat. Übrigens gibt es Fußabdrücke vom Tatort, die werden noch ausgewertet.«

Nadine hatte inzwischen im Internet über Albert Barat recherchiert. »Er hat sogar einen Eintrag bei Wikipedia«, teilte sie Leblanc mit. »Albert Barat, bedeutender Kunsthistoriker, Spezialist auf dem

Gebiet des Impressionismus, hat seine Promotion über die orientalischen Einflüsse auf impressionistische Maler geschrieben und massenhaft Bücher zu dem Thema verfasst. Sein Vater, Lucien Barat, war ein berühmter Historiker, er ist vor zwei Jahren gestorben. Jedenfalls ist dieser Albert Barat kein Unbekannter.«

Das Telefon klingelte. Leblanc hielt den Hörer ans Ohr und entfernte ihn sofort wieder, denn eine dröhnende Stimme marterte sein Trommelfell.

»Hier ist Kommissar Pennec aus Le Havre.«

Leblanc schaltete den Lautsprecher ein, damit Nadine mithören konnte.

»Ich habe gerade die Weisung bekommen, den Mordfall Barat zu bearbeiten.«

»Halt mal, langsam«, unterbrach ihn Leblanc. »Der Mordfall Barat fällt immer noch in mein Revier. Ich wurde gebeten, mit Ihnen zusammenzuarbeiten, weil der Tote in Le Havre tätig war. In dieser Hinsicht ist mir Ihre Hilfe willkommen.«

»Hilfe?«, brüllte die Stimme. »Es geht nicht um Hilfe. Wir sind Teil eines vom Innenministerium anberaumten Projekts zur Umgestaltung der Polizei und zur Zusammenlegung von Kommissariaten. Wie Sie sicher wissen, ist unser Präsidium in Le Havre bei Weitem größer und bedeutender als Ihre Dienststelle in Deauville. Wenn also hier irgendjemand die Federführung übernehmen sollte, wären wir es. Aber ich bestehe lediglich auf einer Zusammenarbeit, wie von der Polizeidirektion angeordnet. Ich erwarte, dass Sie mir sofort Ihre Untersuchungsergebnisse zur Verfügung stellen. Sie haben bereits mit den Angehörigen gesprochen, ich brauche ein Protokoll davon, und wir werden unverzüglich die Arbeitskollegen von Barat vernehmen.«

Wut stieg in Leblanc auf, sein Ton wurde scharf. »Sie werden gar nichts tun in meiner Abwesenheit und vor allem nichts, was nicht vorher mit mir abgesprochen ist.«

»Verstehen Sie das unter Gleichberechtigung? Die Polizeidirektion wird begeistert sein von Ihrer Bereitschaft zur Kooperation.«

Die Sache schaukelte sich hoch und drohte zu eskalieren. Nadine hob die Arme und machte eine beschwichtigende Geste in Richtung Leblanc. So würde das nichts werden mit der Zusammenarbeit.

»Gut«, sagte Leblanc und zwang sich zur Ruhe, »Sie bekommen unsere Ergebnisse gemailt. Die Arbeitskollegen von Barat befragen wir gemeinsam, wenn Sie einverstanden sind. Wir nehmen uns zuerst das Museum in Le Havre vor, um das in Honfleur kümmern wir uns später. Können Sie es übernehmen, alle Mitarbeiter für morgen Vormittag zu einer Versammlung einzuberufen, alle heißt auch das Aufsichtspersonal, die Leute an der Kasse und, falls es das gibt, den Sicherheitsdienst?«

»Chef, das Museum ist morgen geschlossen«, rief ihm Nadine zu.

»Ich höre gerade, das Museum ist morgen für Besucher geschlossen, umso besser. Sie müssten sich heute noch eine Liste aller Mitarbeiter geben lassen, die Leute über den Anlass informieren und ihnen mitteilen, dass sie morgen, sagen wir um zehn Uhr, im Museum erscheinen sollen. Können Sie das machen? Wir besprechen dann auch die weitere Zusammenarbeit.«

Leblanc fand sich äußerst diplomatisch. Er hatte dem Kollegen eine Aufgabe zugeteilt und dessen Aktivitätsdrang in Bahnen gelenkt. Dazu kam, dass der eine größere Anzahl von Personal zur Verfügung hatte, was für eine solche Tätigkeit durchaus von Vorteil war. Tatsächlich zeigte sich Pennec weniger auftrumpfend.

»Sicher kann ich das, alle Mitarbeiter, kein Problem. Außerdem werde ich nach Honfleur fahren und mir den Tatort selbst ansehen.«

»Tun Sie das, das Gelände ist noch abgesperrt. Die Bootstür ist versiegelt, kleben Sie das Siegel wieder drauf, wenn Sie fertig sind. Wir mailen Ihnen die Fotos vom Tatort und von der Leiche und die ersten Untersuchungsergebnisse. Bis morgen zehn Uhr.«

»Luc prescht manchmal ein bisschen vor, aber er ist eigentlich sehr nett«, sagte Nadine.

Erstauntes Nachfragen: »Du kennst ihn?«

»Ich war mit ihm auf der Polizeischule, habe ihn aber aus den Augen verloren. Er muss schnell aufgestiegen sein, wenn er schon Kommissar ist. In Karate war er unschlagbar, außerdem sieht er ziemlich gut aus.«

Leblanc runzelte die Stirn und bemerkte nur trocken: »Aha.«

Mit einem leichten Vibrieren der Stimme fuhr Nadine fort: »Ja, ich freue mich, ihn wiederzusehen.«

Leblanc schickte Nadine nach Hause, die eigentlich noch im Urlaub war. Dass er diesen übereifrigen Kollegen am Hals hatte, gefiel ihm gar nicht, blinder Aktionismus ging ihm gegen den Strich. Erst überlegen, dann handeln, war seine Devise. Und was die Befragung von Personen anging, verließ er sich gern auf seine Erfahrung und sein Fingerspitzengefühl. Das mochte eigenwillig sein und manchmal nicht den Standards entsprechen. Doch immerhin erzielte er Erfolge damit, seine Aufklärungsquote war einwandfrei, das bestätigte ihm der Untersuchungsrichter immer wieder. Die jüngeren Kollegen schienen unter einem enormen Leistungsdruck zu stehen, was sich auch in ihrem Verhalten äußerte – wie ein Kessel, der jeden Moment überkochte, fand Leblanc.

Er rief in der Rechtsmedizin an. Serge hatte die Leichenschau noch nicht abgeschlossen, rückte aber mit ersten Ergebnissen heraus.

»Wie schon gesagt, ein einziger Schuss. Die Patrone ist eine 9 mm Luger, das Projektil streifte einen Rippenbogen und ist im Herzen stecken geblieben. Der Oberkörper des Mannes ist gut entwickelt, festes Muskelfleisch, darum schlug das Geschoss nicht durch. Nach einem Schuss ins Herz kollabiert der Getroffene nach maximal zehn Sekunden, weil der Sauerstoff fehlt, um das Gehirn zu durchbluten. Der Mann hatte gerade noch Zeit, eine halbe Drehung zu machen. Deshalb ist er auf der Treppe zur Kajüte gelandet.«

»Die Waffe?«

»Eine Pistole mit Kaliber 9 mm, da kommt vieles infrage: Heckler & Koch, Walther, Sig Sauer. Die Nadel im Heuhaufen. Kann sein, dass der Täter einen Schalldämpfer benutzt hat. Oder gibt es Zeugen, die einen Schuss gehört haben?«

»Nein, es hat sich niemand gemeldet. Sonst noch etwas?«

»Auf den ersten Blick war der Mann gesund, keine Auffälligkeiten. Das Letzte, was er zu sich genommen hat, war ein Croissant mit Kaffee, unmittelbar vor seinem Tod, sein Abendessen bestand aus Austern.«

»Danke, Serge.«

Leblanc fasste Madame Barats Aussagen protokollartig zusammen und mailte den Bericht zusammen mit den Fotos vom Tatort an den beflissenen Kommissar in Le Havre. Neugier verleitete ihn dazu, in der Datenbank der Polizei den Namen Pennec einzugeben. Die Seite mit dem Dienstprofil öffnete sich: Luc Pennec, dreiunddreißig Jahre alt, seit einem Jahr Kommissar in Le Havre. Das Foto zeigte ein Muskelpaket in breitbeinigem Stand, die Arme leicht abgewinkelt wie ein Westernheld, der jeden Moment die Pistole zieht. Schwarze, sehr kurz geschnittene, an den Schläfen geschorene Haare, entschlossener Gesichtsausdruck, dichte Augenbrauen, tief liegende Augen, der Mund ein Strich. Der ist ehrgeizig, dachte Leblanc, und der geht an die Grenzen des Möglichen. Es würde nicht leicht werden. Nadine könnte vielleicht als Vermittlerin auftreten, wenn sie ihn schon kannte – und sein Aussehen erwähnenswert fand.

Im Innenhof des Präsidiums, wo Leblanc seinen Wagen geparkt hatte, flog ein Schwarm Möwen mit lautem Geschrei von der Mauer auf. Die Windschutzscheibe war verschmutzt, und gerade als er die Fahrertür öffnete, landete ein warmer Klecks auf seinem Kopf.

»Verfluchte Viecher«, murmelte er und wischte die Ladung notdürftig mit einem Taschentuch ab. Er fuhr nach Hause, duschte und zog sich um.

VIER

In der Jacketttasche ein hellblaues Einstecktuch, in der Hand eine Flasche Sancerre und eine Tüte mit zwölf Austern, die er in der Fischhalle gekauft hatte, stand Leblanc vor Maries Haus. Ein Überraschungsbesuch, er hatte sich nicht angekündigt.

Auf dem Weg zu ihr dachte er an die Hochzeit seiner Mutter im Juni in Yaoundé. Maman hatte Ahmadou, einen Kameruner Schriftsteller, geheiratet, der genauso alt war wie ihr Sohn und schon drei Frauen geehelicht hatte. Sie wurde die vierte, aber sie schien vollkommen glücklich, und auch er, Leblanc, war mit dieser Wahl einverstanden, denn er hatte im Frühjahr ihren Auserwählten als einen großzügigen, vertrauenerweckenden Menschen kennengelernt. Als er Marie gefragt hatte, ob sie ihn nach Yaoundé begleiten würde, hatte er kaum daran geglaubt, dass sie zustimmen würde. Aber sie hatte eingewilligt, und so waren sie für eine Woche gemeinsam nach Kamerun geflogen.

Die Trauung hatte wegen seiner Mutter in der französischen Botschaft stattgefunden, Braut und Bräutigam in traditioneller afrikanischer Kleidung. Der Raum fasste die zahlreichen Mitglieder von Ahmadous Familie nicht, sie bildeten eine Traube auf dem Flur. Er, Leblanc, war der einzige Angehörige seiner Mutter gewesen, Tante Amélie war der Einladung nicht gefolgt. Die streng gläubige Katholikin grollte ihrer Schwester, weil sie sie, wie sie sich ausdrückte, im Stich gelassen hatte, um zu den »Hottentotten« zurückzukehren. Drei Tage lang war ein ausgelassenes, fröhliches Fest gefeiert worden, mit mehr als hundert geladenen Gästen, mit Musik und Essen,

Reden und Aufführungen, und Marie mittendrin, trommelnd und tanzend. Er kannte sie nicht wieder. Vorher, noch im Flugzeug, zögerlich und zweifelnd, war sie in Kamerun wie ausgewechselt gewesen. Sie war von Ahmadous Großfamilie, seinen drei Frauen und sieben Kindern, von all den Cousins und Cousinen, Onkeln und Tanten, Schwagern und Schwägerinnen wie eine Verwandte aufgenommen worden, und das schien ihr zu gefallen. Ihm waren das fröhliche Durcheinander und vor allem die Lautstärke bald auf die Nerven gegangen, während Marie sich in dem Chaos rundum wohlgefühlt hatte. Aber auch ihm imponierte die Atmosphäre. Beachtlich fand er, dass Ahmadous Familie seine Mutter mit großem Respekt und Hochachtung behandelte. Sie genoss in Kamerun als Kräuterfrau und Heilerin enormes Ansehen.

Nach den Festlichkeiten waren Marie und er mit einem Bruder Ahmadous, der im Ökotourismus arbeitete, zum Kamerunberg gereist, einem noch aktiven Vulkan. Sie hatten in einer einfachen Hütte geschlafen und durch die Öffnung in der Holzdecke einen unvergleichlichen Sternenhimmel sehen können. Ein Leuchten und Funkeln war das gewesen, das Kreuz des Südens konnten sie ausmachen und den H-förmigen Orion. Unter diesem Himmelszelt hatten sie sich geliebt. Irgendwie war er glücklich gewesen und, wie es schien, Marie auch.

Der Hund bellte, als die Klingel ertönte, und Leblanc wurde aus seinen Erinnerungen zurück in die Wirklichkeit katapultiert. Die Tür wurde geöffnet, Leblanc, lächelnd, erhob den Arm mit der Tüte.

»Ich habe …«

Er brach seinen Satz ab und starrte auf die Erscheinung, die da, die Türklinke in der Hand, im Eingang stand: ein Mann, ein kleiner, dicklicher Mann mit schütteren Haaren, rundem Kopf und braunen, leicht hervorstehenden Augen, der den Besucher im Ton eines Hausherrn begrüßte.

»Guten Tag, Sie wünschen?«

Die Hand mit der Tüte senkte sich, das Lächeln auf Leblancs Gesicht erstarb und wich einem ungläubigen Ausdruck.

»Ich … äh, ist Madame Bertaux nicht da?«

»Doch, sicher ist sie da. Ich werde sie holen, kommen Sie herein, warten Sie einen Moment.«

Er scheuchte den Hund, der schwanzwedelnd um Leblancs Beine strich, barsch auf seinen Platz zurück und rief vom Treppenabsatz nach oben: »Chérie, kommst du mal runter, hier ist Besuch für dich.«

Hatte er sich verhört? Dieser aufgeblasene Ochsenfrosch hatte Marie »chérie« genannt? Was war hier los?

Die Gerufene stieg die Treppe hinunter.

»Oh, Jacques, du hast gar nicht angerufen.«

Leblanc machte ein paar Schritte auf die verlegen wirkende Marie zu, was den selbst ernannten Hausherrn dazu veranlasste, sich vor sie zu stellen, als müsste er eine eroberte Beute vor Konkurrenz schützen. Einen Moment lang sagte keiner etwas. Marie fasste sich als Erste.

»Jacques, darf ich dir Hippolyte Beaumont vorstellen, er ist Architekt und stammt in indirekter Linie von Napoleon Bonaparte ab.«

Der indirekte Napoleon nickte bestätigend.

»Das ist Jacques Leblanc von der Kriminalpolizei in Deauville«, fuhr Marie fort.

»Ich kenne meine Vorfahren nicht, weder direkt noch indirekt.« In Leblancs Stimme ließ sich ein ungeduldiger, genervter Unterton vernehmen.

»Was auch nicht jedem vergönnt ist«, mischte sich Napoleon wieder ein. »Ich persönlich rede übrigens nicht gern über Familienangelegenheiten. Aber Marie«, dabei tätschelte er ihre Wange, »hält den Stammbaum für wichtig, so ist es, nicht wahr, chérie?«

Wurde hier ein Theaterstück aufgeführt, eine Komödie? Das

konnte nicht wahr sein, das war grotesk. Marie spielte ihm einen Streich, sie hatte einen Schauspieler engagiert. Gleich würde sich alles aufklären, und sie würden furchtbar lachen.

»Sie sind aber nicht aus beruflichen Gründen hier?«, wollte der Bonaparte-Abkömmling wissen und versuchte es mit einem faden Scherz. »Ein Kriminalkommissar ist kein gern gesehener Gast, nicht wahr? Jeder rechnet bei seinem Auftauchen mit unangenehmen Überraschungen, auch wenn das Gewissen blütenrein ist.«

Niemand lachte. Marie griff nach der Hundeleine. »Ich glaube, Arsène muss mal raus«, sagte Marie. »Jacques, begleitest du mich? Hippolyte, ich bin bald wieder da.«

»Soll ich nicht mitkommen?« Napoleon gab nicht so schnell auf.

»Nein, wirklich nicht. Bleib einfach hier.«

Marie griff sich ihre Jacke und bugsierte Leblanc am Arm und den Hund am Halsband ins Freie.

»Lass uns an den Strand gehen, ja?«, bat Marie Leblanc. »Ich bin dir eine Erklärung schuldig, ich weiß.«

»Was war das denn für ein Theater? Was macht dieser Witzbold bei dir?«

Gleich würde sich die Farce aufklären. Napoleon war Maries Bruder, Onkel, Vetter. Sie würden sich in den von der Herbstsonne aufgewärmten Sand setzen, er würde den Arm um Maries Schultern legen, und sie würden den Wein aus der Flasche trinken. Nein, das ging nicht, er hatte keinen Korkenzieher dabei. Aber er könnte einen aus der Strandbar besorgen. Hatte sie überhaupt einen Bruder, einen Vetter, einen Onkel?

Die Tüte mit Austern und Wein schlug beim Gehen gegen Leblancs Beine. Sie stapften über den Strand. Ohne Rücksicht auf seine frisch geputzten Schuhe stieß er die Spitze in den Sand und schleuderte eine Wolke auf.

Marie holte tief Luft. »Ich werde Hippolyte heiraten, ich verkaufe mein Haus und ziehe mit ihm nach Paris.«

Der Schlag kam überraschend, ein heimtückischer Angriff von hinten. »Was?«

»Ja, so ist es. Er möchte mit mir zusammenleben, und ich kann mir das auch gut vorstellen.«

»Aber das … das geht nicht. Wir … wir waren doch in Kamerun«, stammelte Leblanc.

»Ja, Jacques, und das war wunderschön, ich habe es sehr genossen. Aber hier leben wir wieder getrennt, du besuchst mich ab und zu, und das war's.«

»Aber in letzter Zeit war ich häufiger bei dir, das musst du doch gemerkt haben.«

»Ja, aber ich möchte so etwas wie ein Familienleben. Hippolyte will ein Kind mit mir.«

»Ein Kind? Du bist sechsundvierzig.«

Sie war siebenundvierzig, aber das sagte sie nicht. »Mit der modernen Medizin ist das heute kein Problem mehr.«

»Wie alt ist der … Hippolyte eigentlich?«

»Sechsundfünfzig. Das spielt doch keine Rolle.«

»Doch, natürlich. Stell dir mal vor, das Kind ist zwanzig, dann ist er ein Greis. Und du weißt nicht, ob sein Sperma noch tauglich ist. Ich habe gerade gelesen, dass Kinder von Männern ab fünfundvierzig ein erhöhtes Risiko für Autismus und andere psychische Krankheiten in sich tragen. Außerdem kann ihr Intelligenzquotient leicht verringert sein.«

»Was redest du da?«, unterbrach ihn Marie. »Was kümmert dich Hippolytes Zeugungsfähigkeit? Wir sind noch gar nicht sicher mit dem Kind. Für mich ist entscheidend, dass er es will.«

»Und was willst du?«

»Ach, Jacques, er ist aufmerksam, kultiviert, er bietet mir ein gutes gemeinsames Leben, das reicht mir. Wir werden Konzerte und Ausstellungen besuchen, er kennt viele interessante Leute. Ich dachte, das Gästehaus und der Hund würden mir genügen, aber das tut es nicht, ich sehne mich nach einer engeren Bindung. Und für ihn bin ich die Frau seines Lebens, er überhäuft mich mit Aufmerksamkeiten.«

»Wie lange kennst du ihn eigentlich schon?«

»Zwei Wochen.«

»Zwei Wochen?« Leblanc schrie fast. »Du willst nach zwei Wochen hier alles aufgeben? Dein Leben, das Haus, Trouville? Du weißt nichts von diesem Mann.«

»Genug, dass ich ihm vertraue. Wir haben uns sofort gut verstanden. Er hatte ein Zimmer bei mir gemietet. Das Museum Eugène Boudin in Honfleur hatte einen Architekturwettbewerb ausgeschrieben für eine neue Gestaltung des Eingangsbereichs. Hippolyte ist in die engere Wahl gekommen und hat ein Modell präsentiert. Wir warten noch auf die Entscheidung.«

»Das Kunstmuseum?« Leblanc wurde hellhörig.

»Ja, warum?«

»Ach, ich habe gerade einen Mordfall, in dem das Museum eine Rolle spielt.«

»Hippolyte hat garantiert nichts damit zu tun. Das ist auch so eine Sache«, fuhr Marie fort, »du bist immer mit deinen Mordfällen beschäftigt, Mord und Totschlag, wie schrecklich deprimierend.«

»Das ist mein Beruf. Ich halte es für eine sinnvolle Tätigkeit, dazu beizutragen, dass Menschen für ihre Verbrechen zur Rechenschaft gezogen werden.«

Im Moment dachte Leblanc allerdings nicht an irgendwelche Ermittlungen, sondern nur daran, wie er diesen Möchtegern-Napoleon loswerden könnte. Maries Worte schockierten ihn, erschütterten ihn tief im Innern. Gerade hatten sie sich aufeinander zubewegt. Nach seinem Empfinden hatte er einen Riesenschritt in ihre Richtung gemacht. Er wollte nicht, dass sie wegging. Und er musste sie vor diesem aufgeblasenen Kerl bewahren, der sich in Maries Haus aufführte wie ein Schlossbesitzer.

»Du solltest nicht übereilt handeln, vor allem dein Haus darfst du nicht verkaufen.«

»Doch, genau das werde ich tun. Ich will einen Schnitt machen. Schon jetzt nehme ich keine Gäste mehr an, weil Hippolyte sich gestört fühlt. Falls er den Auftrag vom Museum bekommt, bleiben wir noch zwei Monate hier. Aber ich habe bereits einen Immobilienmakler beauftragt. Hippolyte sucht in Paris eine geeignete Wohnung für uns.«

Hippolyte und wir und uns … Da musste großes Geschütz aufgefahren werden, um die drohende Katastrophe abzuwenden. Leblanc, ein Stümper in Gefühlsdingen, holte alles aus sich heraus. »Bitte, überleg es dir noch einmal. Ich fahre mit dir nach Kamerun, sooft du willst. Es hat dir doch gefallen, und du warst glücklich da, wir waren glücklich.« War ihm jemals Ähnliches über die Lippen gekommen?

»Es ist beschlossene Sache, bitte respektiere meine Entscheidung.«

Marie, hart wie ein Stein, ließ sich nicht erweichen. War das möglich? Hatte sie sich nicht immer nach Zeichen seiner Zuneigung gesehnt?

Für den Moment schien die Sache verfahren. Sie trennten sich ohne Abschied, Marie kehrte zu Napoleon zurück, Leblanc trottete mit Austern und Wein durch die leerer gewordene Stadt zum Bistro seines Freundes Lulu, um Trost zu finden in auswegloser Lage.

Kurz bevor er das Bistro erreichte, entschied er sich anders und bog in Richtung Kommissariat ab. Ihm war eine Idee gekommen. Im Büro fuhr er den Computer hoch. Es war nicht einwandfrei, was er jetzt tun würde, aber er konnte seine Recherche, falls jemand danach fragen sollte, rechtfertigen, denn die gesuchte Person stand in Verbindung mit dem Museum in Honfleur. Er gab in die Datenbank des Melderegisters den Namen »Hippolyte Beaumont« ein. Klick, die Datei öffnete sich. Leblanc starrte gebannt auf den Bildschirm: »Beaumont, Hippolyte, wohnhaft in Fontainebleau, verheiratet, drei Kinder.« Es folgte ein Verweis auf die Wirtschaftsauskunftei. Klick. »Beaumont, Hippolyte, Architekt, Privatinsolvenz, keine Bonität, offene Forderungen des Architekturbüros Lassalle und Partner wegen Vertragsbruchs, Kreditschulden.«

»Ein Hochstapler, ein Betrüger«, murmelte Leblanc. Er musste Marie aus den Fängen dieses Mannes befreien. Jetzt ging es gar nicht mehr nur um ihn, Leblanc, den eifersüchtigen Nebenbuhler, eine Rettungsaktion musste her. Er musste Marie so schnell wie möglich von diesen Tatsachen in Kenntnis setzen. Aber würde sie ihm glauben? Wahrscheinlich nicht. Er musste eine List ersinnen, wie er ihr die Wahrheit vor Augen führen konnte, ohne dass er dabei ins Spiel kam.

Mit diesen Überlegungen begab er sich in Lulus Bistro, das am späten Sonntagabend nur spärlich besucht war.

»Jacques, untreuer Freund, warst lange nicht hier«, begrüßte ihn Lulu, dessen Bauch die grüne Schürze, die ihn verbergen sollte, zu sprengen drohte.

Der Sancerre wurde kalt gestellt, eine Flasche Jurawein entkorkt, Lulu kramte ein Austernmesser und einen Handschuh hervor, und die »huîtres de pleine mer«, die Austern von der Westküste der Halbinsel Cotentin, die mit dem besonderen Geschmack nach Meer, kamen endlich zum Einsatz. Wie ein Profi legte Lulu die Muschel in seine linke Hand, bohrte seitlich das Messer zwischen die Schalen, durchtrennte den Schließmuskel und entfernte die obere Hälfte. Er löste das Fleisch von der unteren Schale und reichte sie dem Freund. Leblanc, dessen Verzweiflung wütendem Tatendrang gewichen war, führte diese Gabe des Meeres zum Mund, um sie genussvoll zu schlürfen. Erst als die Flasche geleert und alle Austern verspeist waren, begann Leblanc zu reden. Er erzählte Lulu von Marie und Indirekt-Napoleon und seinen Nachforschungen. Lulu sah ihn nachdenklich an.

»Das braucht Fingerspitzengefühl«, sagte er schließlich.

»Ich weiß«, erwiderte Leblanc. »Wenn ich ihr enthülle, bei wem sie an der Angel hängt, wird sie mir nicht glauben und wie eine Katze ihre Krallen ausfahren. Der Mann ist auf ihr Geld aus. Ich kann mir das Szenario in lebhaften Farben ausmalen: Sie verkauft ihr Haus, er zögert die Heirat immer weiter hinaus – möglicherweise erfährt sie, dass er bereits verheiratet ist, dann wird er sie auf die Scheidung vertrösten –, sie leben von ihrem Geld. Unter irgendeinem Vorwand bittet er sie um Unterstützung, und ich fürchte, sie wäre dumm genug, ihm unter die Arme zu greifen.«

»Schlimme Sache«, sagte Lulu voller Anteilnahme. »Das musst du verhindern.«

»Aber wie?«

»Die Frau von diesem Napoleon müsste auftauchen, damit Marie mit eigenen Augen von ihrer Existenz überzeugt wird.«

»Wie soll ich die denn hierher schaffen?«

»Du könntest bei ihr anrufen – musst ja deinen Namen nicht nennen – und sagen, ihr Mann sei krank geworden. Dann gibst du ihr Maries Adresse und wartest ab, was passiert.«

»Hm, das wäre mir aber unangenehm, wenn das jemand erfährt.«

»Dann mache ich das eben. Oder ich rufe bei Marie an und frage ganz unverbindlich, ob Monsieur soundso bei ihr wohnt. Dann komme ich ins Plaudern und erzähle ihr, dass ich Schulden bei ihm eintreiben will und dass ich nicht der Einzige bin.«

Lulu sprühte vor Ideen, aber Leblanc bremste ihn. »Es muss etwas Einfaches sein.«

Wie zwei verschworene Weltenretter, die nur das Gute im Sinn haben, erfanden und verwarfen sie verschiedene Vorschläge, bis sie sich schließlich für die Variante entschieden, dass Napoleons Ehefrau bei Marie anruft. Sie könne ihren Mann nicht erreichen und bitte um Rückruf. Leblanc würde die schöne Isabelle, seine Ab-und-zu-Geliebte, die schon einmal für ihn mit großem Erfolg ihre schauspielerischen Fähigkeiten eingesetzt hatte, bitten, diese Aufgabe zu übernehmen.

Zuversichtlicher in die Zukunft blickend trat Leblanc den Heimweg an. Sein kämpferischer Ehrgeiz war erwacht. Sei es diese Erweckung innerer Kräfte, sei es das geheime, den Austern innewohnende Energiepotenzial, das man auch als Aphrodisiakum bezeichnet, er fühlte sich jedenfalls, als könne er Berge versetzen. Infolge dieses neuen Optimismus konnte er auch wieder an den Mordfall denken, der über die bestürzenden Ereignisse in Vergessenheit geraten war und der seinen Einsatz forderte.

FÜNF

Um kurz vor zehn am nächsten Morgen parkte Leblanc den Dienstwagen vor dem Kunstmuseum in Le Havre, einem Glaskubus direkt am Meer. Die monumentale Skulptur davor sah, je nachdem, von welcher Seite aus man sie betrachtete, wie ein gen Himmel weisendes Fluggerät oder ein abgeplatteter Kreisel aus.

Nadine hatte im Internet über die Geschichte des Gebäudes recherchiert.

»Möchten Sie das wissen, Chef?«, hatte sie auf der Fahrt nach Le Havre gefragt.

Er wollte.

»Also, nachdem das alte Museum durch die Bombardierung der Stadt 1944 völlig zerstört worden war, hat man in den Fünfzigerjahren mit dem Bauprojekt für ein neues Museum begonnen, das architektonisch zu den modernsten und avantgardistischsten in Europa gehören sollte. Möglichst viel Transparenz, eine Verbindung von Licht und Meer, deshalb die Glaskonstruktion. 1961 ist es vom damaligen Kulturminister André Malraux eingeweiht worden, und zwar zunächst als Kulturzentrum, das neben Ausstellungen auch Vorträge, Filme und Musikveranstaltungen organisierte. Das Ziel eines Multifunktionshauses ist aber 1967 aufgegeben worden. Seitdem zeigt das Muma …«

»Das was?«

»Muma, so wird das Musée Malraux genannt … Es zeigt seine Kollektionen des 19. und 20. Jahrhunderts und richtet Sonderausstellungen aus.«

Mit diesen Informationen über das Gebäude versehen, das sie gleich betreten würden, stiegen Leblanc und Nadine die Treppe zum Eingang hinauf. Nadine zeigte nach rechts.

»Hier fahren die Fähren nach England vorbei. Großartig, dass man von einem Museum aus den Schiffsverkehr im Hafen beobachten kann.«

Die Tür war abgeschlossen, aber im Eingangsbereich befand sich eine Gruppe von Leuten, darunter einige Polizisten in Uniform. Leblanc winkte ihnen zu. Ein Mann um die sechzig, graue Haare, hager, im Anzug und mit Krawatte eilte zur Tür, um sie aufzuschließen. Ihm folgte ein Uniformierter, in dem Leblanc nach dem Foto im Polizeiregister Kommissar Luc Pennec wiedererkannte. Das Bild hatte nicht getrogen. Vor ihm stand ein muskulöser Mann Anfang dreißig, der Körper gespannt wie der eines Raubtiers, das zum Sprung ansetzt. Leblanc überragte ihn in der Länge, fühlte sich aber angesichts dieses Energiebündels wie ein Leptosom mit Bauch, der in die Jahre gekommen war. Er stellte sich vor.

»Ich bin Kommissar Leblanc, Mordkommission Deauville, das ist meine Kollegin Nadine …«

»Hi, Nadine, wie geht's?« Der Muskelmann verzog den schmalen Mund zu einem Lächeln, dann küsste er Nadine zur Begrüßung auf beide Wangen. »Du siehst super aus.«

Leblanc traute seinen Augen nicht. Er wohnte gerade einer Verwandlung bei, der Verwandlung seiner Kollegin in die schaumgeborene Aphrodite. Ein Strahlen erschien auf Nadines Gesicht, ein Glanz in ihren Augen, die gebräunte Haut schimmerte rosig. »Hi, Luc, lange nicht gesehen. Ich war gerade im Urlaub auf La Réunion mit der Handballmannschaft.«

Der Luc Genannte konnte nur mit Mühe seinen Blick von seinem strahlenden Gegenüber abwenden. »Wir müssen nachher unbedingt unsere Daten austauschen«, brachte er hervor. Dann versuchte er, sich zu konzentrieren, versuchte es noch einmal, schließlich verhärteten sich seine Gesichtszüge, und er wandte sich in schärferem Ton an Leblanc.

»Kommissar Pennec, Le Havre, ich leite hier die Ermittlungen. Und das«, er wies mit der Hand auf den neben ihm Stehenden, »ist Monsieur Pierre Cohen, der stellvertretende Direktor des Museums. Er übernimmt vorübergehend die Leitungsfunktion.«

Pierre Cohen, der Mann, der die Tür aufgeschlossen hatte, nickte bestätigend, wagte aber nicht, vor dem forschen Polizisten das Wort zu ergreifen. Leblanc überging die Provokation von wegen »Ich leite die Ermittlungen« und wandte sich an Monsieur Cohen. »Sie sind schon informiert worden über den Tod Ihres Kollegen, nehme ich an. Wir untersuchen den Mord an Albert Barat.« Diese kleine Retourkutsche musste sein. Fraglich, ob Pennec sie überhaupt wahrnahm. Wahrscheinlich bezog er sich in das »Wir« mit ein.

Der stellvertretende Direktor schüttelte ratlos den Kopf. »Es ist furchtbar, ich weiß nicht, was ich sagen soll. Es ist furchtbar. Warum Albert?«

Pennec mischte sich ein. Nach seiner Einführung war klar, dass er die Oberhand behalten und nicht einen Fingerbreit davon abweichen wollte. »Um das herauszufinden, sind wir hier. Haben Sie die Angestellten erreicht? Wir möchten mit der Befragung beginnen.«

»Zwei haben Urlaub, die anderen sind da, einige hier in der Halle, die meisten warten im kleinen Saal.«

Leblanc beschloss, sich zurückzuhalten und dem eifrigen Kollegen das Feld, zumindest das in Le Havre, zu überlassen. Er erhoffte sich sowieso nicht viel von dieser kollektiven Aktion. Als er Blickkontakt zu Nadine suchte, um ihr seine Entscheidung zu signalisieren, musste er feststellen, dass sie versonnen an den Lippen dieses Luc hing, ihr entrückter Gesichtsausdruck erinnerte an den einer gerade Erweckten. Frauen! Eigentlich blieben ihm diese Wesen fremd, ihre Handlungen und Wünsche überraschten ihn immer aufs Neue. Auf dem Weg in den Saal flüsterte er ihr zu:

»Wir überlassen dem Kollegen die Leitung.«

Nadine nickte, ohne ihre verräterischen Augen von dem Kommissar aus Le Havre zu nehmen.

Etwa fünfundzwanzig Leute waren im Saal versammelt, in dem eine gedrückte Stimmung herrschte. Pennec ergriff das Wort.

»Ihr Direktor, Albert Barat, wurde auf brutale, hinterhältige Weise erschossen. Der Mörder hat die Tat nicht zufällig oder im Affekt begangen, sondern gezielt und bewusst. Es muss also etwas geben, das Monsieur Barat mit seinem Mörder verbunden hat. Neben dem privaten Umfeld kommt seinem Arbeitsbereich eine besondere Bedeutung zu. Ich sage es in aller Deutlichkeit: Jeder von Ihnen kommt als Täter infrage, denn Sie alle hatten Kontakt zum Opfer.«

Hätte irgendjemand Leblanc in diesem Moment beobachtet, wären ihm die hochgezogenen Augenbrauen und die gerunzelte Stirn aufgefallen, untrügliche Zeichen des Missfallens. Pennec machte Druck und versuchte, die Leute einzuschüchtern. Das würde nur das Gegenteil bewirken. Wer würde eine Aussage machen, wenn er Angst haben musste, sofort verdächtigt zu werden? Offenbar glaubte Pennec allen Ernstes, in diesem Saal lauter potenzielle Verdächtige vor sich zu haben. Merkte er nicht, dass die Angestellten sich in einem Schockzustand befanden? Um etwas aus den Leuten herauszubekommen, musste man sie erst einmal aus der Erstarrung lösen. Dies war keine Situation, in der Härte angemessen war. Ein Kommissar sollte das unterscheiden können.

Währenddessen fuhr der Redner unverdrossen fort: »Meine Kollegen und ich werden Sie einzeln vernehmen.«

Innerliches Aufstöhnen seitens Leblanc. Das hier war keine Vernehmung, sondern eine Befragung. Der Kommissar aus Le Havre wusste das, aber »Vernehmung« klang natürlich bedrohlicher. Er redete schon weiter.

»Wir wollen wissen, wo Sie gestern Morgen zwischen sieben

und neun Uhr waren – wir werden Ihre Angaben selbstverständlich überprüfen. Weiter wollen wir wissen, welches Verhältnis Sie zu dem Toten hatten und ob Sie etwas beobachtet haben, das in irgendeinem Zusammenhang mit dem Mord stehen könnte, einen Streit, eine Drohung, ein Treffen mit einer suspekten Person.«

Pennec und seine fünf Kollegen, Nadine und Leblanc verteilten sich im Saal, um die Mitarbeiter des Museums einzeln zu befragen. Leblanc ging auf Monsieur Cohen zu, den stellvertretenden Direktor, und setzte sich ihm gegenüber. War es Zufall, dass sich Pennec mit einer Angestellten unmittelbar daneben platzierte – oder der Wunsch, das Gespräch mithören zu können? Wohl eher Letzteres. Der ehrgeizige Kommissar Pennec war bereit, es mit diesem Dinosaurier aufzunehmen. Schließlich hatte er als einer der Besten die Polizeischule abgeschlossen. Er war mit den neuesten Ermittlungsmethoden vertraut, ihm gehörte die Zukunft, nicht diesem mindestens zwanzig Jahre Älteren, der vielleicht noch fünf Jahre durchhielt und dann in Pension ging. Heutzutage musste man Dampf machen, wenn man vorankommen wollte, nicht so auf die sanfte Tour, das zog nicht mehr. Er würde es ihm schon zeigen, dieser Fall war seine Chance. Wenn Kommissariate zusammengelegt würden, dann wollte er der Gewinner sein.

Leblanc ignorierte den aufmerksam lauschenden Nachbarn und fragte den immer noch fassungslosen Pierre Cohen: »Wie lange kennen Sie Albert Barat schon?«

Ohne das Kopfschütteln zu unterbrechen, begann der Mann zu sprechen.

»Drei Jahre, seit er bei uns Direktor geworden ist. Ich bin als Kurator seit über zwanzig Jahren in diesem Museum, gewissermaßen das Faktotum des Hauses. Ich betreue die Sammlung und gestalte Ausstellungen. Wir haben gut zusammengearbeitet. Mit der vorigen Direktorin gab es manchmal Schwierigkeiten, mit Albert nicht.«

»Wenn Sie schon zwanzig Jahre hier arbeiten, hätten Sie nicht das Vorrecht auf diese Stelle gehabt? Ich nehme doch an, dass der Direktorenposten der lukrativere und repräsentativere ist.«

Allmählich löste sich Monsieur Cohens Erstarrung. »Ja, da haben Sie recht. Aber für mich war das nie eine Alternative. Die Aufgabe eines Museumsleiters ist es vor allem, Geld aufzutreiben, denn der Etat für Kultur schrumpft. Die Museen müssen Sponsoren finden. Der Direktor hat Manageraufgaben zu erfüllen und mit allen möglichen Leuten zu verhandeln. Nichts für mich. Ausstellungen planen, das ist meine Sache. Vor drei Wochen ist die große Ausstellung *Impressionismus in der Normandie* in Rouen zu Ende gegangen, vielleicht haben Sie davon gehört. Drei Museen – das Musée des Beaux Arts in Rouen, das Musée Eugène Boudin in Honfleur und wir – haben ihre Meisterwerke zu dieser grandiosen Schau vereint, die sich als Publikumsmagnet herausgestellt hat. Heutzutage muss man für so eine Ausstellung natürlich eine gute PR-Arbeit machen, Workshops und ein zum Thema passendes Programm anbieten mit Konzerten und Theater. Albert ist in das Projekt eingestiegen, als er mit seiner Arbeit begann, denn wir waren natürlich schon in der Planungsphase. Er hat sich meine Vorschläge angesehen und war im Wesentlichen einverstanden. Wenn er im Detail andere Vorstellungen hatte, haben wir darüber beraten. Das meine ich mit guter Zusammenarbeit. Er hat uns, den Mitarbeitern, Vertrauen entgegengebracht.«

»Sie übernehmen jetzt aber trotzdem vorübergehend die Leitung des Museums?«

»Ja, ich bin der Älteste und Erfahrenste, aber ich hoffe, dass bald ein Nachfolger gefunden wird. Unsere zwei wissenschaftlichen Mitarbeiter, Madame Abdelkader, eine junge Kollegin, die noch nicht lange bei uns ist, und vor allem Monsieur Taylor, wären vielleicht Kandidaten für den Posten, doch darüber wird das Kuratorium entscheiden.«

Leblanc wechselte das Terrain. »Was wissen Sie über Albert Barat, seine Familie, Freunde, Hobbys?«

»Privat hatten wir keinen Kontakt. Er war verheiratet, hatte drei Kinder und ein Segelboot. Er liebte das Segeln. Was weiß ich sonst noch über ihn? Er hat sich sozial engagiert, was für jemanden in seiner Stellung höchst ungewöhnlich ist. Jeden Freitagabend fuhr er zu einem Kulturzentrum im Norden der Stadt, in dem sich vorwiegend Muslime aus Nordafrika treffen, um maghrebinische Jugendliche an die Kunst heranzuführen und sie zum Zeichnen anzuregen. Er glaubte, wenn er ihnen vermitteln könnte, in welch immensem Ausmaß der Orient, also die Länder ihrer Herkunft, die westliche Kunst beeinflusst hat, würde er ihr Interesse wecken. Man müsse den Ausgegrenzten eine Chance geben, sagte er, damit sie in all dem Hässlichen, das sie erlebt haben, das Schöne zu schätzen lernen. Ob er damit Erfolg hatte, kann ich nicht sagen. Dass er sich besonders um Nordafrikaner kümmerte, hängt mit seiner Familie zusammen, seine Vorfahren haben als französische Siedler in Algerien gelebt.«

»Pieds-noirs«, gab Leblanc zurück.

»Ja, Algerienfranzosen. Nach dem Zweiten Weltkrieg kehrte die Familie nach Frankreich zurück.«

»Wie heißt denn das Kulturzentrum?«, wollte Leblanc wissen und registrierte, dass Pennec neugierig herüberäugte, um nichts von den Ausführungen Monsieur Cohens zu verpassen.

»Centre Culturel Annour.«

»Können Sie sich vorstellen, wer einen Grund gehabt haben könnte, Albert Barat umzubringen?«

»Ich kann mir niemanden vorstellen, wirklich nicht. Albert war ein feiner, integrer Mensch. Aber heutzutage muss man auf alles gefasst sein. Radikale Islamisten töten unschuldige Menschen, die in bester Absicht handeln. Auch in Le Havre ist die Situation nicht einfach. Sieben Prozent der Bevölkerung sind Migranten, davon die Mehrheit Maghrebiner. Wir haben hier mehrere Moscheen und eine muslimische Schule. Vielleicht passte irgendeinem islamistischen Fundamentalisten Alberts Engagement nicht. Er hat zum Beispiel darauf gedrungen, dass auch Mädchen an seinen Kursen teilnahmen.«

Leblanc nickte. »Das ist ein wichtiger Hinweis. Ich muss Sie noch fragen, wo Sie gestern Morgen zwischen sieben und neun Uhr waren.«

»Zu Hause.«

»Allein?«

»Ja, ich lebe allein. Ich habe keine Familie.«

»Besitzen Sie eine Waffe?«

»Um Himmels willen, nein. Ich habe meine zehn Monate Wehrdienst absolviert, ja, aber danach habe ich nie wieder eine Waffe angefasst.«

Leblanc ließ es dabei bewenden.

Nach der Befragung kamen alle Ermittler zusammen und werteten die Ergebnisse aus, die, wie zu erwarten war, mager ausfielen. Die meisten Angestellten, insbesondere das Aufsichts- und Kassenpersonal, kannten den Direktor kaum. Die beiden wissenschaftlichen Mitarbeiter, eine junge, algerischstämmige Frau namens Nouria Abdelkader und Thomas Taylor, ein blonder, großer, schlaksiger Enddreißiger, hatten übereinstimmend betont, Albert Barat sei ein guter Chef gewesen, der vernünftige Entscheidungen im Sinne des Museums getroffen habe. Er hätte das Museum gern wieder zu dem kulturellen Treffpunkt gemacht, der es einmal war. Sein Bestreben sei es gewesen, bildungsfernen sozialen Schichten einen Zugang zur Kunst zu ermöglichen. Vorgeschlagen habe er, Musik- und Tanzveranstaltungen im Museum durchzuführen. Das sei aber vom Kuratorium abgelehnt worden, weil damit verstärkte Sicherheitsmaßnahmen zum Schutz der Sammlung nötig geworden wären.

Bis auf Monsieur Cohen hatten alle befragten Personen ein Alibi, den Sonntagmorgen hatten sie mit ihren Familien verbracht.

Nach der Besprechung nahm Pennec Leblanc beiseite.

»Diesen Cohen sollten wir uns noch einmal vornehmen. Er hat kein Alibi, und er hätte ein Motiv. Der war scharf auf Barats Stelle, und jetzt hat er sie. Wir könnten ihn im Präsidium noch mal ordentlich in die Mangel nehmen. Außerdem Hausdurchsuchung, er könnte die Pistole noch bei sich haben. Immerhin hat er Militärdienst geleistet, er kann also mit einer Waffe umgehen. Diese Sache mit dem kulturellen Engagement von Barat halte ich für ein Ablenkungsmanöver.«

»Wenn Sie schon so gut zugehört haben«, konterte Leblanc, »dann ist Ihnen sicher nicht entgangen, dass er an dem Posten überhaupt nicht interessiert war.«

»Er lügt. Jeder lügt, wenn er seine Taten vertuschen will.«

»Der Mann ist seit zwanzig Jahren Kurator, warum sollte er ausgerechnet jetzt den Direktor umbringen, um seine Stelle einzunehmen? Ich halte die Wahrscheinlichkeit für sehr gering. Außerdem«, sagte Leblanc mit einem hintergründigen Lächeln, »sollten wir uns als Kommissare nicht eine gewisse Fähigkeit in der Einschätzung von Menschen angeeignet haben? Davon abgesehen würden Sie ohne weitere Verdachtsmomente sowieso keinen Durchsuchungsbeschluss vom Untersuchungsrichter erhalten.«

»Cohen ist der einzige Anhaltspunkt, den wir im Moment haben. Ich bin dafür, dass wir hier in die Gänge kommen.«

Nadine, die das Gespräch mitverfolgt hatte, mischte sich ein. »Chef, es könnte doch nicht schaden, Cohen aufs Präsidium zu bringen. Vielleicht fällt ihm etwas ein, was er vergessen hatte.« Ihr Lächeln galt nicht Leblanc.

Verrat, sagte Leblancs innere Stimme, sie hat sich auf die Seite des Konkurrenten geschlagen, die Liebe macht sie blind. Die Treulose selbst ahnte allerdings noch nichts von den amourösen Turbulenzen in ihrem Herzen, die ihr das Wort führten. Fest glaubte sie, in guter Absicht zu handeln. Es wäre nicht das erste Mal gewesen, dass sie ihren Chef, der gelegentlich undiplomatisch mit seinen Ansichten herausplatzte, zur Besonnenheit anhielt. Jede Bezichtigung, der Liebe verfallen zu sein, hätte sie weit von sich gewiesen. Doch ihre Augen und ihr Strahlen sprachen eine andere Sprache.

»Machen Sie, was Sie für richtig halten«, beendete Leblanc schließlich die Unterredung mit Pennec. »Wenn Sie glauben, aus Cohen etwas herauszubekommen, nur zu! Und was unsere Kooperation angeht, würde ich vorschlagen, wir halten uns gegenseitig über neue Untersuchungsergebnisse auf dem Laufenden. Ich nehme nicht an, dass Sie uns täglich mit Ihrer Anwesenheit auf dem Präsidium in Deauville beehren wollen, was Ihnen natürlich freisteht.«

Pennec zog die Augenbrauen zusammen, sagte aber nichts mehr. Die Chancen, den Fall allein zu lösen, standen nicht schlecht. Er hatte einen Verdächtigen und würde der Spur nachgehen. Dieser Kommissar aus Deauville hatte Cohen mit Samthandschuhen angefasst, er würde einfach mehr Druck ausüben. Schnelligkeit zählte, hatte er in der Ausbildung gelernt. Und er war schnell, das hatte er schon oft bewiesen. Falls der Verdacht sich wider Erwarten als Irrtum herausstellen sollte, konnte er sich immer noch den weiteren Untersuchungen anschließen. Ein Ermittlungserfolg würde sich in seiner Akte gut machen. Luc Pennec hatte vor, die Karriereleiter ganz nach oben zu klettern.

»Nadine, wir hören uns, okay?«, rief er ihr zu, als Leblanc und Nadine fast am Ausgang waren, und zeigte ihr mit Daumen und kleinem Finger an, dass sie telefonieren sollten. Wieder erschien das Leuchten auf dem Gesicht der Angesprochenen, sie drehte sich um und nickte.

SECHS

Auf der Rückfahrt nach Deauville verfiel Nadine in einen Zustand kontemplativer Stille, nachdem sie zu Beginn noch eine Lobeshymne auf die körperlichen Vorzüge ihres ehemaligen Mitschülers gesungen hatte – Luc absolviert jeden Tag ein Fitnessprogramm, Laufen, Schwimmen, dazu Karate, einfach toll, man sieht es ihm an, ich sollte auch mehr machen, außerdem taucht er im Urlaub. Dann endete der Wortschwall abrupt mit einem Satz, der ihre Enttäuschung über die mangelnde Begeisterung ihres Chefs bezüglich der Zusammenarbeit mit Le Havre ausdrückte. Danach Schweigen. Leblanc ließ sie in Ruhe. Aus eigener Erfahrung kannte er diesen entrückten Zustand. Es war noch nicht lange her, dass ein gewisses blond gelocktes Wesen namens Liliane Besitz von ihm ergriffen hatte. Kurz dachte er an Marie und Napoleon und daran, dass er später Isabelle anrufen und sie um besagten Gefallen bitten würde.

Bevor sie Honfleur erreichten, entschied er, Madame Barat noch einmal aufzusuchen. Er holte Nadine aus ihren versonnenen Träumen.

»Nadine, ruf mal bei Serge an, frag ihn, wann Madame Barat ins rechtsmedizinische Institut kommen kann, um ihren Mann zu sehen. Wir fahren zu ihr.«

Wie am Tag zuvor parkten sie vor dem weißen Haus mit den hellblauen Fensterläden. Dieses Mal öffnete eine dunkelhaarige, korpulente Frau die Tür, die schwarze Kleidung trug. Leblanc stellte sich und Nadine vor.

»Ich bin Alberts Schwester, Yasmine Hébert«, erklärte die Frau. »Ich bin gestern sofort aus Paris gekommen, nachdem meine Schwägerin mich angerufen hat. Es ist einfach schrecklich, wir alle stehen dieser Tat fassungslos gegenüber. Laure geht es gar nicht gut, sie überlebt im Moment nur mit Beruhigungstabletten.«

»Können wir sie trotzdem einen Moment sprechen?«, fragte Leblanc.

Sie wurden ins Wohnzimmer geführt. Laure Barat erschien kurze Zeit später, auch sie in Schwarz. Mit geröteten Augen und eingefallenen Wangen sah sie um zehn Jahre gealtert aus. Ihr aufrechter Gang ließ jedoch darauf schließen, dass sie um Haltung bemüht war.

»Sie können sich heute Nachmittag von Ihrem Mann verabschieden, der Rechtsmediziner ist informiert«, begann Leblanc. »Ich hätte noch einige wichtige Fragen.«

»Ja«, sagte Madame Barat mit vom Weinen heiserer Stimme.

»Wir haben heute im Museum in Le Havre erfahren, dass Ihr Mann in einem muslimischen Kulturzentrum maghrebinischen Jugendlichen Kunstunterricht gegeben hat. Können Sie mir Details dazu geben?«

»Albert …« Laure Barat schluckte, setzte noch einmal an. »Albert glaubte, dass er das seiner Herkunft schuldig sei. Seine Familie hat über achtzig Jahre in Algerien gelebt. Nachdem Algerien französische Kolonie geworden war, sind seine Vorfahren, die aus dem Elsass stammten, in den 1860er Jahren als Siedler dorthin ausgewandert. Durch Landerwerb wurden sie wohlhabend. Alberts Großvater wurde im Zweiten Weltkrieg eingezogen und ist im Mai 1940 bei dem deutschen Angriff in den Ardennen gefallen. Die Großmutter ist nach Kriegsende mit Alberts Vater Lucien und zwei weiteren Kindern nach Frankreich zurückgekehrt. Lucien Barat hat ein Studium in Paris absolviert und wurde Historiker, Spezialist für die Geschichte des Maghreb, er ist vor zwei Jahren gestorben.

Alberts Name ist eine Hommage an Albert Camus, den sein Vater persönlich kannte und sehr bewunderte. Der Zustand der heutigen französischen Gesellschaft, die Radikalisierung vieler Jugendlicher, die aus nordafrikanischen Ländern stammen, sei ursächlich in der Kolonialgeschichte Frankreichs zu suchen, meinte mein Mann und wollte mit seinem Engagement einen kleinen Beitrag zur Integration leisten. Er nannte es einen Versuch.«

»Hatte Ihr Mann in dem Kulturzentrum Schwierigkeiten, ist er bedroht oder angegriffen worden? Hatte er Probleme mit radikalen Muslimen?«

»Nein, jedenfalls weiß ich nichts davon. Was ihn betrübte, war das nachlassende Interesse der Jugendlichen. Am Anfang waren sie neugierig gewesen, aber ihre Aufmerksamkeit war schnell abgeflaut. Dann kamen sie einfach nicht mehr. Aber Albert sagte, wenn er nur einen Einzigen für die Kunst begeistern könne, hätte sich der Aufwand gelohnt. Albert hätte gern die Welt gerettet.«

Laure Barats trauriges Lächeln war erbarmungswürdig. Dann fiel ihr noch etwas ein. »Am letzten Freitag hat er seinen Kurs abgesagt, das war ungewöhnlich. Normalerweise hat er den Unterricht nur ausfallen lassen, wenn er einen wichtigen Termin hatte oder auf Reisen war. Aber das war am Freitag nicht der Fall.«

»Wissen Sie, warum er abgesagt hat?«

»Nein, er hat gemeint, er müsse eine dringende Arbeit beenden. Er kam nach Hause und hat sich in sein Arbeitszimmer zurückgezogen. Die ganze letzte Woche war er schon so … so in sich gekehrt. Bitte, Herr Kommissar«, fügte die Trauernde hinzu, »finden Sie den Mörder. Es macht Albert nicht wieder lebendig, aber ich möchte wissen, wer es war und warum er das getan hat.«

In Trouville ließ sich Leblanc von Nadine vor dem Restaurant Central absetzen. Das Mittagsmenü fand nicht seine volle Zustimmung, es gab Hühnchen in Weinsauce mit Schalotten, Lauchgemüse und

Reis. Huhn gehörte nicht zu seinen Lieblingsgerichten, die Brust war zu trocken, und an den Schenkeln nagte er nicht gern herum, und Lauch, na ja. Dafür entschädigte ihn das Dessert, er gönnte sich die Mousse au Chocolat und einen Kaffee. Bevor das Dessert serviert wurde, rief er seine Gelegenheitsgeliebte Isabelle an.

»Isabelle, chérie, hier ist dein alter Jacques.«

Er erklärte ihr die Lage und die Aufgabe, die für sie vorgesehen war. Ja, sie sei bereit, das für ihn zu tun, sie helfe immer gern, das wisse er, aber …

Leblanc hatte mit dem, was nun kam, gerechnet, und er leistete diesen Dienst gern.

… ausgehen müsse er mit ihr, nicht wie sonst in die O2-Sofa-Bar im Casino, die sei mega-out, nein, in die nagelneue angesagte Sea-Lounge im fünften Stock des Spa-Hotels wolle sie. Dann würde sie gleich am Nachmittag diese Madame Bertaux anrufen. Wie heiße der Mann noch gleich?

»Napoleon … äh, Quatsch, er heißt Hippolyte Beaumont.«

Er solle sie um einundzwanzig Uhr abholen, teilte ihm Isabelle mit und legte auf.

Zurück im Präsidium führte Leblancs erster Weg zur Spurensicherung. Sie hätten den Fußabdruck untersucht, den sie in der Nähe der Platane sichergestellt hatten, sagte Bernard. Eine Profilsohle, wie man sie bei bestimmten Trekkingstiefeln finde, in Größe dreiundvierzig. »Solche Schuhe vom Typ Ranger tragen auch unsere Kollegen und Soldaten oder Jäger. Die sind nicht ungebräuchlich, kann man im Outdoor-Laden kaufen. Die Größe legt nahe, dass es sich um einen Mann handelt. Bei Frauen ist dreiundvierzig eher selten.«

In der Nähe des Tatorts, fuhr Bernard fort, hätten sie verschiedene frische Reifenspuren gefunden, die einen stammten von einem Geländewagen, die anderen seien Abdrücke von Pkw-Ganzjahresreifen. »Das sind die von den Parkplätzen in der unmittelbaren Umgebung. Der Täter hätte seinen Wagen natürlich auch auf einem entfernteren Platz abgestellt haben können. Wenn er überhaupt motorisiert war. Eine direkte Zuordnung, würde ich sagen, ist mehr als fraglich. Ich meine, falls ihr jetzt anfangen wollt, nach einem Geländewagen zu fahnden.«

»Hast du dir schon Barats Laptop angesehen?«

»Noch nicht.«

»Könntest du rauskriegen, woran er am Freitagabend gearbeitet hat? Welche Dateien er benutzt, ob er Mails geschrieben hat. Und die Handyauswertung steht noch aus.«

»Geht klar.«

»Okay, Bernard, danke.«

Leblanc stieg die Treppe zum Büro hinauf. Kaum war er am Schreibtisch angekommen, klingelte sein Telefon. Es meldete sich ein gewisser Roger Verlaine, Restaurator am Museum in Rouen. Ob Leblanc der Kommissar sei, der den Mord an Albert Barat untersuche, fragte er. Dann müsse er ihn sofort sprechen. Es sei dringend, er könne in einer Stunde auf dem Präsidium in Deauville sein.

Roger Verlaine stellte sich, nachdem er vom diensthabenden Polizisten am Empfang zu Leblanc gebracht worden war, als Chefrestaurator vor. Er und sein Team seien auch für die Museen in Le Havre und Honfleur zuständig, die keine eigene Restaurierungsabteilung hätten. Von Gestalt eher unauffällig, Mitte vierzig, nicht sehr groß, schlank, braune Haare, gewann Verlaine an Lebendigkeit und Anziehungskraft, wenn er zu sprechen begann.

»Ich bin von Pierre Cohen von dem Mord an Albert Barat unterrichtet worden. Es ist für mich vollkommen unvorstellbar, dass Albert nicht mehr da sein soll, eine Katastrophe, für uns, für das Museum.«

»Setzen Sie sich«, forderte Leblanc ihn auf, mit einem Seitenblick auf Nadine, die in der letzten Stunde ungefähr zwanzigmal ihr Handy kontrolliert hatte. Er wollte, dass sie bei dem Gespräch anwesend war.

Leblanc kam direkt zur Sache. »Sie kannten also Albert Barat?«

»Natürlich kannte ich ihn, wir haben eng zusammengearbeitet. Die Bestände eines Museums werden regelmäßig überwacht, dazu gehören Zustandsuntersuchungen der Werke, Gefährdungsanalysen hinsichtlich Ausleihe und Transport, Verbesserungen von Schutzmaßnahmen, Überprüfung von Klima, Licht und Schadstoffentwicklungen. Wir, die Restauratoren, unterrichten den Museumsleiter von unseren Analysen und beschließen mit ihm zusammen das weitere Vorgehen. Wir betreuen die Gemälde auch im Leihverkehr, also wenn Bilder an andere Museen für Ausstellungen ausgeliehen werden.«

»Aha, und was hat das mit Barats Tod zu tun?«, fragte Leblanc.

Was der Restaurator dann berichtete, ließ selbst Nadine kurzfristig ihre Amour fou vergessen und gebannt zuhören.

»In den vergangenen Monaten wurde bei uns in Rouen die große Impressionisten-Ausstellung gezeigt, die vor drei Wochen zu Ende gegangen ist, eine Kooperation der drei großen normannischen Museen. Sie wissen vielleicht, dass Le Havre und Honfleur die größten Sammlungen von Werken des Pre-Impressionisten Eugène Boudin besitzen. Nun, einige Bilder von Boudin wurden für die Ausstellung nach Rouen transportiert und danach natürlich wieder an ihren Standort zurückgebracht. Als Albert vor zwei Wochen etwa im Museum von Honfleur kontrollierte, ob die Hängung stimmte und alles wieder an seinem Platz war, stellte er fest, dass der Rahmen des *Stillleben mit Austern und Zitrone* an einer Ecke ein wenig beschädigt war. Er rief mich an und beauftragte mich mit der Reparatur. Letzte Woche nun sah ich mir das Bild genauer an, und der Verdacht keimte in mir auf, dass das Gemälde eine Fälschung sein könnte. Ich wollte ganz sicher sein, entfernte den Rahmen, analysierte Tiefe und Konsistenz der Farbschicht und untersuchte mit dem Spektroskop Alter und Härte des Rahmenholzes. Aufschluss gab vor allem die Rückseite des Bildes. Sie ist viel schwieriger zu fälschen, weil sich dort Inventarnummer und Stempel oder Ausleihaufkleber befinden. Kurz, ich war sicher, dass es sich beim *Stillleben* um eine Kopie und nicht um das Original handelte.«

»Unglaublich«, entfuhr es Nadine, als Roger Verlaine eine Pause machte.

Der kramte sein iPhone aus der Jackentasche. »Wollen Sie das *Stillleben* sehen? Hier ist es.«

Er reichte Leblanc das Gerät über den Schreibtisch. Vor einem dunklen Hintergrund zeichnete sich ein Silbertablett ab, auf dem fünf große, geöffnete Austern angeordnet waren, daneben zwei Austernschalen und eine halb geschälte Zitrone. Während die Zitrone klare Konturen besaß, verschwammen die Umrisse der Austern auf dem Tablett ineinander.

»Setzten Sie Monsieur Barat von Ihrer Entdeckung in Kenntnis?«, fragte Leblanc und gab dem Restaurator das Handy zurück.

»Ja, vergangenen Mittwochmorgen rief ich ihn an. Er war außer sich, vermochte überhaupt nicht zu verstehen, wie das passiert sein konnte. Er bat mich, zunächst Stillschweigen zu bewahren, er wolle sich überlegen, wie in dieser Angelegenheit weiter zu verfahren sei. Wissen Sie, es ist für ein Museum nicht gerade ein Aushängeschild, wenn im Bestand eine Fälschung auftaucht, außerdem fängt man an, Mitarbeiter zu verdächtigen. Wenn der Rahmen nicht beschädigt gewesen wäre, hätten wir die ganze Sache vielleicht gar nicht oder zumindest erst zu einem späteren Zeitpunkt aufgedeckt, dann würde jetzt anstelle des Originals die Kopie im Museum hängen.«

»Ich verstehe das nicht ganz«, warf Leblanc ein, »ist es denn so leicht, ein Gemälde zu fälschen?«

»Darüber könnte ich Ihnen einen Vortrag halten«, antwortete

der Restaurator. »Aber ich will Sie nicht mit Details langweilen. Manche Werke sind verhältnismäßig leicht zu fälschen, andere schwerer, besonders die mit einer komplexen Oberflächenbeschaffenheit. Gute Kunstfälscher, die es zweifellos gibt, verstehen ihr Handwerk. Auf den ersten Blick können selbst Experten manchmal Original und Fälschung nicht unterscheiden. Viele Fälscher versuchen aber erst gar nicht, eine technisch exakte Kopie anzufertigen, wenn sie das Bild verkaufen wollen. Sie bauen darauf, dass, wenn es gut genug aussieht und die Provenienz überzeugend ist, es sowieso niemand technisch untersuchen lässt. Wie auch immer, wenn in einem Museum ein Original gegen eine Kopie ausgetauscht wird, ist es fraglich, ob der Diebstahl überhaupt entdeckt wird. Es gibt einen Fall aus dem Kunstmuseum in Caracas, da wurde erst nach zwei Jahren bemerkt, dass es sich bei einem Gemälde von Henri Matisse um eine Fälschung handelte.«

»Das heißt, wenn dieses Stillleben vor dem Transport nach Rouen noch echt war, muss es entweder in Rouen oder beim Rücktransport ausgetauscht worden sein. Richtig?«

»Ja, oder im Museum in Honfleur, bevor es wieder an seinen Platz gehängt wurde. Deshalb kommt ja leicht der Verdacht auf, es könnte jemand vom Personal gewesen sein.«

»Wie viel ist denn so ein Bild wert?«, wollte Nadine wissen.

»Boudin ist nicht Monet oder Degas, aber mit einem Original kann man 120 000 bis 150 000 Euro erzielen. Allerdings wird der Verkauf schwierig, wenn bekannt wird, dass es ein aus dem Museum gestohlener Boudin ist. Aber natürlich gibt es immer verschlungene Wege, der Kunstmarkt ist ein gefräßiges Monster, da geht viel Geld über den Tisch.«

»Wenn ich Sie recht verstehe, glauben Sie, dass diese Entdeckung im Zusammenhang mit dem Mord an Albert Barat steht«, fasste Leblanc die Ausführungen des Restaurators zusammen.

»Auf diese Idee könnte man doch kommen. Am Mittwoch

habe ich Albert informiert, am Sonntag wird er erschossen. Möglicherweise hat er in der Zwischenzeit herausgefunden, wer den Diebstahl begangen hat. Derjenige fühlte sich bedroht und tötete Barat.«

»Hm, möglich«, sagte Leblanc nachdenklich. »Kann man irgendwie herauskriegen, wer diese Kopie gemacht hat?«

Verlaine lachte. »Der hat seine Signatur nicht auf dem Gemälde hinterlassen. Kopisten gibt es wie Sand am Meer. Viele Maler verdienen sich ihren Unterhalt damit. Solange sie nicht behaupten, Originale zu verkaufen, ist alles legal. Ich habe gehört, dass sich in Honfleur eine Gruppe von Künstlern niedergelassen hat, die Kopien herstellen und verkaufen. Sie können sich ihre Homepage ansehen: Kunstkopien Honfleur. Wie geht es jetzt eigentlich weiter in dieser Sache? Bearbeiten Sie den Fall, oder muss ich den Diebstahl irgendwo melden? Ich habe außer mit Albert mit niemandem darüber gesprochen.«

»Für Kunstraub gibt es eine Sonderermittlungsabteilung in Paris, das sind Spezialisten auf dem Gebiet. Aber da wir in einem Mordfall ermitteln und diese Spur zur Aufklärung der Tat beitragen könnte, bitte ich Sie, vorerst weiterhin zu schweigen. Wir werden die Kunstfahndung so bald wie möglich benachrichtigen.«

Roger Verlaine verabschiedete sich von Leblanc und Nadine mit Händedruck, nachdem er seine Visitenkarte auf den Schreibtisch gelegt hatte.

Eine Erfolg versprechende Spur. Sollte Barat die Identität des Fälschers herausbekommen und ihn zur Rede gestellt haben, könnte hier das Mordmotiv liegen. Allerdings, wenn man dem Zeitablauf folgte, hatte Barat nur wenige Tage für seine Entdeckung. Hatte er bereits einen Verdacht? Kannte er sich aus in der Fälscherszene? Leblanc rief im Internet die Seite »Kunstkopien Honfleur« auf. »Große Kunst für wenig Geld«, las er da, »echte Ölgemälde handgemalt, suchen Sie sich Ihr Lieblingsbild aus. Wir sind die Spezialisten für Impressionismus, erfüllen Ihnen aber auch jeden anderen Wunsch.« Er schrieb die Adresse auf.

»Wir fahren dahin, sofort«, rief er Nadine zu.

Ihre Bemerkung »Sollten wir nicht in Le Havre …« überhörte er.

SIEBEN

Wäre Kommissar Leblanc nicht in Gedanken bei der Aussage des Restaurators gewesen, die ihn bei seinen Ermittlungen ein gutes Stück weitergebracht hatte, und hätte Nadine nicht ununterbrochen auf ihr Handy gestarrt, dann hätte ihnen das Schauspiel auffallen müssen, das die Natur an diesem Herbstnachmittag zum Besten gab. Immer noch hielt das milde Wetter an. Himmel und Meer verschmolzen miteinander in einem tiefen Blau. Die Sonne machte sich bereit, über dem Meer am Horizont unterzugehen, ließ sich, als wollte sie bei diesem Meisterstück Zuschauer um sich scharen, von kleinen, lang gestreckten Wolken begleiten und tauchte die normannische Küste in ein leuchtendes Orange. Die Äste der Apfelbäume bogen sich unter ihrer Last, das Ockergelb der Blätter mischte sich mit dem Rot der Äpfel. Bald würden sie geerntet und zu Cidre und Calvados verarbeitet werden. Schwarz oder braun gefleckte Kühe grasten auf den Wiesen oder standen in Gruppen unter Bäumen. Einem Kunsthistoriker wie Albert Barat wären bei diesem Anblick die Impressionisten des 19. Jahrhunderts eingefallen, die sich von der Natur, von Licht und Farben der Normandie hatten inspirieren lassen. Und nachdem er an das Gemälde *Kühe auf einer Wiese* von Eugène Boudin gedacht hätte, wäre er vielleicht auch bei dessen *Stillleben mit Austern und Zitrone* gelandet, das dem Kommissar gerade durch den Sinn ging. Falsche Austern, dachte Leblanc und lächelte, besser als verdorbene Austern. Mit denen hatte er einmal in seinem Leben Bekanntschaft gemacht, auf ein zweites Mal würde er gern verzichten. Da also beide, Leblanc und Nadine, auf der Fahrt nach Honfleur in ihren Gedanken versunken waren, zog das farbenprächtige Naturschauspiel unbemerkt an ihnen vorüber.

Der Kommissar bog, bevor er Honfleur erreichte, rechts ab in die Route de Trouville und folgte der Straße, die sich kurvig in die Höhe wand. Kurz vor der Wallfahrtskirche Notre-Dame de Grâce ging es nach links. Leblanc stellte das Auto vor einem Gebäude ab, das die Umrisse eines Bauernhofs besaß, allerdings kürzlich renoviert worden war.

»Das muss es sein. Eine Künstlerwerkstatt habe ich mir irgendwie anders vorgestellt«, bemerkte Leblanc.

»Der Blick ist sensationell, da, der Pont de Normandie.« Nadines Finger wies ein wenig zu sehr nach Westen, um auf die Brücke zu zeigen. Genau dort, wohin er zielte, zeichnete sich am anderen Ufer der Seine-Mündung Le Havre ab, wo ein junger, eifriger Kommissar seinen adonisgleichen Körper in einem Fitnessstudio stählte.

An der Eingangstür des Hauses fehlte die Klingel. Leblanc pochte gegen die Tür. Nach mehrmaligem Klopfen wurde sie von einem schlaksigen jungen Mann in Jeans und buntem Hemd geöffnet. Er fuhr sich mit der Hand durch die braunen, unordentlichen Haare.

»Hi, sind Sie Kunden? Haben wir einen Termin?«

»Nein«, antwortete Leblanc, »wir sind von der Kriminalpolizei in Deauville und möchten Ihnen einige Fragen stellen.«

»Oh, wow, Kriminalpolizei, kommen Sie herein.«

Der junge Mann, beeindruckt, aber nicht eingeschüchtert von dem amtlichen Besuch, führte die beiden Ermittler durch einen schmalen Flur in eine Art Hinterhaus. Es ging eine Treppe hinauf in die obere Etage. Das Dach war teilweise durch Glasplatten ersetzt worden, so dass von oben Tageslicht in das Gebäude fiel. Auch der Raum, den sie dann betraten, war, einem Treibhaus ähnlich, mit einer Glasdecke ausgestattet. Da es aber schon dämmrig war, gaben

Lampen künstliches Licht. Überall standen Paletten mit Leinwänden herum, auf dem großen Holztisch in der Mitte ein Durcheinander von Farbtuben und Schälchen, Lappen und Flaschen mit bräunlichen Flüssigkeiten.

»Hier arbeite ich«, sagte der junge Mann, »ich heiße übrigens Philippe. Nebenan ist das Atelier von Olivier, und gegenüber hat sich Yang eingerichtet. Was kann ich für Sie tun?«

»Sind Ihre zwei Mitbewohner da? Ich hätte sie gern bei der Unterredung dabei.«

»Ja, warten Sie, ich hole sie.«

Kurz darauf erschien Philippe mit zwei Männern, die ungefähr in seinem Alter sein mochten, um die dreißig, schätzte Leblanc. Der eine, der Größere, trug einen grauen, zerknitterten, mit Farbflecken übersäten Overall, der andere, in Jeans und T-Shirt, sah asiatisch aus, chinesisch. Wie war noch der Name, Yang? Die beiden Eintretenden blieben etwas unschlüssig in der Nähe der Tür stehen. Philippe griff sich eine Packung Tabak vom Tisch und drehte sich eine Zigarette.

»Da sind wir«, sagte er. »Das ist Olivier«, er zeigte auf den Schwarzhaarigen im Overall, »und das Yang. Seine Mutter ist Chinesin.«

Beide beschränkten sich auf ein »Hallo«.

Leblanc musterte das Trio einen Moment lang. Sie wirkten auf ihn wie Studenten, die ein lockeres Bohème-Leben führten, statt ihren Studien nachzugehen. Dann begann er. »Wir möchten von Ihnen wissen, ob Sie Albert Barat kennen.«

Kopfschütteln bei den drei Künstlern. »Nein, wer soll das sein?«

»Lesen Sie keine Zeitung?«

»Nö, Zeitverschwendung«, meinte Olivier.

»Albert Barat ist der Direktor der Kunstmuseen in Le Havre und Honfleur. Sie haben nie von ihm gehört?«

»Ach so, doch, kann sein«, sagte Philippe, der sich zum Wortführer der Gruppe ernannt hatte. »Der Name war mir entfallen. Wir halten uns manchmal im Museum auf, wenn wir Gemälde kopieren, aber persönlich haben wir den Museumsleiter nie getroffen, oder?« Sein Blick wanderte zu den anderen. Wieder Kopfschütteln.

»Was machen Sie hier eigentlich genau?«, wollte Nadine, die bisher geschwiegen hatte, wissen.

»Wir stellen qualitativ hochwertige Reproduktionen von Gemälden her, von Hand gemalt auf Leinwand. Unser Spezialgebiet ist der Impressionismus, aber wir können genauso gut Barock oder Expressionismus. Studiert haben wir alle drei an der École des Beaux-Arts in Paris, da haben wir uns kennengelernt. Nach dem Abschluss hat jeder von uns ein Jahr lang versucht, als selbstständiger Künstler auf dem Markt Fuß zu fassen, eine ziemlich schwierige Angelegenheit, wenn man keine Connections hat. Über Yangs Mutter, die Kunstagentin in Peking ist, haben wir erfahren, dass es in China einen unersättlichen Hunger nach Reproduktionen gibt. Das kann Ihnen Yang genauer erklären.«

»Ja«, sagte der Halbchinese, der vollkommen akzentfrei Französisch sprach, »das stimmt. Sie müssen wissen, dass Chinesen ein anderes Verhältnis zu Kopien haben. Das Fälschen hat eine lange Tradition in China und gilt als eigene Kunstform. Es gibt in China eine Menge Fälscher, vor allem im Bereich Antiquitäten und Möbel für den europäischen Markt. Wir haben eine Marktlücke entdeckt, denn Chinesen interessieren sich zunehmend für europäische Kunst. Originale können sich die meisten jedoch nicht leisten und ziehen deshalb Kopien vor. Wir erhalten einen besonderen Bonus, weil unsere Gemälde in Europa hergestellt werden. Die Kunden scheinen zu denken, die Aura des Originals fließe in die Kopie mit ein, insbesondere wenn sie erfahren, dass die Werke in der Normandie, gewissermaßen im Kerngebiet des Impressionismus, entstehen. Zum Teil vermittelt uns meine Mutter die Aufträge, wir haben aber auch eine chinesische Homepage. Natürlich ist es von Vorteil, dass ich Chinesisch spreche.«

Philippe übernahm wieder das Wort. »Schließlich muss man irgendwie sein Geld verdienen. Wir haben unsere ganzen hehren Vorstellungen vom kreativen Künstlerdasein über Bord geworfen, uns zusammengetan und dieses Haus hier gemietet, ideal für unsere Zwecke. Ist es nicht witzig, dass sich keine hundert Meter von uns entfernt Mitte des 19. Jahrhunderts die ersten Impressionisten, Boudin, Monet, Courbet, im Gasthaus Saint-Siméon zu einer Künstlerkolonie zusammenfanden? An der Stelle steht übrigens jetzt das Luxushotel La Ferme Saint-Siméon, Sie können ja mal reinschauen, man isst dort sehr gut.«

Guter Tipp, dachte Leblanc, er würde Marie dorthin zum Essen einladen. »Ich werde es mir überlegen«, sagte er und fuhr fort: »Wie geht denn der Transport nach China vonstatten?«

»Wir lassen das über die Adresse meiner Mutter laufen«, mischte sich Yang ein. »Wir schicken ihr die Arbeiten per Schiff, und sie übernimmt den weiteren Transport in China.«

Philippe erklärte abschließend, dass sie damit ein lukratives Geschäftsmodell entwickelt hätten, sie könnten sich vor Aufträgen kaum retten, verschifften wöchentlich etwa zehn Bilder, bei einem Preis von zweihundert bis dreihundert Euro pro Gemälde, kämen sie auf gut zweitausendfünfhundert Euro in der Woche, manchmal mehr.

Seinen Eindruck, es handle sich bei den dreien um Bohemiens oder Bummelstudenten, revidierte Leblanc. Das waren geschäftstüchtige Jungunternehmer, die eine Menge Geld verdienten. Ob sie Boudins *Stillleben mit Austern und Zitrone* schon einmal kopiert hätten, wollte er wissen.

Wieder antwortete Philippe. Ja, es sei merkwürdig, dass er danach frage. Erst vor ein paar Wochen habe Olivier auf Bestellung eine Kopie angefertigt. Sie hätten sie auch abgeschickt, aber sie sei in China nicht angekommen. Daraufhin habe Olivier eine zweite machen müssen. Der stille Olivier nickte. Dass beim Transport etwas schiefgehe, sei selten, könne aber natürlich passieren, schloss Philippe seine Ausführungen.

»Sie haben gesagt, Sie arbeiten manchmal im Museum.« Nadine wandte sich an Olivier. »Haben Sie eine Erlaubnis, oder wie läuft das ab?«

Olivier blieb wortkarg. »Da kann sich jeder hinsetzen und malen.«

»Das Aufsichtspersonal kennt uns«, fügte Philippe erklärend hinzu, »Monsieur Durand, einer der Wärter, ist immer besonders freundlich zu uns und interessiert sich für unsere Arbeiten.«

»Um das *Stillleben* zu kopieren, waren Sie auch dort, im Museum, meine ich?«, hakte Nadine nach.

»Nein, das *Stillleben* mussten wir nach einem Foto malen, es war ausgeliehen ans Museum in Rouen zur Impressionismus-Ausstellung. Aber natürlich hatten wir es vorher tausendmal im Museum gesehen.«

»Besitzt einer von Ihnen eine Waffe, einen Waffenschein oder Jagdschein?« Leblanc wechselte das Thema. »Wir können das übrigens nachprüfen.«

Eine Waffe? Yang und Philippe gaben ihrem Erstaunen Ausdruck und schüttelten den Kopf, aber der stille Olivier gestand: »Ich besitze ein altes Jagdgewehr. Früher bin ich mit meinem Vater auf die Jagd gegangen, er ist Jäger, damals hatte ich einen Schein. Ich wollte das Gewehr längst weggeben, habe es aber ständig versäumt. Es steht bei mir im Schrank, ich habe es ewig nicht mehr benutzt.«

»Schau an, unser Olivier«, witzelte Philippe, »ein Jäger. Was alles in ihm steckt! Davon hatten wir ja keine Ahnung.«

»Ist lange her. Übrigens hilft es immer, wenn man von einer Sache etwas versteht. Hätte Courbet seine Jagdbilder so sinnlich malen können, wenn er nicht selbst leidenschaftlicher Jäger gewesen wäre? Seiner Meinung nach galt der Jäger als unabhängiger Charakter und freier Geist.«

»Du vergisst zu erwähnen, dass Courbet wilderte, und zwar auch zu verbotenen Zeiten im Winter, um seine Hetzjagd im Schnee malen zu können«, meinte Philippe zu dem Thema.

Leblanc unterbrach das Fachsimpeln der jungen Künstler über den berühmten Kollegen aus dem 19. Jahrhundert. Er wollte wissen, wo die drei am Sonntagmorgen zwischen sieben und zehn Uhr gewesen seien. Nachdenkliche Gesichter. Zu Hause, oder? Philippe habe um acht schon im Atelier gestanden, Yang sei erst um halb neun aufgestanden, dann auch an der Staffelei gewesen. Und Olivier? Er habe früh, die Zeit wisse er nicht mehr, einen Spaziergang gemacht und ab neun gearbeitet.

»Ich würde mir gern Ihre Schuhe ansehen, genauer gesagt Ihre Trekkingschuhe oder -stiefel, falls Sie so etwas besitzen«, forderte Leblanc die Künstler auf.

Die drei schleppten jede Menge Sneaker und Laufschuhe an, ein Paar Stiefel war dabei, das Olivier gehörte.

»Die nehmen wir mit zusammen mit Ihrem Gewehr«, sagte der Kommissar. »Sie bekommen die Sachen bald zurück. Das war es erst einmal. Sie schreiben mir bitte Ihre Namen und Handynummern auf, falls wir Sie noch einmal kontaktieren müssen. Der Museumsdirektor, Monsieur Barat, ist übrigens tot, er wurde erschossen.«

Die Betroffenheit, die die Nachricht bei den Künstlern auslöste, beruhte weniger auf Mitgefühl dem toten Albert Barat gegenüber als auf der plötzlichen Erkenntnis, dass sie von der Kriminalpolizei verdächtigt wurden. Eine irreale Vorstellung, dass einer von ihnen möglicherweise diese Tat begangen haben könnte, oder? Doch Misstrauen war gesät, und unwillkürlich überlegte jeder, wem von den anderen beiden er einen Mord zutrauen würde. Auch wenn es nur ein Gedankenspiel war und sie letztlich zu dem Ergebnis kommen würden, niemand von ihnen könnte einen Menschen töten – die unbefangene Fröhlichkeit wollte sich so schnell nicht wieder einstellen. An diesem Abend blieben sie schweigsam.

Leblanc musste sich beeilen, um wie verabredet um einundzwanzig Uhr seine Geliebte abzuholen. Die schöne Isabelle, frisch wie eine Lotosblüte und wohlriechend, als sei sie soeben einem Duftbad entstiegen, besaß außer schauspielerischen Talenten, die sie, sofern sie nicht ihrem »alten Jacques« einen Gefallen tat, auch als Immobilienmaklerin gekonnt einsetzte, die Gabe, Leblanc für eine Nacht in einen Zustand seligen Vergessens zu versetzen. An diesem Abend trieb ihn die Neugier an zu erfahren, ob Isabelle ihren Auftrag ausgeführt und bei Marie angerufen hatte. Er durfte aber nicht mit der Tür ins Haus fallen, das hätte Isabelle verärgert. Also zuerst Begrüßung mit Komplimenten – neues Kleid, neue Schuhe, neue Frisur, perfekt wie immer –, dann Abmarsch in die hippe Sea-Lounge, fünfter Stock, Blick aufs Meer, auf die Lichter der Fischerboote und das erleuchtete Le Havre. Cocktail für Isabelle, ein Glas Rosé für Leblanc. Er brauchte gar nicht zu fragen, sie begann von selbst von der Aufgabe zu sprechen, die sie für ihn erledigt hatte.

»Ich glaube, deine Madame Bertaux hat es geschluckt. Ich klang nicht nur wie die Ehefrau, ich war die Ehefrau. Mit einem etwas nörgeligen Ton in der Stimme habe ich sie gebeten, meinem Mann auszurichten, er möge mich dringend anrufen, ich könne ihn auf dem Handy nicht erreichen. Und weil deine Isabelle ein schlaues Mädchen ist, hat sie mit unterdrückter Nummer angerufen. Wir möchten doch nicht, dass der Anruf zurückverfolgt werden kann, oder?«

»Wie hat sie denn reagiert?«, wollte Leblanc wissen.

»Sie war sprachlos, dann sagte sie nur kurz, sie werde es Monsieur Beaumont mitteilen, und legte auf.«

Mitten in das überschwängliche Lob, das Leblanc auf die grandiose Schauspielerin anstimmte, klingelte sein Handy. Es war seine Mutter.

»Maman, wie geht es dir? Alles gut in Kamerun?«

»Ich bin nicht in Kamerun.«

Der Satz versetzte Leblanc in leichte Panik. Ihr Mann hatte sie verstoßen, die Großfamilie duldete sie nicht mehr, sie würde bei ihm, ihrem Sohn, Unterschlupf suchen. »Wo bist du denn? Ist etwas passiert?«, fragte er matt.

»Es ist nichts passiert, Ahmadou und uns Frauen geht es gut. Aber Tante Amélie ist krank geworden, ich muss mich um sie kümmern und bleibe in Versailles, bis es ihr besser geht.«

»Ach so. Was hat sie denn?« Seine Stimme klang erleichtert.

»Ihre Seele hat sich eingetrübt, und deshalb schmerzt ihr Magen. Die französischen Ärzte geben ihr Antibiotika, davon ist es nur schlimmer geworden. Die Heilkräuter, die ich mitgebracht habe, werden sie gesund machen. Jacques, ich wollte dich um einen Gefallen bitten. Dayo ist bei mir, der Sohn von Ahmadous zweiter Frau Ouma, du erinnerst dich sicher an ihn. Er ist dreizehn und will unbedingt zur Polizei, und da habe ich gedacht, du könntest ihm ein bisschen was zeigen, dass er mal sieht, wie ein Kriminalpolizist arbeitet. Er ist ja gewissermaßen dein Stiefbruder.«

»Maman, das ist völlig ausgeschlossen. Erstens darf ich keine fremden Personen in Ermittlungen einbeziehen …«

»Er ist ja keine fremde Person …«

»Doch, Maman, für die Behörde schon. Und zweitens wäre das viel zu gefährlich, ich arbeite gerade an einem Mordfall.«

»Das würde ihn besonders interessieren. Er ist wie du, redet nur davon, Verbrechen aufzuklären.«

»Schlag dir das aus dem Kopf. Ich würde mich strafbar machen, wenn ich ihn mitnehmen würde. Wieso ist der Junge überhaupt hier und geht nicht zur Schule?«

»Er hat Ferien. Wie auch immer, ihr werdet euch schon verständigen. Ich bringe ihn morgen zu dir. Er kann auf keinen Fall hier bei Tante Amélie bleiben, der arme Junge langweilt sich ja zu Tode.«

»Ich bin zu beschäftigt, um einen Dreizehnjährigen zu bespaßen.«

»Dann bittest du eben Marie, sie macht das bestimmt gern. Sie hat sich so gut mit Ouma verstanden. Den Gefallen wird sie uns sicher tun.«

Es ratterte in Leblancs Kopf. Könnte das von Vorteil sein? Würde Marie durch die Anwesenheit des Jungen an die glückliche Zeit in Kamerun erinnert werden? Wenn sie mit Dayo beschäftigt wäre, würde vielleicht Napoleon in den Hintergrund rücken.

»Gut, Maman, ich frage sie morgen, und vorher unternimmst du gar nichts. Und grüße Amélie von mir.«

Isabelle sah ihn ungläubig an. »Deine Mutter?«

»Ja, sie hat manchmal absurde Ideen. Das Leben in Afrika hat sie der europäischen Wirklichkeit völlig entfremdet.«

Von Leblancs Vergangenheit oder seiner Familie hatte Isabelle bisher nichts gewusst. Sie bestand darauf, dass er ihr von Kamerun erzählte, wo seine Eltern gelebt hatten und wo er als Junge in einer Höhle verschüttet gewesen war. Dass seine Mutter jetzt einen Afrikaner geheiratet und als dessen vierte Frau in Kamerun lebte, interessierte sie besonders. Nein, das könne sie sich nicht vorstellen, sie sei doch eher für ein bürgerliches Leben geschaffen. Geliebte ja, ihretwegen, aber Polygamie, nein. Leblanc wusste, dass die schöne Isabelle, die als Immobilienmaklerin über mehr als ausreichende Einkünfte verfügte, auf den richtigen Mann wartete, der ihr Luxus und Reichtum bieten konnte.

Nach dem zweiten Cocktail und dem dritten Glas Rosé brachen sie auf, nicht ohne einen letzten Blick auf die leuchtende Silhouette von Le Havre geworfen zu haben.

ACHT

Eine bedrückte Nadine erwartete Leblanc am nächsten Morgen im Büro.

»Chef, ich möchte mit Ihnen reden.«

Einen so ernsten Ton kannte er von seiner Mitarbeiterin nicht.

»Leg los!«

Sie holte tief Luft und strich sich mit der Hand die braunen Locken aus dem Gesicht. Was sie zu sagen hatte, fiel ihr nicht leicht. »Gestern Abend hat mich Luc angerufen. Wir kennen uns nun mal von früher«, fügte sie, als müsse sie eine Erklärung abgeben, hinzu. »Er hat mich gefragt, ob wir neue Ermittlungsergebnisse haben, und ich habe ihm von dem gefälschten Bild und den Künstlern in Honfleur berichtet. Ich finde es nicht richtig, dass Sie, obwohl uns die Behörde zur Zusammenarbeit aufgefordert hat, sich nicht daran halten und Luc nicht informieren.«

Obwohl Leblanc den Konflikt vorausgeahnt hatte, war er von dem frühen Zeitpunkt überrascht.

»Hör mal«, begann er, »du bist verliebt …«

»Wie können Sie …«, Nadine, errötend, platzte ihm ins Wort. »Das hat damit gar nichts zu tun.«

»Hat es doch. Dass du dich in den Kommissar aus Le Havre verguckt hast, ist allein deine Sache. Ich wünsche dir, dass du die richtige Wahl triffst und glücklich wirst. Aber was unsere Arbeit angeht, da entscheide ich, und ich trage die Verantwortung dafür. Wenn ich mich über bestimmte Verordnungen hinwegsetze oder sie, sagen wir mal, großzügig auslege, dann muss ich die Folgen auf mich nehmen, falls es welche gibt. Das heißt, wann ich den Kollegen informiere und worüber, überlässt du mir. Geh mit ihm aus, amüsiere dich mit ihm, aber lass die Arbeit aus dem Spiel. Wenn du das Gefühl hast, er will dich aushorchen …«

»… das hat er nicht getan.«

»Umso besser. Ich meine nur, du solltest dich in deinem eigenen Interesse davor hüten, in einen Loyalitätskonflikt zu geraten. Was die Zusammenarbeit der zwei Kommissariate angeht – ich halte das tatsächlich für keine gute Idee. Aber da das Ministerium es nun einmal beschlossen hat, muss ich dem irgendwie nachkommen. Ich hätte den Kollegen übrigens heute informiert. Können wir uns darauf einigen, dass du in Zukunft mir diese Aufgabe überlässt? Kein Wort mehr über unsere Ermittlungen. Habt ihr zwei nichts Besseres zu tun, als euch über die Arbeit zu unterhalten?«

»Ach, Chef, so weit ist es noch gar nicht«, flüsterte die nun ruhiger gewordene Nadine. Wie sich in einem Gewitter die elektrische Spannung entlädt, reinigt ein Gespräch mitunter den Aufruhr der Seele. Nadines widerstreitende Gefühle hatten sich fürs Erste gelegt. Sie war wieder ganz bei ihrem Chef, ein instabiler Zustand, dessen Gleichgewicht in Gegenwart des Objekts ihrer Begierde leicht ins Wanken geraten könnte.

Leblanc ahnte, was in ihr vorging, und schickte eine Ermutigung hinterher. »Wir sind doch ein gutes Team. Sag mir, was denkst du über die Ermittlungen? Sind wir auf der richtigen Spur? Mir hat der Austausch mit dir schon gefehlt … Ein Lächeln! Ich habe gerade angefangen, es zu vermissen.«

»Also, ich denke, das gefälschte Bild ist der richtige Weg zum Täter. Wir müssen herausfinden, wer das echte gegen das falsche *Stillleben* ausgetauscht hat. Ich glaube nicht, dass es einer von den Künstlern war, obwohl sie die Fälschung hergestellt haben. Wie sollen sie an das Original herangekommen sein? Auf dem Transport? Im Museum? Sehr unwahrscheinlich. Ein Angestellter des Museums hätte eher die Gelegenheit gehabt. Die Künstler haben gesagt, die erste Kopie von dem *Stillleben* sei in China nicht angekommen. Das heißt, jemand hat sie schon in der Absicht entwendet, das Original zu stehlen. Derjenige muss von der Kopie gewusst haben. Oder?«

»Eine interessante Theorie, hat etwas für sich. Oder sie haben den Diebstahl zusammen mit einem Angestellten des Museums geplant und durchgeführt. Deshalb werde ich eine Hausdurchsuchung bei den Malern durchführen, und zwar jetzt gleich. Unmöglich ist es nicht, dass sie das echte *Stillleben* bei sich stehen haben. Man soll nichts unversucht lassen. Der Untersuchungsrichter hat schon einen Durchsuchungsbeschluss gefaxt, du kannst gern Pennec anrufen. Vielleicht will er dabei sein. Ich sage Bernard und den anderen Bescheid. Und ich werde den Restaurator aus Rouen bitten, sich unserer Aktion anzuschließen. Wir würden das *Stillleben* sicher erkennen, aber nicht beurteilen können, ob es sich um das Original handelt.«

»Gut, Chef. Ich werde inzwischen die Namen der drei Künstler in unserer Datei überprüfen. Nach Vorstrafen oder irgendwelchen Einträgen.«

»Ja, mach das. Ich bin gleich wieder da.«

Als Leblanc von der Spurensicherung zurückkehrte, richtete Nadine ihm aus, Kommissar Pennec habe angerufen. »Ich habe ihm von unserem Vorhaben berichtet, aber er will selbst mit Ihnen sprechen. Sie sollen sich melden. Und gegen die Künstler liegt nichts vor, keine Einträge im Polizeiregister.«

»Okay. Bernard hat übrigens die Stiefel von diesem Olivier mit dem Abdruck am Tatort verglichen, das Profil stimmt nicht überein. Und Barats Computer hat bisher nicht viel hergegeben, wissenschaftliche Aufsätze, Vorträge, Reden. Auch in den Mails nichts Persönliches, keinerlei Hinweis auf das gefälschte Bild.«

Leblanc rief Pennec zurück und zwang sich zur Besonnenheit,

als er merkte, dass dessen arroganter Ton schon bei den ersten Worten seinen Ärger hervorrief. Er teilte dem Kollegen mit, welche Schritte er unternommen, welchen Eindruck er von den Künstlern gewonnen hatte und warum er eine Hausdurchsuchung für sinnvoll hielt.

Pennec stand schon wieder unter Druck wie ein Dampfkessel, der jeden Moment explodieren konnte. Auf jeden Fall wollte er in Honfleur dabei sein. Dann musste er zugeben, dass sich sein erster Verdacht in Luft aufgelöst hatte. Er habe diesen Monsieur Cohen vom Museum in Le Havre laufen lassen müssen, es habe sich ein Zeuge eingestellt, der den Mann am Sonntagmorgen zwischen acht und halb neun zu Hause angerufen und eine halbe Stunde mit ihm geredet habe. Er habe also nicht am Tatort sein können. Aha, ein falscher Verdacht also, kommentierte Leblanc. Was wiederum Pennec dazu veranlasste zu betonen, dass er von Anfang an der Meinung gewesen sei, der Mord an Barat habe irgendetwas mit dem Museum zu tun, was sich ja nun bestätigen würde. Leblanc gab ihm die Adresse, in einer Stunde würden sie sich vor Ort treffen.

Kaum hatte er aufgelegt, klingelte das Telefon erneut, es war Roger Verlaine, der Restaurator aus Rouen.

»Ich wollte Sie auch gerade anrufen, Monsieur Verlaine …« Weiter kam Leblanc nicht, denn der Restaurator unterbrach ihn, um mit einer sensationellen Neuigkeit aufzuwarten.

»Herr Kommissar, wir haben Stichproben im Museum in Honfleur gemacht, und es ist eine weitere Fälschung aufgetaucht. Wieder ein Boudin, dieses Mal *Der Himmel über Honfleur*. Weitere Untersuchungen stehen noch aus. Sie sollten vielleicht doch die Sonderermittlungsabteilung in Paris benachrichtigen. Das könnte sich als ein Kunstraub in größerem Maßstab herausstellen.«

»Danke für Ihren Hinweis. Wir gehen davon aus, dass der Mord an Barat etwas mit den Fälschungen der Gemälde zu tun hat. Es wäre zum jetzigen Zeitpunkt ungünstig, wenn sich eine weitere

Abteilung an den Ermittlungen beteiligen würde. Sobald ich konkrete Ergebnisse habe, informiere ich die Sonderkommission. Sagen Sie, dieses Bild, *Der Himmel über Honfleur*, war das auch nach Rouen zu der Ausstellung ausgeliehen?«

»Ja, es ist eines der bekanntesten von Boudin.«

»Ein weiteres Indiz, dass die Bilder auf oder nach dem Transport ausgetauscht wurden. Wer leitet denn das Museum in Honfleur vorübergehend, auch Monsieur Cohen?«

»Offiziell ja, er hat alle Kompetenzen von Albert Barat übernommen. Aber es gibt noch eine Kuratorin in Honfleur, Madame Lambert. Sie macht die Hauptarbeit. Monsieur Cohen ist etwas überfordert mit der Aufgabe, beide Museen zu betreuen. Wir schulden ihm Dank, dass er sich überhaupt kurzfristig zu dieser Interimslösung bereit erklärt hat. Ich habe gerade mit ihm telefoniert …«

»Mir scheint, wir haben dem Museum in Honfleur zu wenig Aufmerksamkeit geschenkt. Das sollten wir schleunigst nachholen.« Leblanc merkte kaum, dass er seine Gedanken laut äußerte.

»Vielleicht haben Sie die Gerüchte schon gehört …«

»Welche Gerüchte meinen Sie?«

»Na ja, eigentlich habe ich für Klatsch und Tratsch nichts übrig, aber im Falle eines Mordes … Albert soll ein Verhältnis mit Christine Lambert gehabt haben. Das hat er wohl beendet, als Nouria Abdelkader vor drei Monaten als wissenschaftliche Mitarbeiterin in Le Havre eingestellt wurde. Es wird gemunkelt, er habe sich in sie verliebt. Als Christine Lambert davon erfahren habe, sei sie außer sich gewesen, habe Albert in seinem Büro aufgesucht und eine Riesenszene gemacht, geschrien und gedroht, zu Alberts Frau zu gehen und ihr alles zu sagen. Der Student aus Paris, der gerade am Museum ein Praktikum absolviert, habe alles mit angehört, sagte mir Cohen, und sein Schweigen nun gebrochen. Er hat mit Mitarbeitern im Museum darüber gesprochen, natürlich hat das sofort die Runde gemacht. Die wildesten Behauptungen gehen herum.

Ihrem Kollegen, dem Kommissar in Le Havre, hat der Praktikant seine Beobachtungen schon mitgeteilt.«

»Aha. Wussten Sie von Barats Affäre mit der Kuratorin?«

»Nein, das heißt, hinterher kann man sich einiges zusammenreimen. Ich habe die beiden einige Male zusammen erlebt. Ihre Vertrautheit hätte mir auffallen können, aber ich habe das für den Ausdruck eines guten Arbeitsverhältnisses gehalten und keinen Gedanken daran verschwendet.«

»Können Sie sich vorstellen, dass die Kuratorin etwas mit dem Diebstahl der Gemälde zu tun hat?«

»Eigentlich nicht. Christine ist ehrgeizig, auf Karriere bedacht, will aufsteigen und hat es in der Männerwelt, die auf Direktorenebene immer noch vorherrscht, nicht leicht. Dass sie sich von Albert Unterstützung erhofft hat, kann ich mir vorstellen, auch dass sie von ihm enttäuscht und eifersüchtig war, aber kriminelle Handlungen wie Bilderraub … nein. Das wäre schon sehr absurd.«

»Und was halten Sie von dieser Nouria Abdelkader?«

»Sie ist noch nicht lange im Museum, ich habe sie nur einmal gesehen. Eine sehr schöne, junge Frau, selbstbewusst, stolz. Sie hat den Aufstieg geschafft, ein Studium, eine angesehene Stelle in einem Museum – als Frau mit Migrationshintergrund. Das ist sicher nicht leicht, wenn man aus einer nordafrikanischen Familie stammt. Es könnte sein, dass Albert sie aus genau diesem Grund eingestellt hat, er hat sich sehr für die Integration von Migranten eingesetzt.«

»Monsieur Verlaine«, setzte Leblanc noch einmal an, »könnten Sie in einer Stunde in Honfleur bei den drei jungen Malern sein, bei denen, die Kopien herstellen? Sie selbst haben uns den Tipp mit der Homepage gegeben. Ich werde dort eine Hausdurchsuchung vornehmen lassen, um nach den gestohlenen Bildern zu suchen. Jetzt, wo ein weiteres Original verschwunden ist, wäre es umso wichtiger, dass Sie als Experte dabei sind. Wir könnten vermutlich das Original nicht von einer Kopie unterscheiden.«

»Sie glauben tatsächlich, dass die drei etwas damit zu tun haben?«
»Auf jeden Fall möchte ich es überprüfen.«
»Gut, ich komme.«

Ein neuer Aspekt tat sich auf. Nach dem Gespräch mit dem Restaurator hing Leblanc seinen Gedanken nach. Der Mord an Barat eine Beziehungstat? Eifersucht? Welche Rolle spielte dabei der Bilderraub? Kaum plausibel, dass die Kuratorin aus Rache an dem untreuen Geliebten Originale aus dem Museum entwendet und durch Kopien ersetzt hatte. Was sollte das nützen? Aber vielleicht waren der Diebstahl und der Mord zwei voneinander unabhängige Taten. Auszuschließen war ebenfalls nicht, dass die Ehefrau von den Affären ihres Mannes erfahren hatte. Aber würde sie ihn deshalb umbringen? Nein, das passte nicht zu ihrer Reaktion. Außerdem deuteten die Fußabdrücke am Tatort auf einen männlichen Täter hin. Oder würde eine Frau in Stiefel der Größe dreiundvierzig schlüpfen, um den Verdacht auf einen Mann zu lenken? Nicht anzunehmen. Und der Schütze, das meinte Serge jedenfalls, war ein Profi, ein einziger tödlicher Schuss und vermutlich eine Waffe mit Schalldämpfer. Bliebe nur die Möglichkeit, eine der Frauen – am ehesten wohl die verschmähte Geliebte – hätte einen Killer engagiert. Das ergab alles noch kein zusammenhängendes Bild. Auf jeden Fall wollte er mit den Frauen reden. Und, schau an, schau an, der Herr Kollege aus Le Havre, der so sehr auf Kollaboration pochte, enthielt ihm Informationen vor. Das Versäumnis würde er ihm genussvoll unter die Nase reiben. Aber jetzt erst einmal die Hausdurchsuchung.

Eine Stunde später rückte die komplette Mannschaft bei den Malern in ihrem gepachteten ehemaligen Bauernhof an. Die Überraschung stand ihnen im Gesicht geschrieben. Aber auch dieses Mal zeigten sie keine Aufregung, sondern nahmen das Unabänderliche dieses

Einsatzes gelassen hin. Entweder waren sie unschuldig, oder sie hatten die gestohlenen Gemälde längst außer Haus gebracht.

Von einem *Stillleben mit Austern und Zitrone* keine Spur, wohl aber fanden die Fahnder einen *Himmel über Honfleur*. Eine Kopie? Wer die gemalt habe, wollte Leblanc wissen.

»Ich«, meldete sich der stille Olivier, »sie ist gerade diese Woche fertig geworden.«

»Diese Woche? Haben Sie von dem Bild schon vorher mal eine Kopie gemacht?«

Olivier lachte laut. Dieses Werk sei der Renner, sie hätten es bestimmt schon zwanzigmal kopiert, wenn nicht öfter, sie alle drei. Ob einmal eine Kopie davon verloren gegangen sei, fragte Leblanc.

Davon habe er nichts gehört, aber unmöglich sei das nicht. Normalerweise rufe Yangs Mutter an, wenn eine Lieferung eintreffe, vor allem wenn es Vorbestellungen gebe. Aber den *Himmel über Honfleur* hätten sie vielfach ohne Auftrag hergestellt, der gehe eigentlich immer, den habe Yangs Mutter auf Lager. Da seien sie nicht so genau gewesen mit der Kontrolle.

»Wer war im Museum informiert über Ihre Tätigkeiten?«, fragte Leblanc.

Dieses Mal antwortete Philippe. »Eigentlich alle, ja, auch die Kuratorin, es ist ja kein Geheimnis und nichts Illegales. Weshalb sollten wir es verbergen?«

»Sie haben gestern den Namen von einem Museumswärter genannt. Wie hieß der noch?«

»Durand meinen Sie?«

»Genau. Kennen Sie den Mann gut?«

Yang schaltete sich ein. »Davon kann keine Rede sein, wir haben im Museum ein paarmal mit ihm gesprochen. Was während der Arbeit zwangsläufig passiert. Monsieur Durand ist ein alter Herr, er war einfach nur nett.«

Nadine hatte während der ganzen Zeit erwartungsvoll zur Eingangstür geblickt. Offenbar vermisste sie Luc Pennec, der eigentlich hier sein wollte, aber nicht hier war. Gerade überlegte sie, ob sie ihn anrufen sollte, da hörte sie die Stimme ihres Chefs.

»Nadine, erkundige dich mal im Museum in Honfleur nach einem Monsieur Durand vom Aufsichtspersonal. Am besten lässt du dir die Adresse geben.«

Inzwischen war der Restaurator aus Rouen eingetroffen. Leblanc zeigte ihm den beschlagnahmten *Himmel über Honfleur*. Monsieur Verlaine prüfte mit Lupe Vorder- und Rückseite und gab dann Auskunft.

»Eine gute Kopie, aber nicht das Original. Ich denke, das kann ich ohne weitere Analyse behaupten. Ihr seid exzellente Handwerker«, rief er den Malern zu. »Ihr solltet Kunstwerke schaffen, keine nachmachen.«

Philippe grinste. »Träumen Sie weiter. Wissen Sie, wie der Markt für zeitgenössische Kunst aussieht? Ein Haifischbecken. Nee, mit den Kopien sichern wir unseren Lebensunterhalt.«

Mehr gab die Hausdurchsuchung nicht her. Leblanc bedankte sich bei dem Restaurator. Pennec war immer noch nicht eingetroffen. Erst als alle bereits im Begriff waren, das Gebäude zu verlassen, hielt ein Auto mit quietschenden Reifen vor dem Anwesen. Ein sichtlich verärgerter Pennec entstieg seinem Wagen.

»Ein unabsehbarer Zwischenfall, ich konnte nicht eher hier sein«, erklärte er seine Verspätung, als er die abrückende Mannschaft an sich vorbeiziehen sah.

Luc Pennec konnte auch nett sein, aber nur zu ausgewählten Personen. Leblanc gehörte nicht dazu, Nadine schon. Sie wurde umarmt und auf beide Wangen geküsst, für den Kommissar aus Deauville reichte es gerade zu einem herausgepressten »Bonjour«. Leblanc berichtete ihm, was bei der Durchsuchung herausgekommen war.

»Dann habe ich nicht viel verpasst.« Pennec gab sich besänftigt.

»Aber vielleicht haben wir eine neue Spur.« Nadine bedachte das Objekt ihrer Begierde mir innigem Lächeln. Vorsichtshalber bezog sie ihren Chef mit ein und verkündete die Meldung:

»Ich habe im Museum angerufen. Monsieur Durand hat vor Kurzem gekündigt.«

»Wer ist Durand?«, fragte Pennec pikiert, als hätte man ihm bewusst eine Information vorenthalten.

»Ein Wärter im Museum. Die Maler haben seinen Namen erwähnt. Er hat sich mit ihnen unterhalten und wusste auch über ihre Arbeiten Bescheid.«

»Hast du die Adresse?«, wollte Leblanc von seiner Mitarbeiterin wissen.

»Ja, klar. Er wohnt in Honfleur, Rue Saint-Nicol 39.«

»Na, dann los, dem Herrn statten wir einen Besuch ab. Ich fahre vor, wir treffen uns vor dem Haus.« Bei der Aussicht auf Aktion trumpfte Pennec schon wieder auf.

Ungünstig, mit drei Leuten dort anzurücken, fand Leblanc. Das behielt er aber für sich. Nicht zu ändern.

NEUN

Das Haus Nummer 39 in der Rue Saint-Nicol war ein schmales, einstöckiges ehemaliges Fischerhaus, typisch für die Hafenstädte der Normandie.

»Wie heißt der Mann noch?«, fragte Pennec, der schon ungeduldig wartete, als Leblanc und Nadine eintrafen.

»Durand.« Leblanc blieb einsilbig. »Lassen Sie mich das Gespräch führen?«

»Meinetwegen«, knurrte Pennec.

Wenigstens das. Der Name Durand stand am Klingelschild. Ein schriller Ton, dann öffnete ein weißhaariger, hagerer Mann in schwarzer Hose und brauner Strickweste die Tür, faltiges Gesicht, gebeugte Haltung. Erschrocken blickte er auf die drei unbekannten Personen, eine Polizistin in Uniform, zwei Männer in Zivil. Sein erster Gedanke galt seiner Frau, die er wegen ihrer Demenzerkrankung in einem Pflegeheim untergebracht hatte. Nun war es passiert, was er schon lange befürchtet hatte. Sie waren gekommen, um ihm ihren Tod zu verkünden. Einen zweiten Gedanken ließ er nicht zu.

»Ist etwas mit meiner Frau?«, fragte er ängstlich.

»Nein, wir wissen nichts über Ihre Frau«, entgegnete Leblanc und stellte sich und die anderen vor. »Sind Sie Monsieur Durand?«

Es war ein leises »Ja« zu vernehmen. Nachdem die Sorge um seine Frau gewichen war, drängte sich nun der zweite Gedanke in den Vordergrund, den er geflissentlich, aber nun vergeblich zu ignorieren versuchte.

»Sie haben davon gehört, dass der Museumsleiter Albert Barat erschossen wurde?«

Ein noch leiseres »Ja« folgte. »Ein Kollege aus dem Museum hat mich angerufen und mir das schreckliche Ereignis berichtet.«

»Deshalb möchten wir mit Ihnen sprechen. Können wir hereinkommen?«

Er hielt die Tür auf, die so schmal war, dass die drei Besucher nur hintereinander in den dunklen, muffig riechenden Flur treten konnten. Diese Fischerhäuser waren selten unterkellert, und es drang aus dem Boden Feuchtigkeit ein. Rechts ging es in ein Wohnzimmer, dessen Mobiliar Monsieur Durand offensichtlich von seinen Eltern geerbt hatte, Tisch und Anrichte aus dunklem Holz, Sofa und Sessel mit geblümtem Samt bezogen. Die Wände schmückten Geweihe von Hirschen und Rehen, auf dem Tisch lagen aufgeschlagen mehrere Jagdzeitschriften. Tageslicht drang kaum durch die Erdgeschossfenster. Eine gespenstische Atmosphäre.

»Monsieur Durand, Sie haben Ihre Arbeit als Wärter im Museum aufgegeben. Warum?«, fragte Leblanc.

Unsicher zuckte der Mann mit den Schultern. »Ich werde achtundsechzig, da ist es genug, auch wenn der Zuverdienst mir das Leben erleichtert hat. Meine Rente ist nicht hoch.« Er fügte noch hinzu, es sei eine gute Anstellung gewesen. Früher habe er auf einer kleinen Werft gearbeitet, das sei ihm wegen der körperlichen Anstrengung nicht mehr möglich gewesen.

Achtundsechzig, dachte Leblanc, er hätte den Mann auf weit über siebzig geschätzt. »Wir möchten von Ihnen wissen, ob Sie irgendetwas Ungewöhnliches im Museum beobachtet haben, ob …«

Pennec ließ ihn den Satz nicht beenden. »Reden wir Klartext. Es sind Fälschungen im Museum aufgetaucht, Kopien von Gemälden, die Originale sind verschwunden. Haben Sie etwas damit zu tun? Wissen Sie etwas darüber?«

Die faltigen Hände des alten Herrn zitterten. »Nein, ich weiß nichts.«

Pennec legte nach. »Hören Sie, wenn Sie in diese Austauschaktion verwickelt sind, sollten Sie gestehen, das wirkt unter Umständen strafmildernd.«

»Ich weiß wirklich nichts.«

»Na schön.« Leblanc griff wieder ein. Dieser Pennec konnte einfach nicht an sich halten. »Aber Sie kennen die jungen Maler, die im Museum Bilder kopieren?«

»Ja, Olivier, Philippe und Yang, die sitzen manchmal den ganzen Tag da und malen. Wenn nicht viel Publikumsverkehr herrschte, habe ich mich mit ihnen unterhalten, nette Burschen, besonders der große Dunkelhaarige, Olivier.«

»Monsieur Durand, ich muss Sie darauf hinweisen«, Leblanc schlug nun einen schärferen Ton an, »dass Ihnen, wenn Sie eine Straftat begünstigen – und ein Bilderraub ist eine Straftat und kein Kavaliersdelikt –, eine Verurteilung droht. Auch wenn Sie die Tat nicht selbst begangen, sondern nur gedeckt haben. Möglicherweise wären Sie damit auch in einen Mord verwickelt, denn das Verschwinden der Bilder könnte im Zusammenhang mit Monsieur Barats Tod stehen. Ich werde in Erwägung ziehen, bei Ihnen eine Hausdurchsuchung durchzuführen.«

Das Zittern der Hände wurde stärker, aber der Mann blieb dabei: »Ich weiß nichts, wirklich nicht, glauben Sie mir.«

Mehr würden sie aus ihm nicht herausbekommen. Wenn er etwas mit dem Bilderraub zu tun hatte, war er jetzt gewarnt. Vielleicht brachte das Dynamik in die Angelegenheit. Leblanc drängte zum Aufbruch. Pennec baute sich mit einer Drohgebärde vor dem verängstigten Monsieur Durand auf und zischte: »Wir kriegen Sie.«

Nadine war während der Befragung stumm geblieben, abwechselnd hatte sie Leblanc und Luc Pennec angesehen. Die Waagschale, die sich zwischenzeitlich zugunsten ihres Chefs gesenkt hatte, schnellte in die Höhe und gab der Gegenseite, auf der sich der Prinz ihres Herzens befand, mehr Gewicht. Wie schön er war, wie aktiv und wie lebendig. Ja, sie hatte viel gelernt bei ihrem Chef, und dafür war sie dankbar, aber es gab eben noch andere Ermittlungsmethoden als die von Leblanc, der sich immer erst ein Bild von den beteiligten Personen machte. Er ließ sie reden, wägte die Aussagen ab und kam dann durch Recherche und Nachdenken zum Ergebnis. Zugegeben, er lag meistens richtig damit, aber das kostete viel Zeit. Vielleicht kam man mit mehr Druck tatsächlich schneller zum Ziel. Sie mochte das forsche Auftreten von Luc, sie mochte ihn. Wie sollte das weitergehen, wenn sie ständig hin- und hergerissen war?

Auch als sie auf der Straße standen und das Gespräch mit Durand rekapitulierten, redete Nadine wenig. Pennec legte sofort los und tat kund, dass er dem Mann nicht glaube, der habe etwas zu verbergen. Dieses Mal musste Leblanc ihm recht geben, auch er hatte diesen Eindruck. Zumindest hielt er es für möglich, dass der ehemalige Wärter in den Kunstraub verwickelt sein könnte. Er könnte dem Dieb Einlass gewährt und ihm den Rücken freigehalten haben. Und er wusste, welche Bilder zur Ausstellung nach Rouen gebracht werden sollten.

»Lassen wir ihn beschatten«, schlug Pennec vor. »Vielleicht nimmt er Kontakt zu seinen Kompagnons auf.«

»Gut«, stimmte Leblanc zu. »Übernehmen Sie das mit Ihren Leuten?«

»Klar.«

»Und Sie informieren mich über die Ergebnisse der Observation?«

»Selbstverständlich«, erklärte Pennec im Brustton der Überzeugung.

»Und wann wollten Sie mir eigentlich mitteilen, was Sie von dem Praktikanten des Museums über die diversen Affären von Albert Barat erfahren haben?« Der Überraschungsangriff saß.

Leichtes Zögern seitens des Ertappten. »Äh, ich wollte es Ihnen gerade sagen. Woher wissen Sie …«

»Der Restaurator, Monsieur Verlaine, hat mich informiert über Barats Geliebte, die Kuratorin Christine Lambert und die wissenschaftliche Mitarbeiterin Nouria Abdelkader. Das könnte ein anderes Licht auf den Mord werfen, möglicherweise ist Eifersucht ein Tatmotiv.«

Ein etwas kleinlaut gewordener Kommissar Pennec meinte ungewohnt zurückhaltend: »Ich dachte, wir könnten die zwei betroffenen Damen aufteilen. Sie übernehmen die Kuratorin in Honfleur, ich kümmere mich um Nouria Abdelkader. Was meinen Sie?«

»Ich habe nichts dagegen.«

Die Einsicht Pennecs in sein Fehlverhalten schwand schnell, er versuchte, seine Unterlassung zu rechtfertigen. »Es handelte sich um Klatsch, dem ich normalerweise keine Bedeutung beimesse. Die Spur, die zu den gestohlenen Gemälden führt, erscheint mir die weitaus ergiebigere.«

»Wir werden sehen. Nadine«, wandte sich Leblanc an seine stille Kollegin, »willst du nicht gemeinsam mit Kommissar Pennec ermitteln? Das wäre die beste Gelegenheit, in ein anderes Revier hineinzuschnuppern, zumal die Zusammenarbeit ausdrücklich erwünscht ist. Immer mit deinem alten Chef, das kennst du doch zur Genüge. Natürlich nur, wenn Sie einverstanden sind, Herr Kollege.«

»Echt, Chef? Super.« Aufflammende Begeisterung bei Nadine.

»Das lässt sich machen.« Pennecs trockene Worte klangen weniger enthusiastisch.

Warum wurde er das Gefühl nicht los, Leblanc hätte einen geschickten Schachzug gelandet? Die Kleine war wirklich süß, bestimmt auch klug und eine gute Polizistin, aber er würde lieber mit ihr ausgehen, als sie bei seinen Ermittlungen dabeizuhaben. Aus der Sache kam er jetzt nicht wieder raus. Er musste sie irgendwie beschäftigen.

»Dann fahr doch gleich mit Kommissar Pennec nach Le Havre«, schlug Leblanc vor.

Nadine sollte eine Chance bekommen und herausfinden, ob ihre Verliebtheit der Wirklichkeit standhielt und ob das Kommissariat in Le Havre ihr neue Perspektiven eröffnen konnte. Er sah den beiden nach, wie sie die Straße hinuntergingen: Nadine schwungvoll, mit wippenden Locken, Pennec energiegeladen wie ein junger Stier. Die Zukunft gehört der Jugend, dachte Leblanc, umso mehr in einer Zeit, in der Schnelligkeit, ausgeprägtes Selbstbewusstsein und siegessicheres Auftreten gefragt war. Zwanzig Jahre trennten ihn von den Anfang Dreißigjährigen, bald würden seine Ermittlungserfolge hinter der Kritik zurücktreten, er sei zu langsam, zu bedächtig. Man würde ihm noch drei, vier Jahre geben und dann in Rente schicken. Was würde er dann tun? Keine Ahnung, er schob diesen Gedanken beiseite. Im Moment war er noch da und würde beweisen, dass mit ihm zu rechnen war.

ZEHN

Die vergangenen vier Wochen waren für Christine Lambert die schlimmsten ihres Lebens. Dass ihre Beziehung mit Albert nicht von Dauer sein würde, war ihr klar gewesen. Ihr Geliebter hatte ihr nichts vorgemacht. Er hätte seine Frau und seine Familie nie verlassen. Sie hatte gewusst, worauf sie sich einließ, keine gemeinsamen Urlaube, kein Weihnachtsfest zu zweit, keine Auftritte in der Öffentlichkeit, nicht einmal eine ganze Nacht. Nur gelegentliche Treffen nach der Arbeit bei ihr zu Hause. Das hatte sie akzeptiert, denn das Zusammensein mit Albert hatte sie dafür entschädigt. Es war nicht so sehr der Sex, der sie an ihn band, sondern die Gespräche. Sie teilten die Begeisterung für Kunst und die arabischen Länder Nordafrikas, ihre Liebe galt Marokko, seine Algerien. Noch nie zuvor hatte sie einen so erfüllenden Austausch erlebt. Seit sie zum ersten Mal mit achtzehn Jahren Marokko bereist hatte, bestand ihr Interesse an diesem Land und seiner Kultur. Kunstgeschichte hatte sie studiert, in ihrer Dissertation die Einflüsse maghrebinischer Kunst auf europäische Künstler, insbesondere Matisse, erforscht. In den letzten Jahren hatte sie versucht, eine Ausstellung zu zeitgenössischer marokkanischer Malerei zu organisieren, aber kein Museum dafür finden können. Irgendwie war sie nach dem Studium und verschiedenen Interimsstellen hier bei den frühen Impressionisten in Honfleur als Kuratorin gelandet. Nicht der schlechteste Job, aber die unerfüllte Liebe zu Marokko nagte an ihr. Vor drei Jahren hatte Albert die Leitung der beiden Museen übernommen. Nachdem sie ihre Seelenverwandtschaft entdeckt hatten, stürzten sie sich in beglückende Gespräche. Irgendwann waren sich auch ihre Körper nähergekommen.

Vor ungefähr sechs Wochen hatte Albert sich von ihr abgewandt, nicht abrupt, sondern langsam, fast unmerklich. Er hatte keine Zeit mehr gehabt, Ausreden erfunden. Erst hatte sie sich gewundert, bis sie erfuhr, dass das Museum eine neue wissenschaftliche Mitarbeiterin eingestellt hatte, Nouria Abdelkader, jung, schön und mit algerischen Eltern. Sie war nach Le Havre gefahren, und als sie Nouria sah, wusste sie, dass Albert sie ihretwegen verlassen hatte. Sie hatte ihn zur Rede gestellt, er hatte nur mit den Schultern gezuckt, sie hatte geschrien, er blieb stumm. Es war ihr egal gewesen, ob jemand ihren Ausbruch, ihr Toben mitgehört hatte, auch Albert war es egal gewesen.

Christine Lambert litt Qualen unter dem Verlust, vernachlässigte ihre Arbeit, vernachlässigte sich selbst. Bis sie am Tag zuvor die Nachricht von Alberts Tod erreichte. Der Schock führte, anders als zu erwarten gewesen wäre, nicht in einen Zustand tiefer Trauer, sondern ließ sie Erleichterung, fast so etwas wie Genugtuung empfinden. Albert war ihnen dreien genommen worden, ihr, seiner Frau und Nouria. Jetzt hatte keine mehr etwas von ihm. Sie nicht, die beiden anderen aber auch nicht.

Als es an ihrer Bürotür im Museum klopfte, starrte sie gerade aus dem Fenster auf den Walnussbaum im Garten, dessen pflaumengroße grüne Früchte aufgeplatzt waren, um die braune Nuss freizugeben, und hing ihren Gedanken nach.

»Kommissar Leblanc von der Kriminalpolizei in Deauville. Ich untersuche den Mord an Albert Barat«, stellte sich der Eintretende vor.

»Bonjour«, sagte Christine Lambert und wandte sich dem Besucher zu. »Sie wollen bestimmt von mir wissen, wo ich am Sonntagmorgen war?«

Leblanc lächelte. »Ja, das auch, aber ich habe noch andere Fragen.« Er sah sich die Kuratorin, die zur Begrüßung des Eintretenden aufgestanden war, genauer an. Sie war groß, sehr schlank, hatte dunkelblonde, mit hellen Strähnen durchmischte Haare und leuchtend blaue Augen. »Also, wo waren Sie?«

»Zu Hause, in meiner Wohnung in der Rue Varin, keine zehn Minuten entfernt vom Museum und kaum fünfzehn von der Stelle, an der Albert ermordet wurde. Ich war allein, habe also kein Alibi.« Fast trotzig brachte Christine Lambert diese Worte hervor.

»Aber erschossen haben Sie Monsieur Barat nicht, oder?«

»Nein, habe ich nicht. Ich habe ihm nicht einmal eine Ohrfeige verpasst, obwohl er es verdient hätte.« Und dann erzählte sie dem unbekannten Kommissar die ganze Geschichte von ihr und Albert und wie sie vor drei Wochen zu Ende ging. Sie sprach von ihrer Enttäuschung und ihrer Wut, und es tat ihr gut.

»Hätte jemand einen Grund gehabt, Albert Barat umzubringen? Hatte er Feinde, Neider?«

»Darüber ist mir nichts bekannt. Er hat nie etwas Ähnliches erwähnt. Aber fragen Sie doch die Familie von dieser Nouria. Soweit ich weiß, wohnt sie bei ihren Eltern. Vielleicht sind das strenggläubige Muslime, und sie haben von der Liaison des Mädchens mit ihrem Chef erfahren. Manche Väter und Brüder tolerieren solche Bindungen nicht.«

»Möglich«, sagte Leblanc. »Ich wollte Sie noch nach Monsieur Durand fragen, er gehörte zu Ihrem Aufsichtspersonal.«

»Ich weiß, wer Monsieur Durand ist, ein freundlicher älterer Herr, der seine Arbeit sehr gewissenhaft und gut erledigt hat. Er war zehn Jahre im Museum angestellt, vor Kurzem hat er gekündigt.«

»Wissen Sie, warum?«

»Nein, er hat keinen Grund angegeben. Ich habe gehört, seine Frau leidet an einer Demenzerkrankung.«

»Wann haben Sie Monsieur Barat das letzte Mal gesehen?«

»Das war am … Donnerstagnachmittag, da war er hier im Museum. Ich habe nicht lange mit ihm gesprochen. Sie können sich vorstellen, dass ich Begegnungen möglichst gemieden habe, was wegen der Arbeit natürlich nicht möglich war. Er wollte irgendetwas in den Sälen überprüfen.«

»Was ich Ihnen jetzt sage, behalten Sie bitte noch eine Weile für sich. In Ihrem Museum sind Fälschungen aufgetaucht …« Weiter kam Leblanc nicht.

»Was?«, schrie Christine Lambert aufgebracht. »Das kann nicht sein. Wie ist das passiert? Wer hat das getan?«

Leblanc berichtete, was der Restaurator entdeckt und bei den Untersuchungen vom *Stillleben* und vom *Himmel über Honfleur* festgestellt hatte.

»Warum hat mir Albert nichts gesagt?«

»Er wollte den Sachverhalt zunächst geheim halten und selbst Nachforschungen anstellen. Wir vermuten, dass der Mord damit in Verbindung steht.«

»Ich bin völlig konsterniert. Wir verfügen über ein modernes Alarmsystem, das mit Detektoren arbeitet, die auf Druck oder Verschiebung oder Entlastung reagieren. Es erfolgt sofort ein lautes akustisches Signal, wenn ein Bild nur einen Hauch bewegt wird.«

»Der Restaurator vermutet, und ich stimme ihm zu, dass der Austausch des Originals gegen die Fälschung im Rahmen der Ausleihe an das Museum in Rouen stattfand, während des Transports oder vor der Hängung. Sie wussten aber, dass das *Stillleben mit Austern und Zitrone* restauriert werden sollte?«

»Ja, natürlich. Albert hatte entdeckt, dass am Rahmen eine Ecke beschädigt war. Gestern war Roger Verlaine hier, er schaute kurz bei mir vorbei und sagte, er wolle die Rahmen von einigen Gemälden überprüfen und müsse dazu die Alarmanlage ausschalten. Da das Museum gestern für Publikumsverkehr geschlossen war, stellte das kein Problem dar. Den *Himmel über Honfleur* hat er offenbar nicht mitgenommen. Das heißt, im Saal hängt die Fälschung. Roger hätte mich informieren müssen.«

»Ich hatte ihn gebeten, das nicht zu tun.«

»Das Ganze ist eine Katastrophe. Haben Sie deshalb nach Monsieur Durand gefragt?«

»Ja, ich glaube nicht, dass er persönlich die Gemälde ausgetauscht hat, aber er könnte beteiligt gewesen sein. Mit wem hatte er denn Kontakt?«

»Das weiß ich nicht, wir haben hier zwölf Personen im Servicebereich, wer sich da mit wem versteht, entzieht sich meiner Kenntnis.« Christine Lambert machte eine kurze Pause, dann fuhr sie fort: »Ich möchte sofort in den Saal hinuntergehen und mir die Fälschung ansehen. Kommen Sie mit?«

Und so schritt Leblanc an der Seite der Kuratorin durch die hellen Ausstellungsräume, vorbei an normannischen Kühen, alten Fachwerkhäusern, Strandszenen, Segelschiffen und viel Himmel. Vor den Augen des Betrachters entfaltete sich hier, pittoresk und anmutig, die Normandie des 19. Jahrhunderts. Zeit zu verharren hatte Leblanc nicht, er passte sich dem Tempo von Christine Lambert an, die schließlich vor einem Bild in einem verschnörkelten goldenen Rahmen anhielt. Sie zog eine Lupe aus der Tasche, näherte sich damit dem Gemälde und fuhr über die Oberfläche hin und her.

»Die Kopie ist gut gemacht. Mit bloßem Auge kann man kaum etwas erkennen, Boudins Stil ist hinreichend getroffen, allenfalls die Rissbildung könnte ein Indiz sein. Man bräuchte ein Stereomikroskop und eine Spektroskopie zur Untersuchung der Pigmente und des Farbbindemittels. Roger hat gestern sicher den Rahmen und die Rückseite untersucht, um zu dem Urteil zu kommen. Wir müssen den Diebstahl melden.«

»Ich weiß, ich müsste die Sonderabteilung Kunstraub einschalten. Aber geben Sie mir noch etwas Zeit. Wir sind mit unseren

Ermittlungen auf einem guten Weg, schließlich geht es um Mord. Sie wollen sicher auch, dass der Mörder von Albert Barat gefunden wird.«

Christine Lambert erklärte sich einverstanden, den Diebstahl vorerst geheim zu halten.

Als Leblanc das Museum verließ, fiel ihm ein, dass er die Kuratorin nach dem Architektenwettbewerb hätte fragen können, an dem sich Napoleon beteiligt hatte. Der verwinkelte und düstere Eingang des Museums könnte tatsächlich eine Neugestaltung gebrauchen. Aber nun wollte er nicht noch einmal zurückgehen, außerdem war Napoleon Privatsache.

Er rief Marie an, sagte ihr am Telefon aber noch nichts von der Bitte seiner Mutter. Wider Erwarten war sie nicht abgeneigt, ihn am Abend zu treffen. Hippolyte sei nach Paris gefahren, sie sei allein. Ihre Stimme klang ein wenig brüchig. Ob er sie zum Essen einladen könne, fragte Leblanc. Ja, sie würde mit ihm ins Central gehen, um acht könne er sie abholen.

Eins zu null für ihn. Leblancs Stimmung hob sich. Er würde diesen Napoleon-Hochstapler aus dem Feld schlagen.

Weil er gerade in Honfleur war, fuhr er bei Madame Barat vorbei. Es war mehr als unwahrscheinlich, dass sie ihren Mann umgebracht hatte, aber er wollte nichts ausschließen.

Laure Barat wirkte gefasster als am vorigen Tag. Das sollte sich jedoch in dem Moment ändern, als Leblanc seine Frage vorbrachte, ob sie, Madame Barat, gewusst habe, dass ihr Mann Beziehungen neben der Ehe gehabt hätte. Laure erbleichte, strauchelte und schnappte nach Luft. Dann setzte sie das ganze Luftvolumen ein, das ihre Lunge hergab, um laut zu brüllen.

»Mein Mann ist tot. Wollen Sie jetzt auch noch die Erinnerung an ihn zerstören? Was sind Sie für ein Mensch?«

Nein, er wolle nichts zerstören, aber er müsse diese Frage stellen, versuchte Leblanc die Aufgebrachte zu beruhigen.

Madame Barat ließ sich matt in einen Sessel fallen.

»Ich habe es nicht gewusst, weil ich es nicht wissen wollte«, sagte sie in ruhigerem Ton. Ja, es habe Anzeichen gegeben, hier eine Spur von Lippenstift, da ein Hauch Parfum, aber sie habe ihrem Mann vertraut, dass er nichts tun würde, was ihre Ehe gefährden könnte. »Männer sind nun einmal nicht monogam. Ich habe mich dafür entschieden, keine Eifersucht aufkommen zu lassen, denn das ist der erste Schritt zur Zerstörung einer Ehe. Wir waren glücklich miteinander.« Laure Barat kämpfte mit den Tränen, fügte dann aber hinzu: »Glauben Sie, dass ihn eine … dieser … Frauen umgebracht hat?«

»Wir gehen jeder Spur nach. Zurzeit ist es noch zu früh, etwas zu sagen. Wir haben noch einen anderen Verdacht. Entschuldigen Sie, wenn ich Ihnen durch meine Frage Schmerz zugefügt habe.«

Aber Laure Barat hatte sich schon wieder gefasst, die Farbe kehrte in ihr Gesicht zurück. »Wann kann ich meinen Mann bestatten?«

»Sobald die Rechtsmedizin ihn freigegeben hat, das dürfte nicht mehr lange dauern. Haben Sie ihn gesehen?«

»Ja, gestern Nachmittag. Ich konnte mich in Ruhe von ihm verabschieden.«

Auf der Fahrt zurück ins Präsidium dachte Leblanc, dass ihn diese Frau jedes Mal überraschte und beschämte. Mit welch ungeheurer Stärke und Unbeirrbarkeit sie sich den Glauben an ihre Ehe bewahrte, noch über den Tod hinaus, das beeindruckte ihn. Er hatte noch keine Frau kennengelernt, die ihre Eifersucht und Neugier beherrschte, die nicht nachbohrte und nachforschte, um im eigenen Interesse an einem Glück festzuhalten, das über menschlichen Schwächen stand.

Weil er am Abend mit Marie ins Central gehen würde und es

sowieso schon spät war, verzichtete er auf ein Mittagessen und holte sich aus der Bar Normand ein Sandwich, das er im Büro aß. Nadine war noch nicht zurück. Bernard hatte versucht, ihn zu erreichen. Er begab sich direkt ins Erdgeschoss zur Spurensicherung.

»Ich habe mir Barats Laptop angesehen. Du wolltest wissen, woran er Freitagabend gearbeitet oder was er recherchiert hat. Die gespeicherten Dateien waren wenig ergiebig, er hat am Freitag nur eine einzige geöffnet, hier, ich zeige sie dir. Das ist ein Artikel eines Lucien Barat …«

»Das ist sein Vater, er war Historiker.«

»Es geht darin um die Massaker an Algeriern 1961 in Paris. Wie gesagt, die einzige Datei. Dann habe ich nachverfolgt, was er gegoogelt, welche Seiten er aufgerufen hat. Zur Erklärung: Der Provider, mit dem er ins Netz ging, ist eine Art Intranet der Museen. Ich habe dort angerufen und mir die IP-Adresse geben lassen. Weil Barat den Verlauf der besuchten Websites und die Cookies nicht gelöscht hat, war es relativ einfach nachzuverfolgen, auf welchen Seiten er gesurft hat. Auch hier hat ihn das Thema Algerien interessiert: ›Algerienkrieg und seine Folgen‹, ›Algerier und Staatsterror, ein unvollendeter Aufarbeitungsprozess‹, ›die äußere Organisation der FLN, der algerischen Befreiungsbewegung‹ oder ›Geheimdienst und Sicherheitskräfte gegen algerische Unabhängigkeitskämpfer‹.«

»Er hatte eine junge algerischstämmige Geliebte, vielleicht hatte er sich ihretwegen oder wegen ihrer Familie mit dem Thema beschäftigt. Was ist mit seinen Mails?«

»Meistens beruflicher Art, ich habe die ganze letzte Woche gecheckt. Privat lediglich eine Mail an seinen Schwager in Paris und an seinen Sohn Lucien. Da ging es um Zahlungen, die Studiengebühren hatten sich erhöht, und um ein Praktikum, das sein Sohn im Jordanischen Nationalmuseum in Amman absolvieren wollte.«

»Das ist alles?«, fragte Leblanc.

Bernard lächelte, er hatte noch einen Trumpf im Ärmel. »Nicht ganz. Barat hat am Freitagabend telefoniert, mit einem Maître Roland, Rechtsanwalt in Paris. Es war ein kurzes Gespräch, möglicherweise der Anrufbeantworter. Du kannst den Maître anrufen, ich habe dir sämtliche gespeicherten Nummern ausgedruckt.«

»Super, Bernard, vielen Dank.«

Als er wieder im Büro war, klingelte sein Handy. Seine Mutter wollte wissen, wann sie Dayo bringen könne, er sei schon ganz ungeduldig.

»Ich spreche heute Abend mit Marie«, vertröstete er sie. »Aber du musst dem Jungen sagen, dass ich ihn nicht mit aufs Präsidium nehmen kann. Ausgeschlossen.« Er versprach, sofort Bescheid zu geben, wenn Marie sich geäußert hätte.

Leblanc wurde direkt zu Maître Xavier Roland durchgestellt. Der Anwalt war schon von Laure Barat über den Tod ihres Mannes informiert worden. Er sei schockiert und fassungslos, sagte Maître Roland. Albert kenne er seit Schulzeiten, und er habe ihn, nachdem er seine Kanzlei eröffnet habe, in allen rechtlichen Angelegenheiten vertreten. Er fühle sich irgendwie schuldig, denn Albert habe ihn am Freitagabend angerufen und auf seine Mobilbox gesprochen, er habe aber nicht zurückgerufen, weil er von Freitagmorgen bis zum gestrigen Abend in Genf auf einem Kongress über europäisches Recht gewesen sei. Er habe über all den Vorträgen und Konferenzen Alberts Anruf schlicht vergessen. Heute Morgen habe ihm Laure die furchtbare Nachricht überbracht, und da sei es ihm wieder eingefallen.

»Was wollte Monsieur Barat denn von Ihnen?«, fragte Leblanc.

»Es war ein merkwürdiger Anruf. Er sagte, er müsse mit mir reden, aber nicht am Telefon. Er wisse nicht, was er tun solle. Und dann kam ein Satz, den ich nicht verstanden habe: ›Ich habe ihn an seiner Narbe erkannt, ich bin ganz sicher, dass er es war, und ich glaube, er verfolgt mich.‹ Ich weiß wirklich nicht, wen er meinte, ich kenne niemanden mit einer Narbe. Das war schon alles. Und, wie gesagt, ich mache mir Vorwürfe, dass ich nicht zurückgerufen habe. Vielleicht hätte ich den Mord verhindern können.«

»An seiner Narbe?«

»Ja, das waren seine Worte.«

»Er hat sich offenbar bedroht gefühlt.«

»Ja, seine Stimme klang bedrückt, nicht so heiter wie sonst.«

»Wenn Sie Monsieur Barat so gut und lange gekannt haben, können Sie sich irgendeinen Grund für diese Bedrohung vorstellen? Könnten seine außerehelichen Beziehungen eine Rolle gespielt haben? Ich nehme an, Sie wissen davon.«

»Nein, darüber haben wir nicht gesprochen, es war nicht wichtig. Er hat Laure geliebt und nie an der Ehe gezweifelt. Wenn es daneben andere Frauen gegeben haben sollte, waren diese Affären nicht von langer Dauer. Kein Mann ist gegen weibliche Reize gefeit, verführbar sind wir doch alle. Noch einmal, ich kenne Albert so gut, um sagen zu können: Er hätte Laure nie verlassen. Glauben Sie, dass eine verschmähte Geliebte Albert erschossen hat?«

»Nicht direkt, aber es könnte ein Zusammenhang bestehen.« Die aufgetauchten Fälschungen im Museum erwähnte Leblanc nicht. »Hat er mal von Konkurrenten, Neidern, Feinden gesprochen?«

»Vielleicht, kann sein, im Laufe der Zeit ist das vorgekommen, aber ich erinnere mich nicht an Einzelheiten. Überall gibt es Neider, aber die wenigsten erschießen ihre Rivalen. Ich würde Ihnen gerne helfen, aber ich habe keine Erklärung für den Mord.«

»Nur noch eine Frage: Algerien scheint für Monsieur Barat eine große Rolle gespielt zu haben, bei unseren Ermittlungen sind entsprechende Hinweise aufgetaucht.«

Maître Roland zögerte einen Moment, bevor er begann: »Darüber könnte ich stundenlang reden. Ja, für dieses geschundene Land hat Albert eine Leidenschaft entwickelt, und das liegt an seiner Familiengeschichte und vor allem an seinem Vater. Als Schulfreund von Albert war ich oft bei den Barats zu Hause, Lucien besaß eine umfangreiche Bibliothek mit Literatur zu Geschichte, Kunst, Archäologie und Sprachen der Maghreb-Länder. Er hat sich nicht nur als Wissenschaftler Verdienste erworben, er fühlte sich Algerien, dem Land, in dem er geboren worden war, verpflichtet und unterstützte algerische Organisationen mit Rat und Tat. Das Massaker von Paris 1961, bei dem mehr als zweihundert Algerier, die bei einer nicht genehmigten Demonstration für die Unabhängigkeit ihres Heimatlands auf die Straße gingen, von der Polizei erschossen, erschlagen oder in der Seine ertränkt wurden, stürzte ihn in eine tiefe Loyalitätskrise. Er begann, den französischen Staatsorganen zu misstrauen. Die Unabhängigkeit Algeriens 1962 begrüßte er, wurde aber nicht müde, darauf hinzuweisen, welche Folgen der Kolonialismus und der Algerienkrieg in dem Land hinterlassen haben. Heute sehen wir, wie recht er behalten hat. Ich schweife ab, ich wollte Ihnen nur klarmachen, dass Albert geprägt wurde von dieser Atmosphäre in seinem Elternhaus. Er konnte wie sein Vater fließend Arabisch und sogar Berbersprachen. Lucien hatte ihn oft auf Reisen nach Algerien mitgenommen. Während seines Kunststudiums hielt sich Albert mehrfach in Algerien, Tunesien und Marokko auf. Als er dann selbst Familie hatte, als die Kinder da waren und er erst als Kurator am Institut du Monde Arabe in Paris tätig war, danach die Stelle als Museumsleiter in Le Havre angenommen hatte, geriet diese Algerien-Leidenschaft ein wenig ins Hintertreffen. Aber ich bin sicher, sie war nie verschwunden. Ich weiß gar nicht, ob Sie das alles interessiert«, beendete Maître Roland seine lange Rede.

»Doch, doch, mein Bild von Barat vervollständigt sich. Seine letzte Geliebte ist eine junge Wissenschaftlerin mit algerischen Wurzeln. Sie hat seine Passion möglicherweise wieder erweckt. Danke für Ihre Auskünfte.«

»Rufen Sie gern wieder an, wenn Sie Fragen haben.«

In Grübeleien versunken, wie Gemäldediebstahl, die algerische Geliebte, Barats Angst und der Mann mit der Narbe zusammenpassen könnten, betrachtete Leblanc durchs Fenster den Innenhof des Präsidiums. Auf der Mauer saßen aufgereiht acht Möwen. Er hasste diese aufdringlichen Tiere, die mit ihrem Schreien sogar den Autolärm übertönten und überall ihren Schmutz hinterließen. Sie plünderten Mülltonnen, stocherten in Plastiktüten herum und hackten mit ihren Schnäbeln gegen Fensterscheiben, in der Hoffnung, von den Hausbewohnern gefüttert zu werden.

Als Nadine mit einem »Ich bin wieder da« eintrat, drehte er sich um.

»Und, habt ihr mit Nouria Abdelkader sprechen können?«

Nadine wirkte unzufrieden, als sei das Experiment, sie mit Luc Pennec gemeinsam ermitteln zu lassen, nicht besonders glücklich verlaufen.

»Ja, aber ich war nicht die ganze Zeit dabei. Luc hat mich zu Cohen geschickt, obwohl der schon längst nicht mehr zu den Verdächtigen gezählt wird. Ich wäre lieber bei der Befragung geblieben. Nouria Abdelkader schien immer noch bestürzt über Barats Tod und hat, soweit ich mitgehört habe, nicht geleugnet, dass sie seine Geliebte war und er sie beruflich unterstützt hat. Er habe dafür gesorgt, dass sie die Stelle im Museum bekam, dass sie ausgewählt wurde aus hundertzwanzig Bewerbern. Vorher habe sie ihn aber nicht gekannt. Dann hat Luc allein weitergemacht. Ich finde übrigens, dass die Frau sehr schön ist, schwarze lange Haare, eine samtene Haut und große, etwas traurige dunkle Augen. Auf den ersten Blick war mir das gar nicht so aufgefallen.«

»Ein Kopftuch trug sie nicht?«

»Nein.«

»Keine gläubige Muslimin?«

»Das weiß ich nicht, wir haben nicht darüber gesprochen. Sie wohnt in Le Havre bei ihren Eltern. Während des Studiums in Paris war sie bei Verwandten untergebracht. Wegen ihrer Eltern wollte sie nach Le Havre zurück.«

Leblanc berichtete in Kurzform, was er inzwischen erfahren hatte. »Ich wollte den Eltern von Nouria Abdelkader sowieso einen Besuch abstatten, da wird es unumgänglich sein, auch mit ihr noch einmal zu reden. Du bist natürlich dabei.«

Nur ein halber Trost für Nadine, die sich von der Ausleihe an den Kommissar in Le Havre eine Annäherung auf einer anderen als nur der beruflichen Ebene erhofft hatte, was nicht eingetreten war. Ihr Enthusiasmus hatte einen Dämpfer bekommen. Immerhin hatte Luc ihr in Aussicht gestellt, sie zu seinem Tauchtraining mitzunehmen. Es war nicht hoffnungslos. Positiv denken, sagte sich Nadine, die Dinge brauchen Zeit, und schob die Enttäuschung beiseite.

»Ist gut, Chef.«

ELF

Marie war froh über die Verabredung mit Leblanc, froh, das Haus verlassen und ihren Ärger vergessen zu können. Hippolyte war am Abend zuvor, nach einem heftigen Disput, weggefahren. Sie war schockiert gewesen, als eine Frau bei ihr angerufen hatte, die behauptete, Hippolytes Frau zu sein, und hatte ihn zur Rede gestellt. Erst hatte er behauptet, das sei nicht seine Frau gewesen. Eine dümmere Ausrede hätte ihm nicht einfallen können. Schließlich musste er zugeben, verheiratet zu sein, auch zwei Kinder tauchten auf einmal auf. Wolltest du nicht mich heiraten?, hatte Marie gefragt. Und dann hatte Hippolyte das ganze Repertoire zum Einsatz gebracht, das man aus schlechten Fernsehserien kannte: Ich wollte dich nicht belasten, meine Ehe ist schon lange nicht mehr intakt, wir sind uns fremd geworden, sind nur noch wegen der Kinder zusammen, ich wollte mich schon lange scheiden lassen, das hat mit dir gar nichts zu tun. Egal, was du wolltest oder nicht, hatte Marie geantwortet, du warst nicht ehrlich zu mir, und auf so einer Grundlage kann man keine Partnerschaft aufbauen. Hippolyte hatte gefleht und gebettelt, sie möge ihm verzeihen, sie sei die Frau seines Lebens, er würde sofort die Scheidung beantragen. Er war auf die Knie gefallen, um ihre Füße zu küssen, eine übertriebene, unangemessene Geste, fand Marie und war unangenehm berührt. Sie konnte diesen Mangel an Vertrauen und Offenheit nicht hinnehmen, in ihrem Innern klaffte ein Riss, der sich nicht durch ein paar Worte schließen würde. Sie würde neu überlegen müssen, ob sie ein Leben mit Hippolyte noch wollte. »Lass mich allein«, hatte sie gesagt, und Hippolyte war gegangen. Wie war so etwas nur möglich? Sie fand keine Erklärung für den Verrat, denn als nichts anderes empfand sie Hippolytes Verhalten. Warum hatte er nicht gleich zu Beginn gesagt, dass er eine Familie hatte? Diese Frage war ihr am heutigen Tag hundertmal durch den Kopf gegangen, und hundertmal blieb sie unbeantwortet.

In diesem Zustand befand sich Marie, als Leblanc sie pünktlich um acht abholte. Sie wolle den Hund mitnehmen, ob er etwas dagegen hätte. »Nein, gar nicht«, sagte Leblanc und tätschelte Arsène den Kopf.

Im Central, an einem Dienstagabend nicht überfüllt, bekamen sie einen Tisch im hinteren Raum. Champagner als Aperitif? Warum nicht? Und Austern als Vorspeise? Auch das. Leblanc hielt seine Neugier im Zaum. Tastend versuchte er, Marie aus der Reserve zu locken.

»Hast du schon einen Käufer für dein Haus gefunden?«

»Nein, der Makler bietet es erst seit ein paar Tagen an. Es gibt noch keine Interessenten.«

»Aber du bist nach wie vor entschlossen?«

»Ja, klar.« Das kam schnell, zu schnell.

»Aha. Ich denke ja, du solltest es dir noch einmal überlegen.«

»Ja, ich weiß, du sagtest es bereits.«

Sie igelte sich ein und ließ ihn nicht an sich heran, und direkt fragen wollte er nicht. Aber sie wirkte nicht mehr so entschieden wie am Sonntag. Abwarten, vielleicht lockerte der Champagner sie auf.

»Was willst du denn mit dem Hund in Paris machen? Ein Retriever in der Großstadt, das arme Tier!«

»Willst du mir ein schlechtes Gewissen machen? Es gibt genug Grünflächen, ich gehe mit ihm im Jardin du Luxembourg spazieren.«

Das war kein guter Ansatz, ein anderes Thema musste her. Also die Bitte seiner Mutter. Aber zuerst die Austern. Marie schien das Essen zu genießen, lobte Qualität und Frische der Austern, aß sie mit einer Rotwein-Schalotten-Vinaigrette. Nach der Vorspeise begann er, sein Anliegen vorzutragen.

»Ich möchte dich etwas fragen, aber eigentlich bin ich nur der Überbringer eines Wunsches meiner Mutter. Sie hält sich gerade in Versailles auf, weil Amélie krank ist. Du erinnerst dich doch noch an Ahmadous zweite Frau, Ouma, nicht?«

Marie bejahte, und die Erinnerung an die Hochzeit entspannte ihre Züge fast zu einem Lächeln.

»Und an ihren Sohn Dayo, er ist dreizehn?«

Auch das. Mit Ouma und Dayo hatte sie sich sofort angefreundet.

Vorsichtig tastete sich Leblanc Satz für Satz heran. »Meine Mutter hat Dayo mitgebracht. Aber weil sie Amélie pflegt, kann sie sich nicht um ihn kümmern. Ist für einen Dreizehnjährigen auch total langweilig mit zwei alten Tanten. Deshalb hat sie gedacht, du könntest ihn für eine Weile nehmen, weil du dich mit seiner Mutter so gut verstanden hast. Ist ja nur für kurze Zeit. Du hast doch sowieso keine Gäste.«

Marie sah ihn an, schwieg. Dann: »Er soll bei mir wohnen?«

»Äh, ja, das hat meine Mutter gemeint. Natürlich nur, wenn das deinen … Hippolyte nicht stört.«

»Hippolyte ist weggefahren.«

Jetzt auf keinen Fall triumphieren. »Aha, aber er kommt sicher zurück.«

»Das ist noch nicht klar.«

Er könnte einen Vorstoß wagen. »Wie? Heißt das, du bist nicht mehr entschieden?«

Sie verschloss sich wieder. »Das heißt erst mal gar nichts. Und was Dayo betrifft, du kannst deiner Mutter ausrichten, dass sie ihn zu mir bringen kann. Ich gebe ihm ein Gästezimmer und kümmere mich um ihn. Das sind wir der Gastfreundschaft deiner neuen Familie schuldig.«

Wir, es gab ein Wir, und damit war nicht Napoleon gemeint, sondern er, Leblanc. »Sie wird sich freuen, das zu hören, und ich finde das sehr großzügig von dir.«

Über den Anruf und die Entdeckung von Napoleons Familie würde Marie nicht sprechen, das spürte er, aber mit dem bisherigen Ergebnis konnte er zufrieden sein. Das Weitere würde sich finden. Und notfalls spielte er seine Trumpfkarte aus, Napoleons Insolvenz.

Champagner, Wein, gedämpfter Steinbutt mit Zuckerschoten und einer Sauce béarnaise trugen zum Gelingen des Abends bei. Marie und Leblanc, in gelöster Stimmung, schwelgten in Erinnerungen an die Woche in Kamerun, tranken, lachten. Als der Kellner schließlich an den Tisch kam und die Rechnung brachte, weil das Lokal schloss, war es kurz vor Mitternacht. Sie waren die letzten Gäste. Arsène trottete müde hinter ihnen her, als sie das Central verließen. Als wollte der Himmel seinen Segen zu diesem glücklichen Ausgang geben, wartete er mit einem Sternenzelt auf, das in Helligkeit und Strahlkraft zwar nicht dem in Kamerun gleichkam, aber für einen Ort wie Trouville doch beachtlich war.

Am nächsten Morgen teilte Leblanc seiner Mutter mit, Marie würde Dayo aufnehmen, sie sei einverstanden. »Wie geht es Amélie?«

»Noch nicht besser. Sie fleht mich an, zu ihr zurückzukommen. Die arme Seele fühlt sich allein. Aber das geht nicht, ich werde in Yaoundé gebraucht. Außerdem habe ich mich nun mal für Ahmadou und seine Familie entschieden, das ist die geeignete Lebensform für mich. Amélie ist meine Schwester, und ich schätze sie, aber wenn ich wieder bei ihr einzöge, würde sie nach kurzer Zeit erneut an mir herummeckern und mir sagen, was ihr alles nicht an mir passt. Ihre bigotte katholische Einstellung hindert sie daran, offen zu sein für Neues. Ich habe sie eingeladen, mich in Kamerun zu besuchen, aber sie weigert sich. Dagegen helfen meine Heilkräuter auch nicht.« Sie würde den Zug nehmen und am Nachmittag mit Dayo in Trouville ankommen, beendete Suzanne Leblanc ihre Ausführungen.

»Ich weiß nicht, ob ich dich abholen kann, ich habe beruflich in Le Havre zu tun. Aber Marie hat sicher Zeit.«

Ein Anruf des Kommissars aus Le Havre katapultierte Leblanc schlagartig in seine Ermittlungen zurück. Pennec teilte ihm mit, dass die zwei Leute, die für die Beschattung von Durand abgestellt waren, gerade gemeldet hätten, der ehemalige Museumswächter würde sich mit einem Mann in einem Café in Honfleur treffen. Er, Pennec, sei für sofortigen Zugriff.

»Warten Sie noch, ich halte es für besser, wenn wir den Mann weiterverfolgen. Ich komme sofort, das möchte ich mir ansehen. In welchem Café?«

»In der Bar de l'Union, einem kleinen Bar-Tabac Ecke Rue de la Chaussée und Rue Bréard, hellblau gestrichen, in der Nähe des Kreisverkehrs, wenn Sie in Richtung Le Havre fahren. Es ist aber nicht gesagt, dass Sie das Observierungsobjekt noch vor Ort antreffen.«

Das Risiko ging Leblanc ein. Er rief Nadine zu, sie solle einen Wagen besorgen. Für die Fahrt mit Blaulicht brauchten sie nur eine knappe Viertelstunde, und in Honfleur parkte er in einer Nebenstraße. Nadine blieb wegen ihrer Uniform im Wagen, während Leblanc sich auf das Café zubewegte. Den Mann in dem abgestellten sandfarbenen Citroën C4 auf der anderen Straßenseite erkannte er unschwer als einen von Pennecs Leuten. Er klopfte an die Scheibe.

»Sind sie noch drin?«

»Ja, der Kollege auch.«

»Okay. Haben Sie Fotos von dem Mann gemacht?«

»Nein, es gab noch keine Gelegenheit. Wir wussten ja nicht, dass sich Durand mit jemandem treffen wollte, als er ins Café ging.«

»Fotografieren Sie ihn, sobald er rauskommt. Wir machen Folgendes: Sie rufen jetzt Ihren Kollegen an und sagen ihm, er soll den Mann zu Fuß verfolgen, wenn er das Café verlässt. Wir beide fahren hinterher. Wenn der Observierte sein Auto in der Nähe stehen hat, bleiben wir dran. Ihr Kollege soll dann zu meiner Mitarbeiterin in den Dienstwagen steigen und dort warten, bis ich weitere Anweisungen gebe.«

»Alles klar. Der Chef ist übrigens unterwegs, er steckt im Stau vor der Brücke.«

Pennec im Stau! Leblanc grinste. Nichts kam ihm gelegener als das. Manchmal meinte es das Schicksal tatsächlich gut mit ihm.

Nach etwa zehn Minuten traten Durand und ein unauffällig aussehender jüngerer Mann in Jeans und schwarzer Lederjacke aus der Tür der Bar de l'Union.

»Los, schnell, fotografieren Sie, das ist er«, wies Leblanc den am Steuer sitzenden Kollegen aus Le Havre an.

Der Jüngere klopfte dem Älteren begütigend auf die Schulter, dann trennten sich ihre Wege. Durand ging in Richtung Hafen, während der andere gegenüber in die Rue Notre Dame einbog.

»Hinterher, fahren Sie«, forderte Leblanc den Kollegen auf, der noch mit dem Verstauen des Fotoapparats beschäftigt war.

»Das ist eine Einbahnstraße«, gab der zu bedenken.

»Soll ich Ihnen eine Sondererlaubnis geben? Oder wollen Sie erst Ihren Chef anrufen? Ein guter Tipp für alle Flüchtenden: Lauft in eine Einbahnstraße, und ihr seid vor der Polizei sicher.«

»Ich mach ja schon«, maulte der Zurechtgewiesene und ließ den Motor an.

In der Rue Léonard stieg der Verfolgte in einen verbeulten blauen Renault Twingo und fuhr los in Richtung Le Havre. Auf dieser Seite der Brücke war die Straße frei, kein Stau weit und breit, während sich in Richtung Honfleur die Autos im Schritttempo bewegten. Leblanc rief Pennec an.

»Wir verfolgen den Verdächtigen, er scheint nach Le Havre unterwegs zu sein, wir haben gerade die Auffahrt zur Brücke genommen.«

»Verdammt«, entfuhr es Pennec, »auf der Brücke kann ich nicht wenden.«

In dem Moment sah Leblanc schon den Streifenwagen in der Karawane der Fahrzeuge auf der anderen Seite, mit Pennec am Steuer. Filmreif, fand er. »Ich melde mich wieder bei Ihnen«, beendete er das Gespräch in sich hineinkichernd. Nadine gab er Weisung, erst einmal bis auf Weiteres in Honfleur zu bleiben.

Der Fahrer lenkte den Renault nicht ins Zentrum der Stadt, sondern bog vorher von der Schnellstraße rechts in den Vorort Harfleur ab. In der Rue Paul Doumer, einer Durchgangsstraße, an der sich kleinere Industriebetriebe angesiedelt hatten, machte er auf einem Firmenhof halt. Über dem Eingang ein Schild: »Renard Kunsttransporte. Der schlaue Fuchs für Ihre Bilder«. Natürlich, Kunsttransporte, dachte Leblanc, das ist es.

Er wies den Kollegen an, den Wagen an der Straße stehen zu lassen, und ging allein über den Hof, auf dem Lieferwagen verschiedener Größe mit der Aufschrift »Renard« parkten. Von dem Renault-Fahrer keine Spur. Leblanc beschloss, vorerst nicht als Kommissar aufzutreten. Er öffnete die Tür zu einem kleinen Büro, das als Empfangszimmer für Besucher diente. Aus dem sich anschließenden hinteren Raum ertönte eine Stimme: »Bin sofort für Sie da.« Der große, schlanke Mittfünfziger, der dann auf der Bildfläche erschien, war nicht der Renault-Fahrer.

»August Renard, was kann ich für Sie tun? Gemälde, Skulpturen, Antiquitäten?«

»Sie sind der Besitzer der Firma?«

»So ist es.«

»Ich habe gehört«, begann Leblanc, »Sie übernehmen Transporte von Bildern für Museen.«

»Ja, sicher, darauf sind wir mit unseren luftgefederten und klimatisierten Fahrzeugen spezialisiert. Wir agieren national und international, bei grenzüberschreitenden Kunsttransporten erledigen wir sämtliche Zollabwicklungen. Kommen Sie von einem Museum oder einer Galerie?«

»Haben Sie auch für das Museum in Le Havre Transporte durchgeführt?«

»Ja, das Museum nimmt regelmäßig unsere Dienste in Anspruch. Wir erhalten durchweg positive Reaktionen, die Kunden sind mit uns sehr zufrieden. Kommen Sie vom Musée Malraux? Worum geht es denn?«

Leblanc gab sein Inkognito auf und zeigte seinen Dienstausweis. »Ich möchte, dass dieses Gespräch unter uns bleibt. Es geht um einen Ihrer Angestellten, zumindest nehme ich an, dass es sich um einen Mitarbeiter handelt. Er ist gerade mit einem blauen Renault auf Ihren Hof gefahren.«

»Robert Blondel? Sicher, der arbeitet für mich. Ein guter Mann. Was ist mit ihm?«

»Können Sie aus Ihren Unterlagen ersehen, ob er beim Transport der Gemälde vom Museum in Honfleur zu der Impressionisten-Ausstellung nach Rouen beteiligt war?«

»Das war im Mai, warten Sie einen Moment, ich sehe nach.«

Monsieur Renard begab sich in den hinteren Raum und konsultierte seinen Computer.

»Richtig«, rief er Leblanc zu, »er hat den Hin- und Rücktransport organisiert. Es waren noch vier andere Mitarbeiter von uns beteiligt.«

»Sie selbst waren nicht dabei?«

»Nein, schon länger nicht mehr.« Der Firmenbesitzer zeigte mit dem Finger auf seinen Rücken. »Bandscheibenvorfall vor drei Jahren. Wegen meiner Wirbelsäule darf ich nicht mehr schwer tragen. Ich mache die Verträge und teile die Leute ein – und trage das Risiko. Das ist mir Last genug.«

»In Honfleur haben sich drei junge Maler niedergelassen, die Kopien für den chinesischen Markt anfertigen. Gehören die auch zu Ihren Kunden? Die Bilder werden in Le Havre verschifft und nach China überführt.«

»Ja, das sind gute Kunden, fast wöchentlich fallen Transporte an. Ich habe ihnen günstige Bedingungen eingeräumt. Weil es sich bei den Bildern um Kopien handelt, verzichten wir auf Spezialfahrzeuge und klimatisierte Transportkisten, das reduziert die Kosten. Aber wir übernehmen alle Zollformalitäten.«

»Und bei diesen Fahrten ist Robert Blondel ebenfalls dabei?«

»Nicht immer, das wechselt. Aber gelegentlich schon.«

»Eine letzte Frage: Hat Blondel eine auffällige Narbe?«

»Eine Narbe? Nicht dass ich wüsste, jedenfalls nicht an einer erkennbaren Stelle.«

»Gibt es einen anderen Mitarbeiter mit einer Narbe?«

»Ich glaube nicht, mir fällt niemand ein.«

»Dann hätte ich gern noch Blondels Adresse und Telefonnummer.«

Monsieur Renard kehrte noch einmal zu seinem Computer zurück und drückte Leblanc ein Blatt Papier in die Hand. »Ich hoffe, er hat nichts angestellt, wie gesagt, einer meiner besten Männer.«

»Das wird sich zeigen«, sagte Leblanc und verabschiedete sich. »Und kein Wort zu Blondel, das würde unsere Ermittlungen behindern.«

Auf dem Weg zum Citroën mit dem wartenden Kollegen sah er einen Polizeiwagen heranrasen und abrupt anhalten. Pennec sprang heraus. »Diese Staus sind wirklich das Letzte, man sollte einen Helikopter anfordern«, schimpfte er. »Was ist? Warum verhaften wir den Verdächtigen nicht? Ist er geflohen?«

»Nein, ich habe einen anderen Plan«, erläuterte Leblanc. »Ich habe gerade mit dem Besitzer der Firma gesprochen. Es passt alles zusammen. Sie haben den Transport der Gemälde vom Museum in Honfleur nach Rouen übernommen, und auch die drei Kopisten gehören zu ihren Kunden. Der Verdächtige heißt Robert Blondel, er wohnt in Le Havre. Wenn wir ihn jetzt festnehmen, wird er alles leugnen, und wir haben keine Beweise in der Hand. Wir sollten ihn beschatten. Es könnte sein, dass er nicht allein agiert, sondern Komplizen hat. Wenn Durand ihm mitgeteilt hat, dass die Polizei bei ihm war, ist er jetzt möglicherweise aufgeschreckt und will die Bilder, wenn sie noch in seinem Besitz sind, loswerden oder an einen anderen Ort bringen. Dann haben wir ihn.«

»Na, meinetwegen«, knurrte Pennec. Er fühlte sich überrumpelt, konnte aber niemandem außer dem Stau die Schuld dafür geben. »Wir übernehmen das.«

»Gut, dann können wir die Sache hier abbrechen, der Kollege setzt am besten gleich die Beschattung fort.«

»Meine Leute teile noch immer ich ein.«

»Okay, sagen Sie ihm, was er zu tun hat.«

»Michel, du bleibst hier, ich schicke dir einen zweiten Mann zur Verstärkung.« Unwillig presste Pennec diese Worte hervor. Nein, die Situation gefiel ihm ganz und gar nicht.

»Nehmen Sie mich mit nach Le Havre?«, fragte Leblanc. »Nadine wird mich dort im Präsidium abholen.«

Zeigte Pennec bei der Erwähnung des Namens »Nadine« irgendeine Reaktion? Ein Aufblitzen von Vorfreude in den Augen? Nein, nichts. Jedenfalls konnte Leblanc, der seiner entflammten Mitarbeiterin ebensolche Gefühle bei ihrem Angebeteten gewünscht hätte, nichts erkennen. Er fuhr fort: »Sie kann den Kollegen, der in Honfleur geblieben ist, hier absetzen, wenn Sie einverstanden sind. Das hätte den Vorteil, dass Sie nicht noch jemanden beauftragen müssen. Ist nur ein Vorschlag.«

Pennec beschränkte sich auf ein mürrisches »Okay«, seine Stimmung verbesserte sich keineswegs. Die angespannten Gesichtszüge und die zusammengezogenen Augenbrauen zeugten davon, dass der gerade erlittene Ärger, eine Demütigung vor seinem Konkurrenten, nicht überwunden war. Zu Pennecs weniger guten Eigenschaften gehörte, dass er schnell zornig wurde, wenn ihm jemand die dominante Position, die ihm, wie er glaubte, gebührte, streitig machte. Um dieses Gefühl der Benachteiligung zu erzeugen, reichte der kleinste Anlass. Sobald er jedoch die Rolle des unumstrittenen Herrschers wieder eingenommen hatte, vergaß er die Ereignisse auf der Stelle, was als positive Eigenschaft gewertet wurde. Jedenfalls von den Menschen in seiner unmittelbaren Umgebung. Weshalb jeder, der Pennec ein bisschen kannte, um des lieben Friedens willen um Unterordnung und strikte Einhaltung der Hierarchie bemüht war. Leblanc hielt sich nicht an diese Spielregel, und das wurmte den jungen Kommissar, der es nicht gewohnt war, dass man ihm widersprach oder Order gab.

Die Fahrt zum Präsidium verlief entsprechend schweigsam. Beide Männer wussten, dass sie keine Freunde werden würden.

ZWÖLF

Manchmal tat Leblanc etwas, von dem er nicht wusste, warum er es tat, aber sicher war, dass er es tun musste. Er zweifelte nicht an dem Vorgehen, das sie in Bezug auf den Bilderdiebstahl beschlossen hatten. Sie waren auf der richtigen Spur. Dass sowohl der alte Durand als auch Blondel in die Sache verwickelt waren, schien klar, möglicherweise gab es sogar noch einen Komplizen. Aber erklärte das auch den Mordfall? Die Narbe ließ Leblanc keine Ruhe. Was hatte Barat auf Maître Rolands Anrufbeantworter gesagt? »Ich habe ihn an seiner Narbe erkannt.« Es handelte sich eindeutig um einen Mann, und wenn Barat diesen Mann erkannt haben will, hieß das, er hatte ihn schon einmal gesehen. Was natürlich nicht unbedingt den Schluss zuließ, dass der Narbenmann auch der Mörder war. Wo sollte er anfangen zu suchen? Was führte weiter?

Ohne wirklich einen Anlass zu haben, wollte sich Leblanc ein Bild von Nouria Abdelkaders Familie machen. Es gab noch keinen genauen Ansatzpunkt, aber vielleicht eröffnete sich im Gespräch eine Spur. Er wusste, dass er bei dieser heiklen Angelegenheit behutsam und zurückhaltend vorgehen musste. Eine algerische Familie, wahrscheinlich muslimisch, die Tochter schaffte den beruflichen Aufstieg und führte eine uneheliche Beziehung mit ihrem Chef, was sie den Eltern vermutlich verschwieg – das barg eine Menge Sprengstoff. In Algerien, hatte er gelesen, bestand das Los der Frauen immer noch darin zu heiraten, auch wenn sie heute berufstätig sein konnten. Und die Heirat wiederum war ohne die Zustimmung der Eltern nicht möglich. Frauen hatten sich traditionell um Haus und Kinder zu kümmern, Männern war Polygamie erlaubt. Was die in Frankreich lebenden Algerier betraf, war schon lange von unzureichender Eingliederung und Ghettobildung die Rede, in bestimmten Vierteln kam es immer wieder zu Ausbrüchen, und die aktuellen Probleme mit Islamisten und Terroristen wurden auf diese mangelnde Integration der in Frankreich lebenden Nordafrikaner zurückgeführt. Leblanc musste zugeben, sich mit dem Thema wenig befasst zu haben, außer dass er die Diskussion um den Roman *Unterwerfung* von Michel Houellebecq verfolgt hatte, in dem es um die Errichtung einer islamischen Regierung in Frankreich ging. Er hielt die Möglichkeit, dass so etwas geschehen könnte, für sehr gering, aber Schriftsteller neigten nun einmal zu Übertreibungen. Bei dieser algerischen Familie jedenfalls musste er sein Vorgehen genau überlegen. Er wollte nicht, dass es hieß, die Polizei habe Vorurteile gegen Nordafrikaner, wenn etwas passierte, seien sie die ersten Verdächtigen. So etwas wurde gern hochgekocht. Er hatte nicht das geringste Indiz in der Hand. Vage erinnerte er sich, dass vor einiger Zeit einmal ein Merkblatt von der Behörde an alle Kommissariate geschickt worden war, ein Leitfaden für Einsätze im muslimischen Umfeld.

Im Präsidium in Le Havre bat er Pennec um einen Arbeitsplatz, um in der Datenbank der Polizei nach dem Papier zu forschen. Unter »Leitfaden« fand er es tatsächlich.

Er las die Empfehlungen des Ministeriums: »Um zu vermeiden, dass es zu unvorhergesehenen und ungewollten Konflikten kommt, reicht es aus, bestimmte Verhaltensweisen muslimischer Kulturkreise zu kennen, zu verstehen und sich pragmatisch darauf einzustellen. In vielen arabischen Familien ist es Frauen nicht erlaubt, auf das Auftreten der Polizei zu reagieren. Allein der Ehemann oder ein anderes erwachsenes männliches Familienmitglied gilt als kompetenter Ansprechpartner. Zum polizeilichen Alltag gehören auch soziale Kompetenz sowie die Fähigkeit zum Rollen- und Perspektivwechsel. Bei der Entwicklung interkultureller Kompetenz hat die Polizei die Aufgabe, in der Interaktion mit Einwanderer- oder Migrantengruppen situationsadäquat zu handeln.«

Der Rest bestand aus Informationen über den Islam und Erfahrungsberichten von Zusammenarbeit der Polizei mit Moscheen oder Moscheevereinen. Besonders erhellend fand er die Ausführungen nicht, aber wahrscheinlich war er nicht der richtige Adressat.

Als Nadine ihn vom Präsidium in Le Havre abholte, teilte er ihr mit, dass er einen Besuch bei der Familie Abdelkader plane, aber zunächst im Museum mit der Tochter sprechen wolle. Sie solle ihn begleiten.

Nadine hatte nicht übertrieben. Nouria war außergewöhnlich schön, ebenmäßige Gesichtszüge, dunkle Augen, ein großer Mund und dichte, lockige schwarze Haare. Aber sie stellte ihre Schönheit nicht zur Schau und hielt den Betrachter auf Distanz, ein Blick genügte, um zu signalisieren: »Komm mir nicht zu nahe.« Stolz sprach aus ihrer Haltung.

»Ich weiß, dass gestern schon ein Kollege bei Ihnen war«, begann Leblanc, nachdem er und Nadine von einem Museumsangestellten in Nouria Abdelkaders Büro geführt worden waren. »Aber ich habe noch Fragen, die für die Ermittlung im Mordfall Barat wichtig wären.«

»Ja?« Die junge Frau stand von ihrem Schreibtischstuhl auf und eilte den beiden Besuchern entgegen. Bekleidet war sie mit einer schwarzen Hose und einem schwarzen Rollkragenpullover. Trauerkleidung?, fragte sich Leblanc. War nicht die Trauerfarbe in islamischen Ländern Weiß?

»Nehmen Sie Platz.« Sie wies auf das schwarze Ledersofa und setzte sich in einen Sessel. Von Nahem ließ sich auf ihrem Gesicht ein Ausdruck von Härte erkennen, was durch die schwarze Kleidung betont wurde.

Er würde austesten, wie weit er gehen konnte, erst mal vorsichtig herantasten. »Wie lange kannten Sie Albert Barat?«

»Zum ersten Mal habe ich ihn gesehen, als ich mein Vorstellungsgespräch hatte. Er hat maßgeblich dazu beigetragen, dass ich diese Stelle hier erhalten habe.«

»Und wann begann Ihre … Beziehung?«

»Es war von Anfang an eine gegenseitige Zuneigung da. Wir sind uns schnell nähergekommen.«

»Sie wussten aber, dass er verheiratet war?«

»Ja, natürlich, er hat mir nichts verschwiegen.«

»Sind Sie … Muslimin?«

Die Frage überraschte Nouria Abdelkader, sie zögerte. »Ja, ich stamme aus einer muslimischen Familie.«

»Aber Sie selbst sind nicht gläubig?«

»Was bedeutet gläubig? Sie sehen, ich trage kein Kopftuch. Und ich hatte eine außereheliche Beziehung, was im Islam streng verboten ist. Trotzdem würde ich mich nicht als ungläubig bezeichnen. Ich bin in Frankreich geboren und aufgewachsen, und ich bin fest entschlossen, meine Chancen in diesem Land zu nutzen. Dazu gehört, dass man sich in der Öffentlichkeit den herrschenden Regeln anpasst. Mit Abgrenzung, und das Kopftuch wäre ein eindeutiges Zeichen, hätte ich es in Studium und Beruf schwerer gehabt. Wenn Sie so wollen, habe ich mich aufgespalten in einen äußeren und einen inneren Menschen, denn ich halte einige islamische Werte für richtig, zum Beispiel durch das Gebet, oder nennen Sie es ›innere Einkehr‹, zu Frieden und spiritueller Stärke zu finden, oder die Pflicht, Armen und Bedürftigen zu helfen. Solche Werte gibt es in anderen Religionen, im Christentum oder im Buddhismus, ebenso. Mir scheint, dass islamische junge Frauen heute das Kopftuch selbstbewusst und demonstrativ tragen, auch wenn es in Schulen nach wie vor verboten ist. Vielleicht ist das ein Schritt zur Emanzipation, aber was das für berufliche Folgen für die Frauen hat, vermag ich nicht zu beurteilen. Ich jedenfalls habe mich für Integration und gesellschaftlichen Aufstieg entschieden und dabei Kompromisse gemacht. Und was mein Verhältnis zu Albert angeht, er war der erste Mann in meinem Leben. Im Grunde wusste ich, dass es nicht richtig war. Aber es ist geschehen, wir konnten beide nicht anders. Ich hoffe, seine Frau kann mir verzeihen. Vielleicht ist sein Tod meine Strafe für das Unrecht.« Die letzten Worte waren nur ein Hauch.

Nadine und Leblanc hatten den Ausführungen aufmerksam zugehört. Nouria Abdelkader hatte nur von sich gesprochen. Wie ihre Familie auf ihre Eigenmächtigkeiten reagiert habe, wollte Nadine wissen, denn soweit sie wisse, habe die muslimische Familie ein Mitspracherecht, wenn nicht gar die Entscheidungshoheit bei Ausbildung, Beruf und Heirat der Kinder.

Für ihre Eltern sei es sehr schwer gewesen, sagte Nouria Abdelkader. Sie hätte ihnen wehgetan. Der letzte Satz wurde wieder im Flüsterton gesprochen. Das sei das Los der Migrantenkinder, vor allem der Frauen. Wenn sie gehorchten, kämen sie aus dem Ghetto nicht heraus. Wenn sie sich emanzipierten, brüskierten sie die Familie und traditionelle Werte. Albert sei der erste Franzose gewesen, den sie kennengelernt habe, der das ganz und gar verstanden habe. »Weil er unser Land kannte und liebte. Ja, ich sage ›unser Land‹ und meine Algerien. Ich habe dort nie gelebt, meine Eltern sind schon als Kinder nach Frankreich gekommen, aber Algerien ist immer noch unser Land. Es wird Generationen brauchen, bis wir Franzosen geworden sind, wenn überhaupt.«

»Sagen Sie«, schaltete Leblanc sich wieder ein, »kannte Albert Barat Ihre Eltern?«

Erstaunt blickte Nouria Abdelkader ihn an. »Warum wollen Sie das wissen? Ja, er war einmal bei uns zu Hause, selbstverständlich als mein Chef. Es war sein Wunsch. Er meinte, meine Eltern würden meine Arbeit leichter akzeptieren, wenn er ihnen vermittelte, was ich tue. Dass er mit ihnen Arabisch sprach, hat sie sofort für ihn eingenommen. Tatsächlich hat sich ihre Skepsis etwas gelegt, jedenfalls was meine Tätigkeit angeht, leider nicht in Bezug auf meine Auszugspläne. Ich würde mir gern eine eigene Wohnung nehmen, aber das kann ich meinen Eltern nicht vermitteln.«

»Haben Sie Geschwister?«

»Zwei ältere Brüder, sie sind verheiratet. Der eine arbeitet wie mein Vater früher in der Raffinerie im Industriegebiet in Gonfreville, der andere in einer Zementfabrik. Zum Glück gibt es in Le Havre genügend Arbeitsplätze. Aber können Sie mir mal verraten, warum Sie das alles fragen? Was interessiert Sie an meiner Familie?«

Jetzt war der Moment da. Sollte Leblanc seinen Verdacht offenlegen? Würde er sie damit so brüskieren, dass sie sich verschließen oder gar das Gespräch abbrechen würde?

»Wir suchen den Mörder von Albert Barat und wollen, dass er für seine Tat zur Rechenschaft gezogen wird. Verstehen Sie bitte, dass wir jeder Spur nachgehen müssen, auch wenn sie abwegig erscheint. Und bitte, werten Sie das nicht als Vorurteil gegen Migrantenfamilien.« War das vorsichtig genug? Hatte er den richtigen Ton getroffen? »Wir verfolgen auch andere Hinweise. Aber es ist nicht völlig auszuschließen, dass jemand in Ihrer Familie von Ihrem Verhältnis mit Albert Barat erfahren und …«

»… ihn umgebracht hat? Niemals. Früher ist es vorgekommen, dass mein Vater mich in meinem Zimmer einsperrte, damit ich nicht ausging. Ja, meine Brüder sind mir sogar gefolgt, um herauszufinden, wohin ich wollte, und haben mir Vorschriften gemacht. Das geschah aus Sorge um mich, auch wenn es mich eingeschränkt hat. Aber sie würden keinen Mord verüben. Meine Brüder kümmern sich schon länger, seit meinem Studium in Paris, nicht mehr um mich. Und mein Vater? Er ist vielleicht traurig, dass ich nicht seinen Vorstellungen entspreche und mit zweiunddreißig Jahren noch nicht verheiratet bin, aber auch er würde sich nicht an jemandem vergreifen.«

»Gibt es sonst einen Menschen, der eifersüchtig sein könnte?«

»Meine Eltern hätten es gern gesehen, wenn ich Samir, einen entfernten Verwandten, geheiratet hätte. Es wurden Treffen zwischen uns arrangiert, Samir hatte Interesse, aber meine Ablehnung war so heftig, dass mein Vater schließlich von dem Plan abgerückt ist. Die Geschichte ist über zwei Jahre her, das spielt heute keine Rolle mehr.«

»Ich wäre befugt«, eröffnete Leblanc nun sein Vorhaben, »Ihren Vater und Ihre Brüder zu vernehmen, sie sogar aufs Präsidium vorzuladen. Aus Rücksicht auf Sie und die, sagen wir mal, angespannte öffentliche Situation und den islamistischen Terror würde ich gern mit Ihnen besprechen, wie wir diese Angelegenheit am unauffälligsten bewerkstelligen. Ich appelliere an Ihre Kooperation.«

Nouria Abdelkader war keineswegs brüskiert. Sie verstand sehr gut, was Leblanc meinte, und schätzte sein Entgegenkommen. Wenn ihre Eltern erführen, dass sie eine voreheliche Beziehung unterhalten hatte, es würde ihnen das Herz brechen, sie würden ihre Tochter endgültig für eine verlorene Seele halten. »Können Sie mein Verhältnis mit Albert verschweigen, wenn Sie mit ihnen sprechen? Es wird für sie schon ein Schock sein zu erfahren, dass er tot ist. Sie wissen es noch nicht. Sie werden den Mord an ihm mit der Arbeit im Museum in Verbindung bringen und denken, dass auch ich in Gefahr schwebe.«

»Das kann ich nicht verhindern, aber Ihre Beziehung zu Monsieur Barat müssen wir nicht erwähnen. Wir erklären, dass wir im Rahmen der Ermittlung alle engeren Mitarbeiter des Museumsleiters und deren Familien befragen. Können Sie Ihre Brüder benachrichtigen? Die sollten dabei sein und Sie als Vermittlerin auch. Heute um achtzehn Uhr? Sie geben uns Ihre Adresse und bereiten Ihre Familie vor. Sollte sich allerdings irgendein Verdacht erhärten, kann ich nicht mehr für Geheimhaltung garantieren.«

»Ich bin sicher, das wird nicht geschehen. Kommen Sie heute

Abend zu uns. Werden Sie dabei sein?« Nouria Abdelkader wandte sich an Nadine.

»Ja, ich denke doch.« Ein kurzer Blick zu Leblanc, der nickte.

»Eine Polizistin, eine Frau, das könnte Türen öffnen. Danke, Herr Kommissar.« Nouria Abdelkader schenkte Leblanc ein trauriges Lächeln.

Es war früher Nachmittag, als Leblanc und Nadine nach Deauville zurückkehrten.

»Sie haben wohl nicht vor, den Besuch bei Familie Abdelkader nach Le Havre zu melden, Chef?«

Zwar hatte Nadines Eifer in Sachen Kooperation etwas nachgelassen, aber aufgegeben hatte sie das gemeinsame Projekt und den Gedanken an den Kommissar in Le Havre nicht. Immerhin hatte Luc guten Willen bewiesen, indem er sie über das Treffen von Durand mit seinem Komplizen informiert hatte. Im Gegenzug, fand sie, könnte ihr Chef sich erkenntlich zeigen und seine Absichten offenlegen. Aber der dachte gar nicht daran.

»Es wäre zu früh, die Pferde scheu zu machen.«

Die Pferde? Welche Pferde? Er meinte doch wohl eher, es sei zu früh, Pennec einzubeziehen.

»Es gibt nicht den geringsten Verdacht«, fuhr Leblanc fort. »Ist nur eine Idee von mir. Sollte sich irgendetwas konkretisieren, werde ich den Kollegen informieren. Wahrscheinlich verläuft die Angelegenheit sowieso im Sande.« Weder Nadine noch Pennec gegenüber hatte er erwähnt, dass er nach einem Mann mit einer Narbe fahndete. »Die Hauptsache ist doch, dass wir den Gemäldediebstahl verfolgen, und wir sind ganz nah dran, ihn aufzuklären, das sieht der Kollege Pennec genauso. Er hält die Fäden in der Hand, wir müssen ihn mit meinen Hirngespinsten nicht belasten. Du kennst doch meine Methode. Ich mache mir gern ein umfassendes Bild von den Menschen, die näheren Kontakt mit dem Toten hatten.

Und bei Albert Barat führen alle Wege nach Algerien. Deshalb interessiert mich die Familie Abdelkader.« Er rechtfertigte die kleine Lüge damit, Nadine nicht in Gewissenskonflikte bringen zu wollen. Und tatsächlich gab sie sich mit der Erklärung zufrieden.

Siedend heiß fiel ihm ein, dass er Marie anrufen und die Ankunft seiner Mutter ankündigen wollte. Das hatte er versäumt. Es war kurz vor halb drei. Wenn er sich beeilte, schaffte er es noch rechtzeitig zum Bahnhof. Vorher gab er Marie Bescheid, er würde seine Mutter abholen und sie und Dayo zu ihr bringen.

Der Zug aus Paris stand schon auf dem Gleis, als Leblanc den Bahnsteig erreichte.

»Huhu, Ja-acques!« Suzanne Leblancs Stimme hallte durch die gläserne Septemberluft. Dazu wedelte sie mit der linken Hand vor ihrer Stirn herum. Die rechte hatte sie um den Oberarm des Jungen gelegt, als könnte der im Gewühl verloren gehen. Für seine dreizehn Jahre war Dayo erstaunlich groß, fast so groß wie Suzanne, so dass man sich fragen konnte, wer da wen beschützte. Dayo ließ die Prozedur willig über sich ergehen, seine großen braunen Augen erkundeten neugierig die ungewohnte Umgebung. In seiner rechten Hand baumelte eine bunte Stoffreisetasche. Er hatte eine kurze Hose an, aus der die dunklen Beine herausragten wie zwei Stöcke. Bei den herbstlichen Temperaturen am Morgen und Abend würde er frieren, dachte Leblanc und erinnerte sich, dass er als Kind in Kamerun nichts anderes am Leib trug als eine kurze Hose, die durch einen Gummizug notdürftig auf seinen schmalen Knabenhüften gehalten wurde.

Die zwei ungleichen Gestalten näherten sich dem Ende des Bahnsteigs. Zum Glück hatte seine Mutter das Färben ihrer Haare wieder aufgegeben und sie sich in ein natürliches Grau zurückverwandeln lassen. Das Schwarz hatte ihm nicht gefallen, auch wenn sie dadurch jünger wirkte.

»Bonjour, Maman, bonjour, Dayo. Herzlich willkommen in Trouville. Ich bringe euch zu Marie. Sie freut sich auf dich, Dayo.«

»Ich finde es total cool, dass ich bei dir und Marie sein darf.« Ein breites Lächeln enthüllte strahlend weiße Zähne.

»Jacques, ich nehme den Zug in einer Stunde zurück nach Paris. Ich möchte Amélie nicht so lange allein lassen.«

»Ja, gut, ich habe auch noch zu arbeiten. Wir lassen Dayo bei Marie, und ich setze dich anschließend am Bahnhof ab.«

Napoleon war noch nicht zu Marie zurückgekehrt, was Leblanc für ein gutes Omen hielt. Seine Hoffnung wurde jedoch sogleich zunichtegemacht, denn Marie verkündete, Hippolyte komme am nächsten Tag zurück, er habe mit seinem Entwurf die Ausschreibung in Honfleur gewonnen und werde den Bau des Eingangsbereichs des Museums beaufsichtigen.

»Wer ist denn Hippolyte?«, raunte ihm seine Mutter fragend zu.

»Ach, unwichtig«, gab er zurück. Aber der Ärger war ihm anzusehen.

Marie zeigte Dayo das Haus. Suzanne Leblanc hatte richtiggelegen mit ihrer Erinnerung, dass Marie in Kamerun eine besondere Zuneigung zu Dayos Mutter Ouma und dem Jungen entwickelt hatte. Sie widmete sich ihm mit großer Zuneigung, und Dayo war von allem begeistert, von dem Zimmer mit eigenem Bad, in dem er wohnen würde, und von Arsène, mit dem er auf dem Boden herumtollte, von der Aussicht, die Arbeit der Kriminalpolizei kennenzulernen. Seine Maman vier hatte verschwiegen, dass sein Bruder Jacques, so nannte er Leblanc der Einfachheit halber, diesen Wunsch nicht zu erfüllen gedachte.

»Ja-acques, wann nimmst du mich mit zur Polizei?«

»Aber hat dir Maman nicht gesagt …« Er stockte. Auch er war von der offenen und freundlichen Art des Jungen berührt. Warum sollte er ihm nicht einmal das Präsidium zeigen? »Später, Dayo«, fuhr er fort, »jetzt kommst du erst mal an. Ich arbeite gerade an einem komplizierten Fall.«

»Oh, erzählst du mir davon?«

»Das Erste, was du lernen musst, ist, dass ein Kommissar nicht befugt ist, über ein laufendes Ermittlungsverfahren zu sprechen.«

»Ach so, ja, klar.« Enttäuschung machte sich auf seinem Gesicht breit.

»Dayo«, sagte Marie, um ihn abzulenken, »ich wollte mit Arsène am Strand spazieren gehen. Kommst du mit?«

»Ja, cool.« Getröstet griff Dayo zum Halsband, das Marie ihm hinhielt, und legte es dem Retriever um.

»Ich bringe jetzt Maman zum Bahnhof, und danach habe ich in Le Havre zu tun. Aber wenn du nichts dagegen hast, komme ich später am Abend vorbei. Um Dayo Gute Nacht zu sagen.« Leblanc grinste.

Marie hatte nichts dagegen.

Im Auto hielt ihm seine Mutter eine Predigt – nicht die erste – mit dem Tenor, er müsse sich mehr um Marie bemühen.

»Warum heiratest du sie nicht, Junge? Ihr seid doch beide alt genug, um diesen Schritt wagen zu können.«

»Maman, ich bin über das Alter hinaus, in dem man üblicherweise heiratet. Hast du vergessen, dass ich zweiundfünfzig werde?«

»*Das* Alter meine ich nicht. Ihr habt genug Erfahrung, um keine unüberlegten Entscheidungen zu treffen.«

Leblanc sagte seiner Mutter nicht, dass Marie beabsichtigte, eine Ehe einzugehen, aber mit einem anderen Mann als ihm. Er sagte auch nicht, dass er Napoleon besiegen wolle. Dieser Hippolyte würde bei ihm sein Waterloo erleben. Er, Leblanc, würde ihm als Feldmarschall Wellington und Generalfeldmarschall Blücher in einer Person eine vernichtende Niederlage bescheren. Aber hundert Tage sollte Napoleons Herrschaft nicht mehr dauern.

DREIZEHN

Familie Abdelkader wohnte im Norden von Le Havre, in der Avenue du Mont Gaillard in einer Plattenbausiedlung. Achtstöckige, identisch aussehende Gebäude reihten sich aneinander mit jeweils etwa hundertzwanzig Wohnungen. Immerhin besaßen alle einen Balkon, und es führte eine Straßenbahn in dieses Viertel. Leblanc und Nadine fuhren an einem gigantischen Einkaufszentrum und an einer Moschee vorbei, die von außen wie eine Festung aussah. Umgeben von einer Mauer, die den Innenhof verbarg, zeugten nur die zwei Halbmonde auf dem Dach vom religiösen Charakter des Gebäudes. Vor einiger Zeit, wusste Leblanc, hatte eine Antiterroreinheit ein Islamisten-Netzwerk zerschlagen, das auch in Le Havre Ableger gebildet hatte. Im letzten Jahr hatte es keine Krawalle und Ausschreitungen gegeben, aber es waren besorgte Stimmen laut geworden, die befürchteten, dass in manchen Moscheen nicht nur Religionsausübung stattfand, sondern sich dort auch islamistische Keimzellen befanden. Leblanc beneidete die Kollegen in den Spezialeinheiten nicht. Im Gegensatz zu Nadine, die die ungewohnte Umgebung zu der Bemerkung veranlasste:

»Eigentlich leben wir in Deauville hinterm Mond. Von den echten Problemen, den gesellschaftlichen Konflikten kriegen wir gar nichts mit. Ich würde gern näher an den Brennpunkten sein, Le Havre oder Paris. Das ist zwar gefährlicher, aber ich hätte die Wirklichkeit vor Augen, wie sie ist. Die Morde, die bei uns verübt werden, sind individuelle Taten, wie es sie schon ewig gegeben hat, immer dasselbe.«

Leblanc schwieg. Das war neu. Bisher hatte sich Nadine mit ihrem Arbeitsplatz in Deauville überaus zufrieden gezeigt, häufig betont, wie viel ihr die Arbeit mit ihrem Chef und wie wenig ihr eine Karriere bedeutete. Es war eher Leblanc, der sie zu Veränderungen ermutigte. Vermutlich steckte hinter diesem Sinneswandel ein junger Kommissar aus Le Havre. Er würde Nadine nicht halten können, wenn sie sich in eine andere Stadt versetzen lassen wollte. Mit zweiunddreißig hatte auch er am Puls der Zeit sein wollen, nur dass der damals anders schlug als heute. Auch in den Neunzigerjahren hatte es Attentate gegeben, auch mit islamistischem Hintergrund, aber das waren Einzeltaten mit einem bestimmten Ziel gewesen, etwa einen Verurteilten aus dem Gefängnis zu befreien oder Ähnliches. Das gesellschaftliche Klima war ein anderes gewesen.

»Ich verstehe, dass du wegwillst«, sagte er schließlich und kam sich vor wie ein Vater, der seiner Tochter zur Besonnenheit rät. »Aber überlege es dir gut. Es sollte keine … ähm … spontane Entscheidung sein, weil dir gerade jemand imponiert. Informiere dich über die Tätigkeitsbereiche, und wenn du meinst, dass es das Richtige ist, stell einen Antrag.«

»Natürlich, Chef.« Doch die Worte täuschten. Nadine fehlte, wie Leblanc vermutet hatte, die Klarheit über das Motiv ihres Veränderungsdrangs, das in Wirklichkeit den Namen Luc Pennec trug.

Auf einem der vielen Klingelschilder fanden sie den Namen »Abdelkader«. Mit dem Fahrstuhl ließen sich Leblanc und Nadine in den vierten Stock bringen. Die Hausbewohner bemühten sich um Sauberkeit. Der abgenutzte Flur hätte eine Renovierung vertragen können, aber es gab keine beschmierten Wände oder schmutzigen Ecken. Nouria Abdelkader öffnete die Tür. Sie trug ein Kopftuch, das ihr ausdrucksstarkes Gesicht noch betonte.

»Ich habe meine Eltern und meine Brüder vorbereitet. Kommen Sie herein!«

Sie führte die Besucher ins Wohnzimmer und stellte sie vor. Um einen niedrigen Tisch herum saßen wie aufgereiht Nouria Abdelkaders Vater, ein grauhaariger Endsechziger, die Mutter, rundlich, dunkel gekleidet, mit geblümtem Kopftuch, und die zwei Brüder Tayeb und Djamal, von kräftigem Körperbau, aber müdem Gesichtsausdruck, von der schweren körperlichen Arbeit frühzeitig gealtert. Trotz eines erkennbaren Altersunterschieds ähnelten sie sich. Alle blickten gebannt auf Leblanc, wie in Erwartung eines Theaterstücks, dessen Aufführung beginnen würde, sobald der Vorhang sich öffnete. Wenn etwas an diesem Raum an Algerien erinnerte, waren es die bunten Teppiche, die auf dem Boden lagen, aber auch über Sofa und Sessel gebreitet waren. Nouria Abdelkader forderte die Gäste auf, sich zu setzen, und servierte Tee in kleinen Gläsern, die sie auf den niedrigen Tisch stellte.

»Sie haben schon erfahren«, begann Leblanc, »dass der Chef Ihrer Tochter, Ihrer Schwester ermordet wurde. Das ist eine schreckliche Sache, und wir wollen, dass der Mörder gefasst und bestraft wird. Um Hinweise zu erhalten, die uns auf die Spur des Täters führen, befragen wir die engsten Mitarbeiter von Monsieur Barat im Museum. Und wir haben erfahren, dass Sie«, er schaute die Eltern Abdelkader an, »Monsieur Barat kennengelernt haben.« Leblanc war zufrieden mit seiner Einleitung.

Der Vater ergriff das Wort. »Ja, er war einmal bei uns, ein feiner Mann, der sehr viel über Algerien wusste. Wir wünschen uns für Nouria einen Mann, eine Familie …«

»Papa, bitte, das interessiert die Kommissare nicht«, unterbrach ihn die Tochter.

»… aber sie zieht es vor, zu arbeiten und allein zu bleiben. Ihr Chef hat uns das Versprechen gegeben, dass Nouria respektvoll behandelt wird. Das hat uns beruhigt. Aber jetzt, nach dieser Gewalttat, machen wir uns wieder Sorgen, wenn sie morgens das Haus verlässt.«

Während der Vater sprach, ließ Leblanc seine Blicke über Gesicht und Hände der männlichen Familienmitglieder schweifen. Von einer Narbe keine Spur. Doch, da, auf dem Handrücken des älteren Bruders Tayeb zog sich zwischen Daumen und Zeigefinger, fast bis zum Handgelenk reichend, ein dünner weißer Strich entlang. War das eine Narbe? Wenn ja, musste die Verletzung, von der sie stammte, länger zurückliegen. Von Weitem war sie kaum zu erkennen.

»Es gehört zu meinen Aufgaben, Sie zu fragen, wo Sie am vergangenen Sonntag zwischen sieben und neun Uhr morgens waren.«

»Ich war zu Hause mit meiner Frau und Nouria«, begann der Vater, aufrecht sitzend und um Haltung bemüht. Das Gespräch mit dem Kommissar hielt er für eine wichtige Angelegenheit, die Ernst erforderte.

Der jüngere Bruder Djamal sprach als Nächster: »Ich war zu Hause bei meiner Familie. Um die Zeit sind wir gerade aufgestanden. Später machten wir mit den Kindern einen Ausflug ans Meer nach Étretat, um das schöne Wetter auszunutzen.«

»Und ich«, sagte Tayeb Abdelkader, »war zum Morgengebet in der Moschee. Wegen der Schichtarbeit ist es mir nicht immer möglich, das Freitagsgebet in der Moschee zu verrichten. Da ich sonntags freihabe, gehe ich statt Freitag manchmal am Sonntag.«

»Ist das die Moschee hier in der Nähe?«

»Nein, Sie meinen die Fatih-Camii-Moschee, dort versammeln sich die türkischen Muslime. Wir Algerier besuchen die Annour-Moschee. Es ist ein relativ neues Gebäude, 2013 wurde es fertiggestellt, der algerische Staat hat einen Teil der Kosten beigesteuert. Neben dem Gebetsraum für etwa eintausend Personen gibt es dort auch ein Kulturzentrum mit Unterrichtsräumen und einer Bibliothek.«

»Ich habe davon gehört.« Leblanc merkte auf. Tatsächlich hatte der Kurator im Museum Malraux, Monsieur Cohen, das Kulturzentrum erwähnt. »Wussten Sie, dass Monsieur Barat dort Kunstkurse für nordafrikanische Jugendliche abgehalten hat?«

»Nein, das wusste ich nicht. Woher auch? Nouria hat mir nichts davon gesagt. Ich habe den Mann nur einmal gesehen, als er hier bei meinen Eltern war, und kaum mit ihm geredet.«

»In der Moschee sind Sie ihm nie begegnet?«

»Nein. Ich halte mich nicht im Kulturzentrum auf.«

»Woher stammt denn die Verletzung an Ihrer Hand?«

Der Angesprochene sah verblüfft auf seine Hand. »Die alte Narbe? Ein Unfall an einer Maschine an meinem ersten Arbeitstag in der Raffinerie. Unvorsichtig von mir, zum Glück wurde der Daumen nicht abgerissen. Die Wunde konnte genäht werden, jetzt sieht man kaum noch etwas. Das ist über zwanzig Jahre her, damals hat mein Vater noch in der Raffinerie gearbeitet, nicht, Papa?«

»Ja, mein Leben lang war ich in der Raffinerie. Gute Arbeit, gutes Geld. Jetzt bekomme ich Rente. Le Havre ist eine gute Stadt, genügend Arbeitsplätze, günstige Wohnungen. Wir haben viel Glück.«

Madame Abdelkader, bisher stumm geblieben, betrachtete Nadines Uniform mit großem Interesse. Nun traute sie sich endlich zu fragen, was sie die ganze Zeit beschäftigte. »Sie als Frau, haben Sie keine Angst, bei der Polizei zu sein? Das ist doch gefährlich? Was sagen Ihr Mann und Ihre Familie dazu?«

Freundlich lächelnd gab Nadine Auskunft. »Angst habe ich nicht. Wir lernen in der Ausbildung, wie man in heiklen Situationen verantwortungsbewusst reagiert und wie man Ruhe bewahrt. Außerdem sind wir Teil eines Teams und nicht allein. Und wir nehmen ständig an Fortbildungen teil, wo es auf Reaktionsvermögen und körperliche Fitness ankommt. Meine Familie hat mich immer unterstützt, meine Eltern finden die Polizei wichtig und notwendig. Und ich wohne noch bei ihnen, verheiratet bin ich nicht.«

»Wie alt sind Sie denn? Oh, Entschuldigung, das fragt man nicht.« Die Mutter hielt sich die Hand vor den Mund.

»Kein Problem.« Nadine lachte. »Ich bin zweiunddreißig.«

»Genauso alt wie Nouria.« Madame Abdelkader verglich insgeheim diese junge Polizistin mit ihrer Tochter und kam zu dem Schluss, dass ihre Familie es besser getroffen hatte. Unverheiratet waren sie beide, ein großer Nachteil, aber Nourias Arbeit im Museum schien ihr doch trotz des Todes von Monsieur Barat sicherer als die der Polizistin. Sie als Mutter sollte vielleicht ihrer Tochter gegenüber mehr Toleranz zeigen, es hätte schlimmer kommen können. Nur – ob sie ihren Mann davon überzeugen konnte?

Leblanc hatte sich einen Eindruck von der Familie verschafft, und das reichte ihm fürs Erste. Nouria Abdelkader begleitete ihn und Nadine hinaus bis zu ihrem Wagen. Sie hatte sich an dem Gespräch kaum beteiligt. Jetzt fühlte sie sich zu einer Erklärung genötigt.

»Meine Eltern sind friedliche Leute, sie wollen nichts anderes, als in Ruhe zu leben und ihre Religion auszuüben. Wenn es Konflikte zwischen uns gibt, weil ich als Frau nicht ihren Vorstellungen entspreche, bleibt das in der Familie. Wir alle verurteilen den islamistischen Terror genauso wie die Franzosen.« Sie lächelte. »Was sage ich da, wir sind ja Franzosen. Das gilt auch für meine Brüder.«

»Schreiben Sie mir bitte die Adressen und Telefonnummern Ihrer Brüder auf. Besitzt Ihr älterer Bruder so etwas wie Trekking- oder Wanderstiefel?«

»Ich denke schon. Er hat mit seiner Familie mehrmals in der Auvergne Urlaub gemacht. Warum?«

»Ach, ich würde den Abdruck der Sohle gern mit einem am Tatort gefundenen Profil abgleichen. Könnten Sie mir die Stiefel besorgen? Das wäre einfacher.«

Nouria Abdelkader seufzte. »Wenn es absolut notwendig ist. Ich hole die Stiefel und nehme sie mit ins Museum. Hoffentlich ist Ihr Verdacht dann endgültig beseitigt.«

Ob sie einmal mit Albert Barat zusammen in dem Kulturzentrum der Moschee gewesen sei, wo er Unterricht gegeben habe, wollte Leblanc noch wissen.

Sie bejahte. Mehrmals habe sie ihn begleitet. Er sei davon überzeugt gewesen, dass Kunst mehr bewirke als Politik, aus diesem Grund habe Albert sich so sehr für diese Kurse für junge Nordafrikaner eingesetzt. Gleich zu Beginn ihrer Anstellung habe er sie gebeten, ihn bei der Aufgabe zu unterstützen und die wenigen Mädchen in der Gruppe zu übernehmen. »Das war für mich eine ganz neue Erfahrung, bereichernd. Ich habe den Mädchen eine Reproduktion von Delacroix' Gemälde *Die Frauen von Algier* aus dem Jahr 1834 gezeigt. Sie fingen sofort an, über die Situation der Frauen damals und heute zu reden, über den Harem und das Verhältnis von Öffentlichkeit und Privatheit. Daneben konnte ich ihnen etwas über Delacroix' Stil und seine Epoche erklären.«

Begeisterung sprach aus ihren Worten. Diesen Enthusiasmus hat sie mit Barat geteilt, das hat die beiden miteinander verbunden, dachte Leblanc.

»Die Aufteilung der Gruppe in Jungen und Mädchen war ein Erfolg«, fuhr sie fort, »denn beim nächsten Mal hatte sich die Zahl der Mädchen um drei erhöht. Ich hatte mich immer auf diese Stunde gefreut, aber letzte Woche hat Albert den Unterricht abgesagt, grundlos. Ich habe mich gewundert, aber nicht nachgefragt. Eigentlich war er schon die ganze Woche irgendwie merkwürdig, so als habe er einen Geist gesehen. Aber zum Glück gibt es ja keine Geister.«

»Wer weiß. Vielleicht haben sie ihre Erscheinungsform geändert, oder wir erkennen sie nicht mehr. Danke für Ihre Mitarbeit.« Leblanc empfand große Sympathie für diese Frau und Hochachtung. Sich ein eigenes Leben aufzubauen und gleichzeitig mit der Familie nicht zu brechen – Respekt!

Im Auto tauschten Nadine und Leblanc Eindrücke aus. »Total interessant«, fand Nadine. Kontakte zu muslimischen Familien aus

Nordafrika habe sie sonst gar nicht, und die Probleme dieser Leute, sich zwischen Tradition und Anpassung an ein westliches Land zu bewegen, habe sie bisher nur aus Zeitungen oder dem Fernsehen gekannt. »Aber Chef, warum wollten Sie das alles wissen? Halten Sie jemanden aus der Familie für verdächtig?«

»Das Alibi des älteren Bruders überzeugt mich nicht ganz. Selbst wenn er am Sonntagmorgen in der Moschee war, von dort hätte er unbemerkt verschwinden können. Vielleicht hatte er zunächst gar nicht die Absicht, Barat umzubringen. Vielleicht wusste er von Nouria, dass Barat ein Segelboot besaß, und er hat, ohne zu wissen, ob der Geliebte seiner Schwester auftauchen würde, dort gewartet. Vielleicht wollte er ihn zur Rede stellen. Und als Barat dann tatsächlich erschien, überkam ihn die Wut. Und er hat geschossen ...«

»Dazu müsste er aber eine Waffe bei sich gehabt haben.«

»Und auch noch ein guter Schütze sein. Ja, ich gebe zu, die Theorie ist lückenhaft. Aber es ist immerhin möglich, dass er seine Schwester und Barat zusammen in oder bei der Moschee gesehen hat.«

»Chef, Sie glauben nicht wirklich, dass der Bilderdieb auch der Mörder von Barat ist? Sie setzen Luc auf diese Fährte, damit Sie ihn los sind, stimmt's?«

Nadine hatte ihn durchschaut. Weil er jedoch Misstrauen gegenüber ihren aktuellen Gefühlsschwankungen hegte, rückte er nur mit der halben Wahrheit heraus.

»Er hat sich selbst auf diese Fährte gesetzt. Der junge Mann scheint mir sehr impulsiv zu sein. Wenn er einen Verdacht hegt, schließt er andere Möglichkeiten aus und geht nur einer Spur nach, siehe Monsieur Cohen. Anstatt erst einmal alle Fäden zu sammeln, hält er einen für den Ariadnefaden und wundert sich dann, wenn der Minotaurus ein Kälbchen ist. Ich habe bislang keinen konkreten Verdacht, und tatsächlich halte auch ich es für möglich, dass der Bilderdieb der Mörder ist. Aber es gibt noch andere Optionen. Was mich stutzig macht, ist, dass sowohl Barats Ehefrau als auch Nouria Abdelkader angegeben haben, Barat sei schon die ganze Woche vor seiner Ermordung merkwürdig oder bedrückt gewesen. Er hat aber erst am Mittwoch von dem Bilderraub erfahren. Irgendetwas muss ihn vorher belastet haben.«

Wieder verschwieg er den Hinweis auf die Narbe, er wusste selbst nicht, warum. Genau genommen könnte sich die Entdeckung Barats, da sein Anruf bei Maître Roland erst am Freitagabend eingegangen war, auch auf den Bilderdieb beziehen. Aber bei diesem Robert Blondel war zumindest aus der Entfernung keine auffällige Narbe zu bemerken gewesen. Man würde sehen.

»Was könnte das sein?« Leblancs Einwand hatte Nadine nachdenklich werden lassen.

»Genau das sollten wir herauskriegen. Deshalb verfolge ich mehrere Spuren. Setz mich da ab«, sagte Leblanc, als die Kirche Notre-Dame de Bonsecours in Trouville in Sicht kam. »Bis morgen.«

»Bis morgen, Chef.«

Marie hatte Dayo schon ins Bett geschickt, als Leblanc gegen neun Uhr bei ihr eintraf. Sie hatte vom Abendessen Huhn mit Erbsen und Kartoffelpüree übrig behalten. Leblanc hatte aus Zeitmangel mittags nichts gegessen und war dankbar für die Mahlzeit.

»Kinderessen«, sagte Marie. »Es ist auch noch Mousse au Chocolat da, wenn du willst.«

Er wollte. Und ein Glas Rotwein vor dem Kamin.

»Wie geht es mit Dayo?«

»Ich habe den Jungen ins Herz geschlossen, das war schon in Kamerun so. Gegenseitige Zuneigung auf den ersten Blick, genauso wie bei seiner Mutter. Er spricht immer von dir, er bewundert dich sehr. Der große Kommissar, der Mörder fängt. Du musst ihn mal mitnehmen ins Präsidium und ihm alles zeigen. Das würde ihn glücklich machen.«

»Und du?« Leblanc setzte zum Frontalangriff an. »Bist du glücklich, dass Hippolyte zurückkommt?«

»Ehrlich gesagt, ich weiß es nicht. Er hat mir verschwiegen, dass er verheiratet ist.«

»Was? Das ist ja ungeheuerlich! Er ist verheiratet? Hat er womöglich noch Kinder?« Leblanc spielte den Empörten.

»Ja, zwei.«

Das dritte hatte er verschwiegen, der Halunke. Aber es war jetzt nicht der Zeitpunkt, Marie vollständig aufzuklären.

»Ich fasse es nicht. Er hat dich belogen und dir etwas vorgespielt. Kannst du ihm noch vertrauen?« Leblanc gefiel sich in seiner Rolle.

»Genau das ist das Problem. Ich möchte ihm noch eine Chance geben. Er will sich scheiden lassen, seine Ehe ist zerrüttet. Er hat mir geschworen, er wird mit seiner Frau sprechen und ihr sagen, dass er mich liebt und heiraten will.«

»Aber das behaupten alle Männer, wenn sie sich nicht entscheiden können. Er will seine Familie behalten und dich nicht verlieren. Du musst das überprüfen. Ruf seine Frau an oder fahr zu ihr. Ihm allein kannst du nicht glauben. Was glaubst du, mit wie vielen Heiratsschwindlern ich als Kommissar schon zu tun hatte, manche davon sind straffällig geworden. Die meisten, das kann ich dir aus Erfahrung sagen, sind aufs Geld aus, sie suchen sich nur begüterte Frauen aus, die finanziell etwas zu bieten haben.«

Leblanc legte sich mächtig ins Zeug. Je mehr Marie sich vor seinen Augen entfernte, als stünde er auf einem Schiff, das aufs weite Meer hinausfuhr, während sie ihm am Kai nachwinkte, desto mehr merkte er, wie wichtig sie ihm war. Sein sicherer Hafen, seine Ankerstelle. Ja, ihm war klar, dass er ihr mehr bieten musste als nur ein paar Abende. Marie wollte größere Verbindlichkeiten, das war schon früher in Paris so gewesen. Aber damals fehlte ihm die Bereitschaft für eine feste Bindung. Seit dieser Zeit verhielt sie sich ihm gegenüber vorsichtig, zurückhaltend. Sie hatte ja recht, er war in Gefühlsdingen ein unsicherer Kandidat. Erst vor einem halben Jahr hatte er sich in eine völlig aussichtslose Liebesgeschichte mit einer Sechsundzwanzigjährigen gestürzt, wie ein Idiot hatte er ausgesehen. Aber seitdem hatte eine Veränderung in ihm eingesetzt, seine Maßstäbe verrutschten. Das freie Herumstreunen bedeutete ihm nichts mehr, war schal und leer geworden. Vielleicht sollte er dem Rat seiner Mutter folgen und sich binden. Deshalb musste er jetzt wie ein Löwe um Marie kämpfen.

»Ach, Jacques«, sagte Marie, die Leblancs Eifer wohl registrierte. »Ich hatte mir von Hippolyte Zuverlässigkeit, Sicherheit und Ruhe erhofft, ein Zusammensein, das auf Vertrauen basiert. Er hat mir vermittelt, dass er genau diese Werte schätzt. Es wäre ja lächerlich, sich in unserem Alter in eine große Verliebtheit zu stürzen. Aber jetzt ist das Vertrauen erst einmal verschwunden. Nur ganz aufgeben möchte ich ihn auch nicht. Ich werde meine Gefühle überprüfen, wenn er morgen zurückkommt.«

»Das reicht nicht«, beharrte Leblanc. »Du musst dich vergewissern, ob er lügt. Soll ich Nachforschungen …«

Er war einen Schritt zu weit gegangen, Marie reagierte gereizt. »Auf keinen Fall, das verbiete ich dir. Ich spioniere ihm nicht hinterher. Hippolyte ist doch kein Heiratsschwindler. Und dich geht das eigentlich gar nichts an.«

»Wirklich nicht?« Er setzte sich neben sie und legte seinen Arm um ihre Schulter. »Ich möchte dich nicht verlieren, Marie. Ich weiß, ich bin kein idealer Mann, und ich stamme auch nicht von Napoleon ab, aber ich habe dir nie etwas vorgemacht, so wie dieser Lügenbaron. Dein alter Jacques ist noch lernfähig.« Sein schelmischer Gesichtsausdruck verleitete sie zu einem Lächeln.

»Ja, ich habe dich sehr gern, manchmal mehr, als mir lieb ist, aber ich weiß nicht, ob wir zusammenleben könnten.«

»Bedeutet dir Ruhe wirklich so viel? Denk an Kamerun, unsere

Reise, das war aufregend und abenteuerlich, das hat dir gefallen. Und mir auch.«

»Lass mir Zeit, um die Sache mit Hippolyte abzuklären. Er hat eine zweite Chance verdient.«

Hat er nicht, fand Leblanc, gab sich aber für den Moment geschlagen. »Wo ist eigentlich der Hund?«

»Schläft bei Dayo im Zimmer. Bei beiden Liebe auf den ersten Blick. Arsène weicht ihm nicht von der Seite. Ich bin froh, dass du den Jungen zu mir gebracht hast, Jacques.«

Leblanc war auch froh. Der Junge würde in nächster Zeit das Bindeglied zwischen ihnen sein.

VIERZEHN

Luc Pennec war in Hochform, endlich wurde sein Einsatz gefordert. Seine besten Männer hatte er abgestellt, um den Speditionsarbeiter Robert Blondel zu beschatten. Der war mit einem Lieferwagen der Spedition Renard quer durch Le Havre zu einer Galerie gefahren, hatte dort mehrere bereits verpackte Bilder eingeladen und diese zum Zoll am Hafen gebracht. Die Polizisten immer hinterher, im Dauerkontakt mit ihrem Chef. Warten, hatte Pennec angeordnet, weiterverfolgen. Am Abend war Blondel, nachdem er den Lieferwagen zur Spedition zurückgebracht hatte, in seinen Renault gestiegen, hatte den Pont de Normandie in Richtung Honfleur überquert und am Ortsrand vor einem kleinen Backsteinhaus angehalten. Pennec spürte, dass sie ganz nah dran waren. Seine Leute hielten ihn auf dem Laufenden. Jederzeit zum Aufbruch bereit, tigerte er in seinem Büro im Präsidium hin und her. Noch brauchte er Geduld.

Eine Stunde dauerte es, bis Blondel mit einer Holzbox aus dem Haus trat, die er mühsam auf dem Rücksitz seines Renaults verstaute, weil sie nicht in den schmalen Kofferraum passte. Dass ihn zwei Männer aus einiger Entfernung beobachteten, entging ihm, so sehr war er mit dem Beladen des Autos beschäftigt. Zurück nach Le Havre ging es, über die Brücke, bei der Ausfahrt Harfleur rechts, als wollte er zur Spedition zurückkehren. Pennec ließ sich die Koordinaten durchgeben und brach mit weiteren vier Kollegen und zwei Polizeiwagen zu dem angegebenen Ort auf. Der Verfolgte fuhr allerdings an der Spedition vorbei, nahm die Straße in Richtung

Norden bis zu einem kleinen Wäldchen und bog rechts in einen Schotterweg ein. Nach ungefähr zweihundert Metern stoppte er vor einem Schuppen. Die Polizisten blieben ihm auf den Fersen, hielten aber an der Abzweigung an und warteten auf die Verstärkung aus Le Havre.

Keine zehn Minuten später traf Pennec mit seinen Männern ein. Zugriff, befahl der Kommissar, und die Polizisten pirschten sich mit entsicherten Pistolen an den Schuppen heran, vor dem der blaue Renault parkte. Durch ein schmutziges kleines Fenster konnte Pennec im Innern den Schein einer Taschenlampe erkennen. Er riss die Tür auf und richtete die Pistole auf den überraschten Robert Blondel.

»Polizei, keine Bewegung, nehmen Sie die Hände hoch.«

Der Mann leistete keinen Widerstand, die Taschenlampe malte zuckende Kreise an die hölzerne Decke des Schuppens. Die Transportbox hatte er an einen Schrank gelehnt.

»Ich verhafte Sie wegen des Verdachts auf Bilderdiebstahl. Das hier«, Pennec zeigte auf die Box, »nehmen wir als Beweisstück mit.«

Er wies die Polizisten an, den Schuppen zu durchsuchen, und wandte sich dann wieder dem Beschuldigten zu: »Ich kläre Sie hiermit über Ihre Rechte auf. Sie dürfen die Aussage verweigern und können sich einen Rechtsbeistand nehmen.«

Zwei Polizisten brachten den unbewaffneten Robert Blondel, der stumm zu Boden blickte, zum Wagen. Pennec rief Leblanc an, um den Erfolg zu vermelden.

Jacques Leblanc war auf dem Heimweg, zu Fuß an der Touques entlang, als er Pennecs Anruf entgegennahm. Siegessicher verkündete der die Botschaft, sie hätten Robert Blondel auf frischer Tat erwischt, als er eins der gestohlenen Bilder in ein Versteck gebracht habe. Am nächsten Vormittag um neun solle die Vernehmung stattfinden. Er könne daran teilnehmen, wenn er wolle.

Pünktlich um neun trafen Leblanc und Nadine im Präsidium in Le Havre ein. Leblanc hatte den Restaurator Verlaine gebeten, ebenfalls dort zu erscheinen und das sichergestellte Gemälde zu begutachten, um zu klären, ob es sich tatsächlich um eins der gestohlenen Originale handelte.

Das Präsidium verfügte, anders als das in Deauville, über einen Verhörraum. Blondel wartete dort bereits, als Pennec und Leblanc den Raum betraten. Nadine verfolgte die Vernehmung vom Nebenzimmer aus. Pennec schlug einen harten Ton an.

»Bei der gegebenen Sachlage haben Sie nicht den Hauch einer Chance. Besser, Sie gestehen. Das macht sich vor Gericht gut. Handelt es sich bei dem beschlagnahmten Gemälde um ein gestohlenes Original aus dem Museum in Honfleur?«

Blondel, noch blasser als ohnehin schon, fuhr sich mit den Händen durch die wirren Haare. Zögerlich, mit zitternder Stimme, gab er es zu. »Ja, es ist das *Stillleben mit Austern und Zitrone*.«

»Das Sie aus dem Museum entwendet haben.«

Wieder bejahte Blondel.

»Schildern Sie uns, wie Sie den Diebstahl geplant und durchgeführt haben.«

Nachdem der farblose Blondel beschlossen hatte zu gestehen, setzte bei ihm, in der Hoffnung auf Strafminderung, ein kaum aufzuhaltender Redefluss ein.

»Glauben Sie mir, ich bin in diese Sache reingerutscht. Es begann damit, dass ich für drei junge Maler in Honfleur regelmäßig Bilder zum Hafen transportiert und die Zollformalitäten erledigt habe. Es waren Kopien, und die wurden nach China verkauft. Ich dachte, wenn mal eins fehlte, würde das bei der Menge gar nicht weiter auffallen. Also habe ich eins behalten, um es zu verkaufen. Zweihundertfünfzig Euro, das wusste ich von den Malern, konnte man dafür bekommen. Der Verkauf ließ sich aber nicht so einfach bewerkstelligen, ich wusste nicht, an wen ich mich wenden sollte oder wie man das im Internet anbietet. Deshalb stand das kopierte Gemälde, *Der Himmel über Honfleur*, bei mir zu Hause herum. Mein Onkel, Jean Durand, arbeitete im Museum als Wärter, und schließlich wandte ich mich an ihn, fragte, ob er wüsste, wie ich das Bild losschlagen könnte. Kopien seien nicht lukrativ, meinte er, Originale von Boudin würden bis zu zweihunderttausend bringen. Zuerst war es nur ein Witz, aber dann steigerten wir uns in die Vorstellung hinein, wie wir Originale gegen Kopien austauschen könnten. Auch das blieb, wie soll ich sagen, nur theoretisch. Aber dann kam Jean auf die Idee mit der Ausstellung in Rouen und meinte, der Rücktransport der Bilder wäre eine günstige Gelegenheit für den Tausch. Er gab mir eine Liste der aus Honfleur ausgeliehenen Gemälde, und der Zufall wollte es, dass die jungen Maler kurz darauf eine Kopie des *Stillleben mit Austern und Zitrone*, eines der Bilder auf der Liste, nach China schickten. Es kam nie in China an, ich nahm es zu mir. Ich ließ mich vom Chef einteilen für die Transportfuhre von Rouen nach Honfleur. Meine zwei Kopien hatte ich genauso verpackt wie die Bilder aus dem Museum und am Tag vor dem Transport in den Keller des Museums gebracht, in ein Lager, das Jean mir gezeigt hatte. Es fiel nicht auf, dass ich meine Boxen in den Saal brachte und die Originale in den Keller. Dort holte ich sie am nächsten Abend ab, als Jean Dienst hatte und mir die Lagertür öffnete. Es war ganz leicht, keiner hat etwas gemerkt.«

»Wo ist das zweite Bild geblieben?«, wollte Pennec wissen.

Aus Blondels Antwort sprach grenzenlose Naivität und Dilettantismus. »Ich habe nicht gedacht, dass es so schwer ist, ein Gemälde zu verkaufen.«

»Ja, was glauben Sie denn? Dass Sie ohne Weiteres Käufer für gestohlene Bilder finden? Hier habe ich einen schönen Renoir aus dem Musée d'Orsay und da die *Mona Lisa* aus dem Louvre! Sind Sie wahnsinnig?« Pennec brach in Hohngelächter aus.

»Ich gebe zu, ich kenne mich nicht aus. Wir wollten auch nur diese zwei Bilder verkaufen, nicht mehr. Jean braucht Geld für das Heim seiner Frau, seine Rente reicht dafür nicht, und ich habe Schulden. Die Bank wird mein Haus versteigern, weil ich den Kredit nicht mehr bezahlen kann. Meine Frau hat mich vor einem Jahr verlassen, unser Sohn ist an Multipler Sklerose gestorben. Die Behandlungen waren sehr teuer, das hat mich ruiniert. Durch die Tätigkeit im Museum hatte Jean einen Zuverdienst, aber nach dem Diebstahl hat er sich so schlecht gefühlt, dass er gekündigt hat. Er könne sich am Ort der Schande nicht mehr aufhalten, sagte er. Sein schlechtes Gewissen plagte ihn und die Angst, dass es doch noch herauskommt.«

»Was sind Sie beide nur für Idioten«, platzte Pennec heraus. »Und wo ist nun das Bild geblieben?«

»Von den Malern wusste ich, dass der Kunsthandel mit China gut läuft. Deshalb habe ich einen chinesischen Händler in Paris angerufen, jedenfalls einen mit einem chinesischen Namen, einfach so. Der zeigte Interesse, ihm habe ich den *Himmel über Honfleur* gebracht. Er wollte versuchen, das Bild in China zu verkaufen. Für die Vermittlung forderte er fünfzig Prozent vom Erlös. Was sollte ich machen? Ich habe mich darauf eingelassen.«

»Geld haben Sie noch keins gesehen?«

»Nein. Er hat es in Kommission genommen. Erst nach dem Verkauf sollte ich ausgezahlt werden. Danach wollte er sich um das zweite Bild, das *Stillleben*, kümmern. Es tut mir sehr leid. Ich wollte Jeans und mein Leben retten, und jetzt habe ich uns ruiniert.«

»Das kann man wohl sagen. Ist Ihnen eigentlich klar, welche Konsequenzen das hat? Halten Sie sich für Arsène Lupin, den Meisterdieb? Mann, die Wirklichkeit ist kein Roman und Kunstraub kein Kavaliersdelikt, das man augenzwinkernd durchgehen lässt. Sie werden mit einer mehrjährigen Gefängnis- und einer Geldstrafe rechnen müssen, ebenso Ihr Kompagnon Durand und der Hehler, dem Sie das Bild übergeben haben. Sie können von Glück sagen, dass wir ein Gemälde sichergestellt haben, und von noch mehr Glück, wenn das zweite wieder auftauchen sollte. Und Ihr Geständnis wirkt sich unter Umständen günstig aus. Wir übergeben die Angelegenheit an die Sonderermittlungsabteilung Kunst in Paris. Die werden sich freuen, dass wir ihnen die Aufklärung gleich mitliefern.«

Pennec verließ den Verhörraum, um seine Leute anzuweisen, Jean Durand in Honfleur festzunehmen. Die Spurensicherung sollte eine Hausdurchsuchung bei ihm durchführen, nachsehen, ob sich das zweite Gemälde in seinem Besitz befand. Der Hehler konnte auch eine Finte sein. Danach sollten sie das Haus von Robert Blondel unter die Lupe nehmen. Bei Gefahr im Verzug, was in dieser Situation eindeutig gegeben war, konnte er auf einen Durchsuchungsbeschluss verzichten. Nadine forderte er auf, sich seinen Leuten anzuschließen. Sie bestand allerdings auf der Zustimmung ihres Chefs. Zwei Vorgesetzte, die ihr Weisungen gaben, das war einer zu viel. Dass Pennec sie irritiert ansah, nahm sie in Kauf. Eine erste kleine Machtprobe zwischen Luc und ihr, die sie gewann. Pennec holte das Einverständnis von Leblanc ein.

»Sie sollen auch an Waffen und Trekkingstiefel denken«, fügte Leblanc noch hinzu. Pennec hatte bisher mit keinem Wort den Mord an Barat erwähnt.

Der beschuldigte Robert Bondel sackte auf seinem Stuhl zusammen, sein Rücken krümmte sich, die Arme lagen angewinkelt auf dem Tisch, jetzt fiel sein Kopf auf die Hände. Er weinte um seine verlorene Zukunft.

Bis dahin hatte Leblanc Pennec die Vernehmung führen lassen. Nun griff er ein und riss den resignierten Blondel aus seiner Verzweiflung, um ihn womöglich in noch tiefere Abgründe zu stürzen.

»Wir haben noch eine andere Sache zu klären, und zwar den Mord an Albert Barat.« Blondel hob den Kopf und sah Leblanc verblüfft an. Der fuhr fort: »Seit Mittwoch letzter Woche wusste Barat von dem Diebstahl. Könnte es sein, dass er Sie im Verdacht hatte und Sie am Donnerstag zur Rede stellte?«

»Nein. Ich weiß, dass Monsieur Barat der Leiter des Museums ist, aber ich kenne ihn gar nicht persönlich. Die geschäftlichen Verhandlungen wegen der Kunsttransporte führt mein Chef.«

»Besitzen Sie eine Schusswaffe?«

»Ein Gewehr, ich gehe auf die Jagd, habe auch einen Jagdschein.«

»Keine Pistole?«

»Nein.«

»Wir werden bei Ihnen eine Hausdurchsuchung durchführen.«

Der Beschuldigte zuckte nur mit den Schultern. Nach seinem Alibi für die Tatzeit befragt, gab Blondel an, zu Hause gewesen zu sein, allein.

»Schlecht für Sie«, kommentierte Pennec, übergab dann aber Leblanc wieder die Gesprächsführung.

»Ihr Onkel Durand, ist der auch Jäger?«

»Ja, natürlich, durch ihn habe ich die Jagd kennengelernt. Jagen war schon immer Jeans Leidenschaft, er ist Aktivist im Jagdverein und hat mich als Jugendlicher oft mitgenommen. Wildschweine, Rehe, Hasen, es gibt in der Nähe von Honfleur ergiebige Reviere. Aber seit einiger Zeit ist Jean nicht mehr so häufig draußen.« Blondel lebte auf, als er von den wildreichen Jagdgründen erzählte, aber das währte nur einen kurzen Moment. »Warum fragen Sie? … Glauben Sie, ich hätte Monsieur Barat umgebracht?«

»Möglich wäre doch, dass er Ihnen oder Ihrem Onkel auf die Schliche gekommen ist. Und um den lästigen Mitwisser auszuschalten, haben Sie ihm aufgelauert und ihn erschossen. Sie wohnen in Honfleur wie er, es wäre ein Leichtes gewesen, ihn zu verfolgen und auf eine günstige Gelegenheit zu warten. Vielleicht haben Sie die Tat zu zweit begangen, Sie und Ihr Onkel. Sie hatten ja schon Erfahrung mit gemeinsamen Verbrechen.«

»Nein, nein, nein. Ich habe niemanden umgebracht. Was wollen Sie von mir? Ich habe doch den Diebstahl zugegeben.«

»Würden Sie Ihrem Onkel die Tat zutrauen?«

»Ach, was weiß ich. Ich beschuldige niemanden.«

Pennec setzte Blondel in Kenntnis darüber, dass sein Onkel auf dem Weg hierher und eine Hausdurchsuchung bei beiden, Durand und Blondel, angeordnet sei. »Und Sie bleiben in Untersuchungshaft, bis Sie dem Untersuchungsrichter vorgeführt werden.«

Dabei fiel Leblanc ein, dass er Monsieur Bertrand informieren müsste, auch um Rückendeckung für die Hausdurchsuchungen zu erhalten. In Anwesenheit von Pennec rief er ihn an, teilte ihm mit, dass sie einen Kunstraub aufgeklärt hätten und dass die Diebe möglicherweise als Mörder von Barat infrage kämen.

Der Untersuchungsrichter sparte nicht mit Anerkennung. »Hoch erfreulich, lieber Leblanc, die Zusammenarbeit zwischen Le Havre und Deauville klappt ja vorzüglich. Sie verstehen sich exzellent mit Ihrem Kollegen, wie ich annehme. Das Ergebnis kann sich sehen lassen, ich werde dem Ministerium und der Polizeidirektion von dem positiven Verlauf berichten. Machen Sie weiter so, es wäre gut, wenn Sie auch in der Mordsache bald ein Ergebnis vorweisen können.«

Pennec, der das Gespräch mitgehört hatte, machte eine säuerliche Miene, weil er seinen Anteil an den richterlichen Lorbeeren für zu gering bemessen hielt. Er war der Meinung, die Hauptarbeit geleistet zu haben. Leblanc jedoch hatte, das musste er zugeben, den besseren Draht zum Untersuchungsrichter. Das musste sich ändern.

Inzwischen war der Restaurator aus Rouen eingetroffen, um das *Stillleben mit Austern und Zitrone* zu begutachten. Sein Urteil auf den ersten Blick: Ja, es handle sich um das Original, zu fünfundneunzig Prozent sei er sicher, endgültige Klarheit könne nur eine Untersuchung im Labor ergeben.

Pennec ließ sich die Telefonnummer der Sonderkommission Kunst in Paris heraussuchen. Zusammen mit dem Kurator schilderte er den Vorgang und übergab den Fall samt der Adresse des chinesischen Hehlers offiziell den dortigen Ermittlern. Sie kamen überein, dass, solange der Mord nicht aufgeklärt war, die Verdächtigen in Le Havre verblieben.

Später wurde Jean Durand in den Verhörraum gebracht, aschgrau die Gesichtsfarbe, tief eingegrabene Falten, Hose und Jacke schlotterten um den mageren Leib. Da sein Neffe Robert gestanden hatte, wie ihm mitgeteilt wurde, sah er keine Möglichkeit mehr, die verdammte Sache unbeschadet zu überstehen. Nie, nie, nie hätte er sich darauf einlassen dürfen. Gleich nach dem Diebstahl hatte sich sein Gewissen gemeldet und plagte ihn seitdem Tag und Nacht. Sein Leben lang war er ehrlich gewesen, keine krummen Touren, nie. Nur dieses eine Mal hatte er sich hinreißen lassen und nur weil er Geld für das Pflegeheim seiner Frau benötigte. Ihre Demenz war so weit fortgeschritten, dass sie ihn kaum noch erkannte. Zu Hause hatte er sie nicht behalten und betreuen können, ihre Anfälle von Aggression, Rastlosigkeit und ihren nächtlichen Bewegungsdrang hatte er nicht mehr ertragen. Zwar hatte er ein staatliches Heim für sie gefunden, für das die Pflegeversicherung einen Teil übernahm, aber der Eigenanteil überstieg seine finanziellen Möglichkeiten. Da seine Frau ihr Leben lang nur Aushilfsarbeiten verrichtet hatte, bekam sie so gut wie keine Rente. Kinder gab es nicht. Wie also sollte er für das Heim aufkommen? Jetzt war sowieso alles vorbei. Die Arbeit im Museum war perdu, er würde im Gefängnis landen, sein Leben konnte er abschreiben. Vielleicht war es gut so. Alles loslassen, die Verantwortung abgeben. Sie würden seine Frau schon nicht auf die Straße setzen. Seine Wohnung würde er verlieren. Und wenn er als Clochard endete, auch egal.

Der alte Durand hatte mit dem Leben abgeschlossen und gestand alles, was ihm zur Last gelegt wurde. Als es um den Mord an Albert

Barat ging, horchte er auf. Mord? Gab es dafür nicht lebenslänglich? Wäre das nicht die beste Lösung? Im Gefängnis wäre er wenigstens versorgt und bräuchte sich um nichts zu kümmern.

Und so gestand Jean Durand auch den Mord. Ja, der Museumsdirektor habe ihn aufgesucht und gedroht, ihn anzuzeigen. Ja, das sei letzte Woche Donnerstag gewesen. Wieso Monsieur Barat ihn verdächtigt habe, wisse er nicht. Nein, seinen Neffen habe er nicht verraten, er habe die Tat auf sich genommen. Ja, er habe beschlossen, den Direktor zu erschießen, er sei Jäger und könne mit einer Waffe umgehen. Am Sonntag habe sich die Gelegenheit geboten. Er sei sehr früh draußen gewesen und sei Barat zufällig begegnet, als der zu Fuß durch die Stadt ging. Er habe seine Pistole geholt und sei ihm gefolgt bis zu seinem Boot. Dann habe er geschossen.

Das und kein Wort mehr sagte Jean Durand aus.

»Sie sollten jetzt einen Anwalt anrufen«, riet ihm Leblanc, »das ist Ihr Recht.«

Aber der alte Mann schüttelte nur den Kopf. Auf Leblancs Nachfragen antwortete er nicht. Er bat darum, in eine Zelle gebracht zu werden.

Pennec zeigte sich zufrieden, wenn auch verwundert über das rasche Schuldbekenntnis. »Ein Geständnis, was wollen wir mehr? Damit können wir den Deckel zumachen.«

Leblanc war nicht überzeugt. Irgendetwas stimmte da nicht.

»Ich möchte die Pistole und seine Stiefel untersuchen lassen.«

»Klar«, stimmte Pennec zu. »Aber gegen das Geständnis sind das Kinkerlitzchen.«

Die Spurensicherung, in Begleitung von Nadine, kehrte von den Hausdurchsuchungen ins Präsidium zurück. Das zweite Gemälde hatten sie weder bei Durand noch bei Blondel gefunden, was für den Wahrheitsgehalt von Blondels Aussage sprach. Bargeld gab es keins, die Kontoauszüge hatten sie mitgebracht. In beiden Häusern hatten sie je ein Gewehr und Jagdstiefel entdeckt, aber keine Pistole.

Also wurde Jean Durand noch einmal in den Verhörraum gebracht. Leblanc konfrontierte ihn mit den Ergebnissen der Durchsuchung.

»Wir haben bei Ihnen keine Pistole gefunden.«

»Die habe ich weggeworfen«, gab Durand an.

»Wohin?«

»Ins Meer, wo genau, weiß ich nicht mehr.«

»Was war das für eine Pistole?«

Nach kurzem Zögern antwortete Durand. »Eine Glock 26, die benutzt man beim Wild für den Fangschuss.« Mit Waffen und Kalibern kannte er sich aus, zumal er regelmäßig die Jagdzeitschriften las, und ein Projektil, das einen Rehbock zur Strecke brachte, würde auch einen Menschen töten.

»Wie oft haben Sie geschossen?«

Dieses Mal überlegte Durand länger, bevor er sagte: »Einmal … ja, nur einmal.«

Leblanc hakte nach: »Haben Sie nicht gesagt, ein Kollege aus dem Museum hätte Sie über Barats Tod informiert?«

»Kann sein, ich weiß nicht mehr, was ich gesagt habe, es war gelogen. Jedenfalls habe ich geschossen.«

»Wie spät war es da genau?«

»Zwischen halb acht und acht?« Das war mehr eine Frage als eine Antwort.

Danach verfiel der alte Mann wieder in Schweigen, nichts war mehr aus ihm herauszubringen.

Mit zwei Paar Stiefeln, zwei Jagdgewehren und einigen Dokumenten brachen Leblanc und Nadine in Le Havre auf. Leblanc hatte Pennec gebeten, die Sachen mitnehmen zu dürfen, um sie von der Spurensicherung in Deauville untersuchen zu lassen. Das Argument, der Originalabdruck und das Projektil seien dort vor Ort, hatte gezogen. Vielleicht war Pennecs Interesse aber auch erlahmt, weil er einen Schuldigen und ein Geständnis hatte.

Leblanc bestand trotz allem darauf, dass sie beim Museum vorbeifuhren und die Trekkingstiefel von Nourias Bruder Tayeb abholten. Er hatte vorher angerufen, um sich zu versichern, dass sie sie dabeihatte. Tayeb habe die Stiefel nicht herausrücken wollen, weil er die übereifrige Polizeiaktion lächerlich fand, sagte Nouria Abdelkader, aber sie habe ihn überzeugen können, dass damit die Sache endgültig erledigt sei und er die Stiefel bald wieder ausgehändigt bekäme. »Das ist doch so, oder?«

»Ganz sicher«, bestätigte Leblanc.

Damit hatte sich die Zahl der Stiefelpaare auf drei erhöht, die im Dienstwagen in Plastiktüten auf ihre Untersuchung warteten.

Nadine hatte erst nach ihrer Rückkehr ins Präsidium in Le Havre erfahren, dass Durand den Mord zugegeben hatte. Mit Erstaunen reagierte sie auf diese Neuigkeit.

»Eigentlich kann ich mir schlecht vorstellen, dass der Mann Albert Barat erschossen hat. Andererseits würde doch niemand eine Tat gestehen, die er nicht begangen hat, oder? Vielleicht war er verwirrt, nicht zurechnungsfähig, oder er zeigt selbst erste Anzeichen von Demenz? Er macht einen depressiven Eindruck. Solche Leute bringen nicht nur sich selbst um, sondern manchmal auch andere, denen ist alles egal. Möglich wäre aber auch, dass Blondel Barat erschossen hat und Durand sich heroisch vor seinen Neffen stellt, um ihn zu schützen, weil er seinem eigenen Leben keinen Wert mehr beimisst. Was meinen Sie, Chef?«

»Mich überzeugt Durands Aussage nicht wirklich. Es gibt zu viele Lücken. Er weiß nicht mehr, wo er die Pistole weggeworfen hat. Und wieso soll Barat ausgerechnet ihn, einen einfachen Museumswärter, des Diebstahls verdächtigt und zu Hause aufgesucht haben, einen Tag nachdem er von dem Bilderraub erfahren hat?

Welche Hinweise auf Durand hätte es geben können? Und wie gesagt, alle, die Barat näher kannten, haben ausgesagt, er sei nicht erst ab Mittwoch oder Donnerstag bedrückt und voller Sorge gewesen, sondern schon vorher. Aber jetzt warten wir mal die Untersuchungsergebnisse ab.«

Im Kommissariat brachte Leblanc Stiefel und Gewehre zu Bernard.

»Drei verschiedene Paar Stiefel! Bernard, kannst du bitte die Profilsohlen mit dem Abdruck am Tatort abgleichen? Und kannst du feststellen, ob kürzlich mit den Gewehren geschossen wurde?«

Bernard sah sich die Jagdgewehre an. »Selbst wenn, das sind Repetierbüchsen, als Munition kommen verschiedene Kaliber infrage, von sechs bis acht Millimeter, aber auf keinen Fall eine 9 mm Luger. Das kannst du vergessen.«

»Und eine Pistole, eine Glock 26? Da passt die 9 mm Luger, oder?«

»Ja, das könnte die Mordwaffe sein. Hast du sie dabei?«

»Leider nicht. Der Täter hat sie ins Meer geworfen.«

»Willst du danach tauchen lassen?«

»Das wäre schwierig, er erinnert sich nicht mehr an den genauen Ort. Außerdem hat er gestanden.«

»Ach so? Dann ist der Fall gelöst?«

»Noch nicht sicher.«

Leblanc ignorierte Bernards überraschten Blick.

Im Büro wies er Nadine an, am nächsten Tag die Mitarbeiter im Museum in Honfleur zu befragen, wer Jean Durand angerufen und über Barats Tod informiert hatte und welche Einzelheiten derjenige genannt hatte. Dann schickte er Nadine nach Hause und verließ das Kommissariat.

FÜNFZEHN

Schon wieder ein Tag ohne Mittagessen. Ein labbriges Sandwich mit wässrigem Schinken aus der Polizeikantine in Le Havre hatte Leblanc zu sich genommen, sonst nichts. Nur Kaffee getrunken, viel Kaffee. Sein Magen meldete sich. Gegen seine Gewohnheit ging er am frühen Abend ins Central. Es war noch angenehm leer, nur ein paar Stammgäste saßen an der Bar vor ihrem Weißen oder Roten.

Der Kellner zeigte sich erstaunt: »Herr Kommissar, um diese Uhrzeit? Das Mittagsmenü ist aus.«

»Ich weiß, ich habe es heute Mittag nicht geschafft. Was hätte es denn gegeben?«

»Gegen einen kleinen Aufpreis hätten Sie vier Austern und Seeteufel mit Pfeffersauce bekommen. Und als reguläres Menü hatten wir als Vorspeise eine Rohkostplatte und Schollenfilet mit Marktgemüse. Schonkost gewissermaßen.« Der Kellner, der Leblancs kulinarische Vorlieben kannte, grinste.

»Hm, schade, den Seeteufel hätte ich gern genommen.«

»Den haben wir auch auf der Abendkarte, auf einem Beet von Tomaten und Fenchel.«

»Also gut, dann den Seeteufel und vorher eine kräftige Fischsuppe. Und ein Glas Rosé.«

Beim Warten auf die Speisen ließ Leblanc den heutigen Tag Revue passieren. Nein, er war keineswegs mit dem Ergebnis so zufrieden wie der Kollege Pennec, auch wenn er seine Zweifel nicht geäußert hatte. Irgendetwas stimmte nicht. Aber was? Warum beschuldigte sich Durand? Log er, und wenn ja, aus welchem Grund? Immerhin würde ihm diese unerwartete Wendung Pennec vom Hals schaffen. Der junge Kommissar war auf schnelle Erfolge aus. Wenn er einen geständigen Täter hatte, würde er ihn wie ein Löwe seine Beute nicht mehr aus den Krallen lassen. Er, Leblanc, würde ihn weiter in der Annahme bestärken, der Mörder sei überführt, wozu nicht viel gehörte. Auf diese Weise könnte er weitere Ermittlungen anstellen. In welche Richtung die gehen sollten, das wusste er nicht genau, aber er hatte Zeit gewonnen. Wenn sich keine andere Spur ergab, gut, dann musste er die Waffen strecken. Dann hätte er sich geirrt, und sie lagen mit Durand richtig. Vielleicht unterschätzte er die Auswirkungen einer gravierenden psychischen Belastung. Was ging in einem Menschen vor, der verzweifelt und depressiv in einer feuchten, dunklen Wohnung hauste, die Frau im Pflegeheim?

Nachdem er die Fischsuppe verspeist hatte, die sich in seinem Magen sättigend und wärmend ausbreitete, rief er den ehemaligen Polizeipsychologen Claude Leduc an, den er aus seiner Zeit als Kommissar in Paris kannte und der sich vor gut einem Jahr in der Nähe von Deauville niedergelassen hatte, um sein Rentnerdasein Gartenarbeit und Hühnerzucht zu widmen. Er schilderte Claude den Fall Durand und fragte ihn, ob einem solchen Mann ein Mord zuzutrauen wäre.

»Komm doch vorbei, Jacques, dann reden wir darüber. Wir haben uns schon lange nicht mehr gesehen.«

Er sei gerade beim Essen im Central, erwiderte Leblanc, und habe noch einen Seeteufel vor sich, aber danach würde er sich gern auf den Weg zu ihm machen.

Der letzte Bissen des köstlichen, festfleischigen Fisches glitt durch seine Speiseröhre, als sein Handy klingelte. Eine Jungenstimme meldete sich.

»Ja-acques?«

»Bist du es, Dayo? Rufst du von Maries Telefon an?«

»Ja. Hippolyte ist doof.« Dayos Stimme klang betrübt.

»Warum denn, Dayo?«

»Er ist heute angekommen, und er verbietet mir alles. Ich soll nicht mit Arsène spielen, ich darf im Haus nicht herumlaufen, ich soll nur still in meinem Zimmer sitzen, aber das ist langweilig.«

»Ist Marie denn nicht da?«

»Doch. Aber er spricht immer dann mit mir, wenn sie nicht zuhört.«

»Weißt du was, Dayo, ich bin in zehn Minuten bei dir. Wir fahren zu einem Freund von mir. Er wohnt in einem Dorf in der Nähe und hat Hühner.«

»Och, Hühner gibt es in Kamerun auch.«

»Klar, aber er war mal Polizeipsychologe in Paris und hilft Kriminalkommissaren bei der Arbeit.«

»Cool, o ja, nimm mich mit, Jacques.«

Zehn Minuten später klingelte Leblanc bei Marie. Dieses Mal war er vorbereitet, als Indirekt-Napoleon die Tür öffnete. Ohne Gruß blaffte er ihn an: »Lassen Sie gefälligst das Kind in Ruhe. Wenn Sie Dayo noch einmal Vorschriften machen, kriegen Sie es mit mir zu tun. Ist das klar?«

Dann rauschte er an dem verblüfften Hippolyte vorbei und rief so laut und bestimmt »Marie« und »Dayo«, dass beide sofort auf der Treppe erschienen. Dayo warf sich in seine Arme. Marie zeigte sich überrascht, dass Leblanc ohne Anmeldung … Er ließ sie nicht ausreden.

»Ich mache mit dem Jungen einen Ausflug und bringe ihn in zwei Stunden zurück«, informierte er Marie. »Und deinem … Gast hier habe ich gesagt, dass er sich Dayo gegenüber zurückhalten soll.«

»Was soll das heißen? Hippolyte? Jacques?« Bestürzt sah Marie von einem zum andern.

Indirekt-Napoleon schnalzte mit der Zunge und schüttelte langsam den runden Kopf mit den schütteren Haaren. »Es ist mir ein

Rätsel, warum sich dein Bekannter aufführt wie ein Berserker. Schlechte Manieren, keine gute Kinderstube.«

»Wir reden ein anderes Mal darüber, jetzt nehme ich Dayo mit. Wartet nicht mit dem Abendessen auf ihn.«

Leblanc fand, das war ein guter Abgang. Diesen Teil der Schlacht hatte er gewonnen.

Schon im Auto vergaß Dayo seinen Kummer, betrachtete ausgiebig die Landschaft und zog Vergleiche zu Kamerun, wobei er mit erstaunlichen geografischen Kenntnissen aufwartete. Er wusste über die Küstenregion, das Gebirge und das Hochland Bescheid, über Flüsse, Vulkane und den Regenwald. Einmal sei er mit seinem Onkel in einem Naturschutzgebiet im Bamenda-Hochland gewesen, wo er Schimpansen gesehen habe.

Unvermittelt kam die Frage: »Jacques, was ist ein Balg?«

»Das ist ein anderes Wort für Kind.« Leblanc verschwieg den negativen Beiklang. »Warum?«

»Hippolyte hat zu Marie gesagt: ›Warum halst du dir dieses schwarze Balg auf?‹ Er meint mich, nicht?«

Nicht nur ein aufgeblasener Lügner, auch noch Rassist, dieser Mistkerl, dachte Leblanc, behielt aber seine Gedanken für sich. »Er hat es bestimmt nicht böse gemeint, vielleicht war er auf dich nicht vorbereitet.«

»Und warum sagt er zu Marie, sie soll schnell das Haus verkaufen? Das ist doch ein schönes Haus.«

»Ja, und Marie wird es sicher behalten.« Innerlich kochte er vor Wut, äußerlich blieb er ruhig, um Dayos Sorgen zu zerstreuen.

In Beaumont-en-Auge angekommen – er wurde Napoleon nicht los, warum musste der ausgerechnet »Beaumont« heißen? –, hielt Leblanc vor einem am Hang liegenden Haus, das von der Straße nicht einsehbar war. Als er mit Dayo die Treppe hinabstieg, rief er laut »Claude«, und der ehemalige Polizeipsychologe erschien auf der Terrasse. Früher ein Schwergewicht, jetzt fünfundzwanzig Kilo leichter und durch die Gartenarbeit trainiert, winkte der Gerufene den Gästen zu.

»Ich habe jemanden mitgebracht. Das ist Dayo, er kommt aus Kamerun und ist bei uns« – Uns? Marie und er ein Wir? – »zu Besuch.«

»Hallo, Dayo«, sagte Claude, »sehr erfreut, dich kennenzulernen. Hallo, Jacques. Du hast ja schon gegessen, aber vielleicht möchtest du«, er wandte sich wieder an Dayo, »meinen Gemüseauflauf probieren?«

»Oh, ja.« Dayos auflodernde Freude wurde weniger durch die Aussicht auf Gemüseauflauf ausgelöst als durch Claudes frühere Tätigkeit. Er erhoffte sich Einblicke in die Arbeit eines Polizeipsychologen. »Du warst auch bei der Polizei?«

»Er möchte Kriminalkommissar werden«, erklärte Leblanc Dayos Interesse.

»Aha. Ja, ich war Psychologe, ich habe die Polizisten betreut, wenn sie einen schwierigen Einsatz vor sich hatten oder danach, wenn sie etwas Unangenehmes erlebt hatten. Manchmal haben sich auch Kommissare wie Jacques einen Rat von mir geholt.«

Claudes Küche schloss sich direkt der Terrasse an. Während er Gemüse schnitt, mit Öl übergoss und in den Ofen schob, saßen seine Gäste an dem großen Holztisch. Dayo bekam Apfelsaft, Leblanc ein Glas Rosé. Er schilderte Claude ausführlich seinen Eindruck von dem alten Durand und dessen Geständnis und auch seine Vorbehalte.

»Schwer zu sagen«, meinte der Psychologe daraufhin. »Eine Depression ist eine schwerwiegende psychische Störung, die in unterschiedlichen Stärkegraden auftreten kann. Das Selbstwertgefühl und das Interesse am Leben gehen verloren, depressive Menschen kapseln sich ab. Wenn die Krankheit nicht behandelt wird, aber selbst mit Gabe von Psychopharmaka kann es zur Selbsttötung kommen. Die Hälfte aller Suizide geht auf eine Depression zurück.

Bei deinem Geständigen könnte die Tat, die er begangen hat, der Diebstahl der Bilder, einen depressiven Schub ausgelöst haben. Dafür würde sprechen, dass er wegen Schuldgefühle seine Arbeit aufgegeben hat. Für Verzweifelte wird das Leben zu einem dunklen Gang, der sich immer mehr verengt, kein Licht am Ende des Tunnels. Wenn du mich fragst, wäre ein Suizid in so einem Fall logischer gewesen. Aber es kann natürlich sein, dass er seinen Neffen vor einer Gefängnisstrafe schützen wollte und es deshalb zu einer Kurzschlusshandlung gekommen ist. Auszuschließen ist das nicht. Dass er nicht mehr weiß, wo er die Pistole entsorgt hat, könnte auf eine partielle Amnesie hindeuten. Dass er sich allerdings an alles andere gut erinnert, passt nicht ganz zusammen. Vom psychologischen Standpunkt würde ich sagen, es gibt gewisse Unstimmigkeiten, aber unmöglich ist es nicht.«

»Keine Eindeutigkeit, ich hab's mir schon gedacht.« Leblanc nickte, als Claude seine Ausführungen beendet hatte. »Ich möchte auf jeden Fall noch eine andere Spur verfolgen.«

Dayo hatte dem Gespräch mit offenem Mund und großen Augen gelauscht. »Jacques, du hast den Mörder gefangen und glaubst nicht, dass er der Mörder ist?«

»So ähnlich könnte man es zusammenfassen«, sagte Leblanc lachend.

Claude stellte den Gemüseauflauf – Kürbis, Zucchini, Kartoffeln, mit Gruyère überbacken – auf den Tisch. Dayo aß mit dem gesunden Appetit eines Dreizehnjährigen und löcherte zwischendurch Leblanc und Claude mit seinen Fragen. Ob Polizisten oft schießen müssten, ob man Mörder erkennen könnte, was geschehen würde, wenn die Gefängnisse voll wären. Der Junge war von einem unstillbaren Wissensdurst beseelt.

Zwei Stunden später setzte Leblanc einen gesättigten und müden Dayo bei Marie ab, der ohne zu zögern seinem Bett zustrebte. Sie war allein im Salon, die Gelegenheit, Napoleon ins rechte Licht zu rücken, in ein Licht, das, wie Leblanc hoffte, seinen Charakter in aller Deutlichkeit hervorhob.

»Hippolyte äußert sich abfällig über Dayo und gibt ihm Anweisungen.«

Marie seufzte. »Die Situation ist schwierig. Er hat seiner Frau gesagt, dass er sich scheiden lassen will.«

»Das glaubst du? Du solltest dir Gewissheit holen. Außerdem hat das nichts mit Dayo zu tun.«

»Ich habe schon mit ihm geredet. Er war enttäuscht, dass ich ihn mit Dayos Anwesenheit vor vollendete Tatsachen gestellt habe. Ich hätte ihn bestrafen wollen für sein Fehlverhalten, meinte er.«

»Bestrafen? Dayo soll eine Strafe sein? Marie, der Mann ist gestört.« Leblancs Empörung war echt. Er gewann seinen kleinen Stiefbruder zunehmend lieb. Dass auch bei ihm Hintergedanken im Spiel waren, als er den Jungen bei Marie unterbrachte, und dass Dayo sich als wichtiges Bollwerk im Kampf gegen Napoleon erwies, verbannte er in eine schattige Ecke seines Bewusstseins. »Außerdem hat er dir keine Vorschriften zu machen, wen du in deinem Haus aufnimmst, und ich wünsche mir und dir, dass es dein Haus bleibt.«

Es war nicht zu erwarten, dass Marie zustimmte. Also begnügte sie sich mit einem »Ach, Jacques«, das nur sie so hinreißend intonieren konnte, und der Tatsache, dass sie unentschieden wirkte, schwankend.

Es wäre der richtige Zeitpunkt, um nachzulegen, um zum nächsten Schlag gegen Napoleon auszuholen. Aber wie sollte er herausfinden, ob der tatsächlich mit seiner Frau über eine Scheidung gesprochen hatte – oder ob er Marie eine weitere Lüge auftischte? Bei der Frau anrufen und fragen? Schwierig. Vielleicht ließe sich eher aus Napoleons Insolvenz Kapital schlagen. Ein Gläubiger könnte sich bei Marie melden und durchblicken lassen, dass Monsieur Beaumont ihr Haus als Sicherheit für seine Schulden eingesetzt habe. Natürlich würde der gefälschte Anruf sofort auffliegen, aber dann wäre sie gewarnt, ihr Misstrauen geweckt, und sie würde ihr Haus nicht verkaufen. Es dürfte nur niemals herauskommen, dass er der Drahtzieher dieser Geschichte war, niemals, sonst hätte er ihr Vertrauen verscherzt. Aber was sollte er machen? Er wollte sie doch nur vor einem Betrüger bewahren. Und wenn sie für ein offenes Wort nicht zugänglich war, musste er auf Tricks zurückgreifen, zu ihrem Besten.

»Lulu, ich brauche deine Hilfe«, überfiel Leblanc den Freund in dessen Bistro wenig später und schilderte ihm den Stand der Dinge in Sachen Napoleon.

»Klar, keine Frage«, erklärte Lulu und stellte unaufgefordert ein Glas Jurawein vor Leblanc auf den Tisch. »Die Sache kriegen wir hin. Vielleicht sollte ich mich als Banker von der BNP Paribas ausgeben. Monsieur … wie heißt der noch?«

»Beaumont.«

»Monsieur Beaumont hätte einen erneuten Kredit beantragt, aber aufgrund seiner Schulden sei das schwierig. Dann kann ich fragen, ob sie wirklich ihr Haus als Sicherheit einsetzen wolle, was Monsieur Beaumont der Bank angeboten habe. Das reicht wahrscheinlich schon aus, um sie misstrauisch zu machen.«

Lulu war kaum zu bremsen. Am liebsten hätte er sofort zum Telefon gegriffen, so erfüllte ihn die Aufgabe, Marie, die er kannte und schätzte, aus den Klauen des Heiratsschwindlers zu befreien. Für ihn stand sowieso fest, dass Marie und sein Freund Jacques füreinander bestimmt waren, die beiden wussten es nur noch nicht. Ihm war das schon lange klar. Manchmal musste jemand dem Schicksal auf die Sprünge helfen, und dazu war er auserkoren. Wenn er daran dachte, wie Jacques im letzten Frühjahr in Liebe zu einer Sechsundzwanzigjährigen entbrannt war, die Apfelsaft getrunken hatte! Apfelsaft, nicht zu fassen! Wie froh er war, als die Sache dann ein ziemlich schnelles Ende fand, was den armen Jacques allerdings in einen erbärmlichen Zustand versetzt hatte. Mit über fünfzig in solche Verirrungen zu geraten! Nein, Marie war die Richtige, sie würde dem in Liebesdingen nicht ganz trittfesten Jacques Halt geben. Er, Lulu, wäre dankbar, wenn in seinem Leben eine Marie auftauchen würde. Er würde zugreifen. Leider war keine in Sicht. Aber ihm war jetzt eine Aufgabe zuteilgeworden, die er zu erfüllen hatte.

»Verstell deine Stimme, sonst erkennt sie dich womöglich noch«, gab Leblanc ihm mit auf den Weg.

»Keine Sorge, gleich morgen rufe ich sie an.« Lulu holte die angebrochene Flasche Jurawein, die sie – vor allem Lulu – im Lauf des Abends leerten.

SECHZEHN

Der erste Weg am nächsten Morgen führte Leblanc ins Labor der Spurensicherung.

»Bonjour, Bernard, hast du dir die Stiefel angesehen?«

»Ja, mach dich auf eine Überraschung gefasst. Diese zwei Paar hier«, er zeigte auf die Jagdstiefel von Durand und Blondel, »sind bis auf die Farbe – die einen grau, die anderen braun – und darauf, dass das eine Paar mehr Gebrauchsspuren aufweist, identisch. Dieselbe Marke, dasselbe Modell, dieselbe Größe.«

»Nämlich?«

»Dreiundvierzig. Beide stimmen zu neunzig Prozent mit dem Abdruck überein.«

»Und die restlichen zehn Prozent?«

»Die Abweichung ist darin begründet, dass das Profil vom Tatort keine klaren Konturen aufweist, es ist an den Rändern verwischt, als hätte sich der Träger der Stiefel gedreht. Wir haben leider nur diesen einen Abdruck, den wir neben dem Baum abnehmen konnten. Dort war die Erde aufgelockert, auf dem festen Boden der Straße ließ sich nichts finden, außerdem zu viele Reifenspuren. Aber bevor du jetzt in Euphorie ausbrichst – das Profil des dritten Paars ist den anderen sehr ähnlich, auch das könnte infrage kommen, dieselbe Marke, ein anderes Modell, die Größe stimmt, dreiundvierzig. Auch hier gibt es leichte Abweichungen.«

Leblancs Begeisterung hielt sich in Grenzen. »Das kann doch nicht sein. Dreimal die gleiche Sohle? Ein merkwürdiger Zufall, oder?«

Bernard grinste verschmitzt. »Tja, der gute Bernard hat eine Erklärung parat. Ich habe im Netz nach der Marke Solognac recherchiert. Weißt du, wo es die zu kaufen gibt?«

»Nein. Mach es nicht so spannend.«

»Bei Decathlon.«

»Decathlon?«

»Kennst du nicht, weil du keinen Sport machst. Decathlon ist *der* Sportartikel-Supermarkt, eine Kette mit über dreihundert Filialen in Frankreich, und ich weiß nicht mit wie vielen in der ganzen Welt, ein gigantisches Unternehmen mit unschlagbaren Preisen. Die führen Stiefel der Marke Solignac, und ob du das Modell ›Crosshunt‹ oder ›Landscape‹ nimmst, die Sohle ist gleich. Wenn du mich fragst, haben alle drei ihre Schuhe in der Filiale in Le Havre gekauft wie übrigens zehntausend andere Kunden auch. Ich hätte dir gern ein eindeutigeres Ergebnis mitgeteilt, aber so ist es nun einmal.«

Die Enttäuschung stand Leblanc im Gesicht geschrieben. »Ungünstig. Damit erhärtet sich der Verdacht gegen Durand. Dass die beiden anderen aufgrund der Stiefel theoretisch als Täter in Betracht kommen, wird als Argument unter den Tisch fallen. Keiner wird die Sache noch einmal aufrollen wollen. Hast du eigentlich Erdproben vom Tatort genommen? Gibt es Reste von Erde an den Sohlen?«

»Habe ich selbstverständlich untersucht, bei allen dreien sind Reste von unterschiedlichen Böden festzustellen, Kies, Sand, Waldboden, nichts Spezifisches. Ich kann das nicht eindeutig der Bodenprobe vom Tatort zuweisen, insofern ist auch das nicht aussagekräftig.«

»Okay, Bernard, danke.«

»Tut mir leid, dass ich dir keine Klarheit verschaffen kann.«

Nadines Meinung geriet angesichts der neuen Fakten ins Schwanken, und sie vergaß ihre gestrigen Zweifel an der Täterschaft des alten Durand. »Soll ich trotzdem ins Museum fahren und Durands ehemalige Mitarbeiter befragen, oder wollen wir uns mit seinem Geständnis zufriedengeben?«

»Fahr hin! Ich möchte nichts unversucht lassen. Es gibt zu viele Ungereimtheiten. Ich kenne einige Fälle, bei denen sich nach einem Geständnis des Tatverdächtigen seine Unschuld herausgestellt hat. Allerdings handelte es sich bei der überwiegenden Mehrzahl um erzwungene Geständnisse. Davon kann bei uns keine Rede sein. Aber ich könnte mir vorstellen, dass Durand irgendein Motiv für sein Geständnis hat.«

Etwas widerwillig brach Nadine auf. Sie nahm an, dass Luc nicht erfreut wäre, wenn er erführe, dass ihr Chef die Ermittlungen fortsetzte.

Kaum war sie aus dem Raum, rief Leblanc Pennec an und teilte ihm die Ergebnisse der Stiefeluntersuchung mit, wobei er das dritte Paar, das von Nourias Bruder, nicht erwähnte. Damit sei seine These wohl endgültig bestätigt, meinte Pennec, sie hätten ein Geständnis und einen Beweis, ja, gut, die Tatwaffe fehle, aber das sei eine Kleinigkeit. Sie könnten den Fall als gelöst betrachten und ihren Bericht dem Untersuchungsrichter übergeben.

Ob Durand noch etwas gesagt habe, fragte Leblanc. Nein, erwiderte Pennec, der alte Mann habe sich aufs Schweigen verlegt, wolle seiner Aussage nichts mehr hinzufügen.

»Ich möchte, dass wir Taucher nach der Pistole suchen lassen.« Leblanc gab noch nicht auf. Es wäre eine letzte Chance, Klarheit zu bekommen. Wenn sie die Pistole fänden, würde er, Leblanc, Ruhe geben. Dann wäre auch für ihn Durand endgültig überführt. Im Moment glaubte er noch nicht daran. »Durand soll uns zeigen, wo er glaubt, die Waffe ins Meer geworfen zu haben.«

»Was soll das denn bringen?« Pennec äußerte Unmut. »Möglicherweise vertun die Taucher den ganzen Tag ohne irgendein Ergebnis, und wir wären auch nicht weiter als jetzt.«

»Trotzdem«, beharrte Leblanc, »ich finde, es ist einen Versuch wert.«

»Wenn Sie darauf bestehen! Ich kann Sie nicht daran hindern. Meiner Meinung nach verplempern wir unsere Zeit – und unsere Ressourcen.«

»Die Taucher sind in Ihrer Abteilung angesiedelt. Beantragen Sie einen Einsatz, oder soll ich das machen? Wir nehmen Durand mit, er soll uns die Stelle zeigen.«

»Sie lassen nicht locker, okay. Ich versuche, für heute Nachmittag in Honfleur ein Boot mit zwei Tauchern zu bekommen.«

Kurz darauf meldete sich Pennec, der Tauchgang solle um zwei Uhr stattfinden, Treffpunkt am äußeren Hafen von Honfleur. Eine Stunde später rief er erneut an: »Änderung des Treffpunkts, in der Mitte des Pont de Normandie.« Allerdings könnten sie nicht beide Seiten für den Verkehr sperren, fügte er hinzu, Leblanc müsse die Brücke einmal überqueren und auf der anderen Seite zurückfahren. Durands Gedächtnis sei zurückgekehrt, ihm sei wieder eingefallen, wo er die Pistole entsorgt habe, er habe sie von der Brücke in die Seine-Mündung geworfen.

»Merkwürdig«, sagte Leblanc, »erst Meer, dann Seine-Mündung. Nun gut, es gibt sicher keine scharfe Trennlinie, wo die Seine ins Meer übergeht. Aber das erschwert die Suche, vom Ufer des Hafens aus wäre es leichter gewesen.«

Pennec konnte sich ein »Wär alles nicht nötig« nicht verkneifen.

An diesem Donnerstagnachmittag wurde den Autofahrern auf dem Pont de Normandie ein besonderes Spektakel geboten. Mehrere Polizeiwagen parkten hintereinander auf der abgesperrten Spur. Unter der Schrägseilbrücke ankerte ein Polizeiboot, auf dem sich zwei Taucher im Neoprenanzug für den Sprung ins Wasser bereit machten, Sauerstoffflaschen auf dem Rücken. Auf dem Gehweg der Brücke beugten sich mehrere Polizisten über das Geländer. Einer von ihnen – es war Pennec – gab dem Bootsführer durch ein Handfunkgerät Anweisungen, nachdem er sich mit einem älteren Mann – es handelte sich um Durand – ausgetauscht hatte.

»Wo denn nun genau?«, wollte Pennec von Durand wissen.

Der konnte sich nicht entscheiden, ob mehr rechts oder mehr links. »Ich kann es nicht sagen, es sieht alles gleich aus, irgendwo auf der Brücke war es.«

»Seht euch da unten um, unser Mann scheint nicht in der Lage zu sein, die Stelle zu präzisieren.«

Die Taucher ließen sich vom Boot ins Wasser gleiten.

Leblanc wandte sich an Durand, der, anders als bei der Vernehmung, seltsam gefasst wirkte.

»Wann haben Sie denn die Pistole weggeworfen?«

»Am Sonntagabend, als es dunkel war.«

»Und wie sind Sie auf die Brücke gelangt?«

»Zu Fuß, ich bin zu Fuß gegangen, das sind nur knapp vier Kilometer.«

Was Leblanc nicht wissen konnte, Jean Durand hatte in seiner Zelle genug Zeit gehabt, die ganze Geschichte zu überdenken. Die Idee mit der Brücke hielt er für eine seiner besten. Er wusste, dass sich auf dem Boden der Seine-Mündung Schlick und Schlamm abgelagert hatten und dass jemand, der da unten etwas suchte, diese Schicht durchpflügen müsste, ein schier unmögliches Unterfangen. Fest entschlossen, sein Vorhaben durchzusetzen und den Rest seines Lebens im sicheren Hort eines Gefängnisses zu verbringen, glaubte er fast schon selbst an sein Geständnis. Die Aussicht stimmte ihn heiter.

Nach einer halben Stunde erschienen die Taucher an der Wasseroberfläche.

»Und?«, schrie ihnen Pennec zu.

»Nichts. Bei dem Untergrund kein Wunder. Das Ding taucht

wahrscheinlich erst wieder auf, wenn die Seine das nächste Mal ausgebaggert wird.«

»Noch einen Versuch«, brüllte Leblanc, »ein Stück weiter Richtung Honfleur.«

Noch einmal tauchten die zwei Männer ab. Und als sie heraufkamen, ohne eine Waffe gefunden zu haben, brachen sie die Suche ab.

Durand beteuerte, er habe seine Glock von der Brücke geworfen, wirklich, sie mögen ihm bitte glauben. Pennec klopfte ihm auf die Schulter. »Ich glaube Ihnen.«

Die Polizisten traten ohne neue Erkenntnisse den Rückweg an. Die Straßensperre wurde aufgehoben und Durand wieder in Untersuchungshaft gebracht. Leblanc fuhr zurück ins Kommissariat nach Deauville, wo Nadine längst von ihren Befragungen im Museum in Honfleur zurück war und Neuigkeiten zu berichten hatte.

Sie hatte den Kollegen, ebenfalls Museumswärter, ausfindig gemacht, der Durand angerufen und über den Mord an Barat informiert hatte. Der Mann sei zufällig auf seinem Spaziergang am Sonntagmorgen am Tatort vorbeigekommen und hätte sich unter die Schaulustigen gemischt. Dort habe er erfahren, wer der Tote war, nämlich sein Chef, und auch Einzelheiten der Tat seien durchgedrungen, zum Beispiel dass das Opfer mit einem Schuss aus einer Pistole umgebracht worden sei und dass der Mord gerade eine Stunde zurücklag.

»Das alles hat er Durand brühwarm berichtet«, beendete Nadine ihre Ausführungen. »Außerdem gab es einen ausführlichen Artikel im *Ouest-France*, dem Durand weitere Details entnommen haben könnte. Wo waren Sie eigentlich, Chef?«

»Wir haben nach der Pistole tauchen lassen, aber ohne Erfolg.« Bewusst setzte er das »Wir« ein, das Pennec mit einschloss.

»Aha. Und was hat diese Aktion gebracht?«

»Die Erkenntnis, dass die Waffe möglicherweise im Schlamm der Seine-Mündung versunken ist, wie Pennec vermutet. Oder dass Durand sie gar nicht ins Wasser geworfen hat. Beide Varianten kommen infrage.«

»Und Sie tendieren eher zu Letzterer?«

»Hm.« Mehr ließ Leblanc nicht verlauten.

Nadine hatte in ihrem Eifer, den Erfolg ihrer Ermittlungen kundzutun, nicht gemerkt, dass sie Leblancs Zweifel an Durands Täterschaft, die schon durch die erfolglose Suche nach der Waffe genährt worden waren, bestätigte und neu entfachte.

»Aber der Fall ist doch gelöst, oder nicht?« Ein einfaches Ja ihres Chefs hätte Nadines Loyalitätskonflikt in Luft aufgelöst. Sie hätte sich bedenkenlos der Freude über Luc Pennecs Erfolg hingeben können. Leblanc jedoch verweigerte die entscheidende Antwort.

»Ich denke schon.« Vage bleiben, er durfte Nadine nicht mehr unbesehen vertrauen. Er lächelte und wechselte das Thema. »Hast du dich eigentlich mal wieder privat mit Pennec getroffen? Haben sich deine Vorstellungen erfüllt?«

Das Strahlen ihrer Augen war nicht zu verhindern, auch das versonnene Lächeln nicht, als Nadine an ihr Rendezvous dachte. »Vorgestern Abend hat mir Luc sein Fitnessstudio gezeigt, danach haben wir dort an der Bar etwas getrunken.«

Merkwürdig, die jungen Leute, dachte Leblanc, zeigen sich ihre Fitnessstudios. Das wäre ihm mit Anfang dreißig nicht eingefallen, aber Nadine schien diese Art der Kontaktaufnahme zu gefallen.

»Was es da für Geräte gibt, davon können wir hier in Trouville nur träumen.«

»Schön, das freut mich für dich.« Zu mehr Enthusiasmus konnte sich Leblanc nicht aufraffen. »Du kannst dir übrigens morgen Vormittag frei nehmen als Ausgleich dafür, dass du am Sonntag gearbeitet hast. Es reicht, wenn du am Nachmittag da bist.« Er brauchte Zeit zum Überlegen, allein.

»Super, danke.«

SIEBZEHN

Am nächsten Morgen saß Leblanc regungslos am Schreibtisch und überließ sich seinen Gedanken. Wenn er fortfahren würde zu ermitteln, müsste er das auf eigene Faust tun, ohne Pennec und auch ohne Nadine. Und nur weil er einem Gefühl folgte? War es das wert? Die Vernunft sprach dagegen. Auch wenn es an Eindeutigkeiten mangelte, die vorhandenen Beweismittel würden ausreichen, um Durand als Täter hinter Gitter zu bringen. Der Untersuchungsrichter, erfreut über die schnelle Aufklärung, würde sich mit dem Geständnis des Tatverdächtigen zufriedengeben und die Sache an die Staatsanwaltschaft weiterleiten. Aber er, Leblanc, konnte das nicht, er brauchte Klarheit. Noch wollte er sich von der Spur, die zu Tayeb Abdelkader führte, nicht verabschieden. Vom Fußabdruck her käme er immerhin in Betracht, das Motiv: die entehrte Schwester zu rächen.

Er gab in die Suchmaschine seines Computers die Begriffe »Ehre« und »Islam« ein und erfuhr, dass das Konzept von Ehre und Schande in den islamisch geprägten Ländern weniger durch den Koran begründet sei als vielmehr durch Stammes- und Familienstrukturen. Der Wert der Ehre könne im Konfliktfall höher sein als ein Menschenleben. Ein Mädchen könne nur verheiratet werden, wenn seine Ehre intakt sei. Ein Vater, der seine Tochter liebt, werde unter Umständen bereit sein, ihr Leben zu opfern, um die Familienehre wiederherzustellen.

Leblanc überlegte. Der Vater Abdelkader war auszuschließen, aber vielleicht übernahm auch ein Bruder diese Aufgabe? Galten solche archaischen Regeln unter Muslimen tatsächlich noch in einem Frankreich des 21. Jahrhunderts? Nouria hatte davon gesprochen, dass ihre Brüder sie als Jugendliche verfolgt hatten, um herauszubekommen, wohin sie ging. Aber ein Mord? Würde jemand wegen eines Rachegedankens seine Existenz, Familie und Arbeit aufs Spiel setzen? Unwahrscheinlich, aber nicht auszuschließen. Er würde die Möglichkeit im Auge behalten.

Die Liste der Telefonnummern, die Bernard Barats Handy entnommen hatte, lag, ebenso wie das Notizbuch, noch auf seinem Schreibtisch. Das Notizbuch enthielt ausschließlich berufliche Eintragungen, Vorbereitungen für Sitzungen in beiden Museen, Überlegungen für die Unterrichtsstunden im Kulturzentrum, teilweise in arabischer Schrift. Leblanc ging die Liste mit den Telefonnummern noch einmal durch. Durand war nicht dabei, Blondel auch nicht, wohl aber die Nummer des Kunsttransportunternehmens Renard. Er fand neben den Namen der Familienangehörigen die von Nouria Abdelkader, Christine Lambert, Pierre Cohen, Maître Roland und die eines Imam Zehadi aus der Moschee Annour. Seine Gedanken kreisten um das Kulturzentrum in der Moschee, die muslimischen Jugendlichen, Algerien. Diese Spur erschien ihm vielversprechender, als in Tayeb Abdelkader den Rächer der verlorenen Ehre seiner Schwester zu vermuten.

Er ließ sich mit dem Inlandsgeheimdienst, der Generaldirektion für innere Sicherheit, verbinden, die für Terrorismusabwehr und die Überwachung gefährlicher Gruppen zuständig war und ihren Sitz im Norden von Paris hatte. Er wusste, dass der Geheimdienst kaum mit Informationen herausrückte, aber er versuchte es trotzdem. Der Terrorismusexperte, den er an den Apparat bekam, antwortete auf seine Frage, ohne zu zögern. Ja, das sei kein Geheimnis, darüber sei bereits in einer Pressekonferenz berichtet worden, als in Le Havre Terrorverdächtige verhaftet worden seien. Die Annour-Moschee stehe immer wieder unter Beobachtung, weil sie sich als

Betätigungsfeld religiöser Extremisten herausgestellt habe. Das betreffe weniger die Leitung der Moschee als vielmehr Splittergruppen, die versuchten, Anhänger zu rekrutieren.

Kurz entschlossen rief Leblanc Nouria Abdelkader im Museum an, er würde ihr die Stiefel ihres Bruders vorbeibringen. Notizbuch und Telefonliste steckte er ein, bevor er in den Dienstwagen stieg. Zunächst jedoch unterbrach er die Fahrt nach Le Havre in Honfleur.

Madame Barat war zu Hause und zeigte sich überrascht von Leblancs Besuch. Tiefe Falten und Augenringe zeugten davon, dass sie weit davon entfernt war, nach dem Tod ihres Mannes in eine Normalität zurückgefunden zu haben.

»Die Rechtsmedizin hat gestern angerufen«, sagte sie, als sie den Kommissar bat einzutreten. »Sie haben meinen Mann freigegeben, so dass wir ihn beerdigen können. Ich habe mich in der Schule beurlauben lassen, um unser Leben hier in halbwegs geordnete Bahnen zu bringen. Mein ältester Sohn steht mir zur Seite, er ist aus Paris gekommen. Haben Sie Alberts Mörder identifiziert?«

»Ein ehemaliger Angestellter des Museums hier in Honfleur hat die Tat gestanden. Er hat zusammen mit seinem Neffen Gemälde aus dem Museum entwendet. Ihr Mann hat, nach Aussage des mutmaßlichen Täters, den Diebstahl entdeckt und ihn zur Rede gestellt.«

»Es sind Bilder aus dem Museum gestohlen worden? Das ist ja schrecklich. Warum hat Albert nicht mit mir darüber gesprochen?«

»Er wollte vermutlich nicht, dass irgendetwas nach außen dringt.« Augenblicklich merkte er, dass diese Aussage das Vertrauensverhältnis zwischen Madame Barat und ihrem Mann infrage stellte, und fügte deshalb hinzu: »Und vor allem wollte er Sie nicht beunruhigen. Haben Sie den Namen Durand schon einmal gehört? Hat Ihr Mann ihn erwähnt?«

»Durand?«, wiederholte Madame Barat. »Nein, ich glaube nicht. Ich erinnere mich an Pierre Cohen, das ist der Kurator in Le Havre, und Christine Lambert.« Ihre Miene versteinerte sich, als sie den Namen nannte. Leblanc ging darüber hinweg.

»Auf dem Handy Ihres Mannes haben wir die Kontaktdaten eines Imam gefunden, Imam Zahedi, sagt Ihnen diese Person etwas?«

»Ja, das ist der Leiter oder das Oberhaupt – den präzisen Begriff kenne ich nicht – der islamischen Gemeinschaft der Moschee, in der mein Mann seine Kurse gab, das heißt im Kulturzentrum der Moschee. Imam Zahedi hat das Kunstprojekt meines Mannes gefördert, schien überhaupt sehr aufgeschlossen zu sein und um jede Form von Integration bemüht.«

»Ich habe Sie das schon einmal gefragt, bitte versuchen Sie, sich genau zu erinnern. Hat Ihr Mann irgendwann über Probleme mit radikalen Muslimen gesprochen, mit Leuten, die etwas gegen sein Engagement hatten? Nicht alle Muslime müssen mit dem integrativen Kurs des Imam einverstanden gewesen sein, die Moschee für westliche Einflüsse zu öffnen.«

Laure Barat überlegte lange. »Ich erinnere mich vage an ein Vorkommnis, das mein Mann einmal berichtete, das muss vor etwa einem Jahr gewesen sein. Ich habe dem keine große Bedeutung beigemessen, zumal er später nie wieder darauf zu sprechen kam. Ein junger Algerier rief die anderen zum Boykott des Kurses auf. Er baute sich in der Mitte des Raumes auf und schrie so etwas wie: ›Nieder mit der unterdrückerischen Kultur des Westens.‹ Weder meinem Mann noch mir erschien dieser Ausbruch spezifisch islamistisch, sondern einfach jugendlich-rebellisch. Man könnte hinter der radikalen antiwestlichen Einstellung eine Tendenz zum Islamismus vermuten, aber da der junge Mann keinen Erfolg hatte mit seiner Aktion und kein zweites Mal derart in Erscheinung trat, vergaßen wir das Ereignis schnell.«

»Wissen Sie den Namen dieses Jugendlichen?«

»Nein, tut mir leid. Warum wollen Sie das wissen, wenn der Täter doch feststeht?«

Leblanc blieb vage. »Es gibt noch ein paar Unstimmigkeiten.«

Er wunderte sich, dass Madame Barat keine Einzelheiten über den mutmaßlichen Mörder ihres Mannes wissen wollte. Als hätte sie seine Gedanken erraten, sagte sie unvermittelt, sie habe den Entschluss gefasst, keinen Hass und keine Rachegefühle in sich aufkommen zu lassen. Das sei im Sinne ihres Mannes, dessen Lebensmotto Versöhnung gewesen sei. Sie wolle dieses Erbe fortführen und auch ihren Kindern vermitteln. »Wenn wir nichts gegen Gewalt und Hass unternehmen, wird es mit diesem Land und der Welt ein böses Ende nehmen.«

Eine bemerkenswerte Haltung, dachte Leblanc, es wäre zu wünschen, dass viele Menschen so dächten, aber die Wirklichkeit sah leider anders aus.

Im Museum in Le Havre ließ sich Leblanc in Nouria Abdelkaders Büro bringen und händigte ihr die Stiefel aus, ohne hinzuzufügen, dass der Verdacht gegen ihren Bruder nicht endgültig vom Tisch war. Wohl aber teilte er ihr in aller Ehrlichkeit mit, dass Zweifel am Ausgang der Ermittlung bestünden. Die junge Frau stellte für Leblanc eine Vermittlerin zwischen islamischer und westlicher Kultur dar, und er gedachte, diese günstige Gelegenheit zu nutzen. Mit dem Imam wollte er reden, hatte er sich überlegt, und Nouria sollte ihm helfen, den Kontakt herzustellen. Ja, sie kenne den Imam Zahedi, sagte sie. Sie selber gehe nicht oft zum Beten in die Moschee, aber ihre Mutter suche den Gebetsraum für Frauen regelmäßig auf. Als Albert vorgeschlagen habe, dass sie die Mädchen unterrichten solle, hätten sie natürlich den Imam gefragt. Er sei mit dem Projekt sehr einverstanden gewesen, was aber nicht weiter erstaunlich war, kam es doch der erwünschten Geschlechtertrennung entgegen. Leblanc hakte nach. Was es damit auf sich habe im Islam, wollte er wissen.

Sie werde ihm gern einige Prinzipien des islamischen Glaubens erklären, sagte Nouria Abdelkader. »Im Koran wird die Geschlechtertrennung erwähnt. Über die Anwendung in der Praxis gehen die Meinungen jedoch auseinander. Einige begründen ihr striktes Festhalten an der Trennung mit dem Schutz von Ehe und Familie, andere sehen das lockerer und halten im Berufsleben eine Zusammenarbeit von Mann und Frau für möglich. Bei einer Regel gibt es allerdings keine Ausnahme: Eine Frau darf nicht allein sein mit einem nicht verwandten Mann. In der Moschee findet man häufig getrennte Räume, damit weder Frauen noch Männer von der Hinwendung zum Gebet abgelenkt werden. Möchten Sie sonst noch etwas wissen? Nur zu, ich erkläre es Ihnen gern.«

Leblanc betrat eine ihm völlig fremde Welt. Er selbst, in einem laizistischen Land aufgewachsen, hatte selbstverständlich die Kultur, die Regeln, die Gesetze der westlichen Welt verinnerlicht. Kindheit und Jugend hatte er in Internaten verbracht, während seine Eltern in Kamerun gelebt hatten. Er wusste nicht einmal, wie sie über religiöse Fragen gedacht hatten, nur dass seine Mutter jetzt irgendeinem Naturglauben anhing. Religion hatte für ihn nie eine Rolle gespielt, Katholizismus war ihm so fremd wie Judentum oder Islam. Aber jetzt wurde er als Bürger dieses Landes und als Kommissar zunehmend mit gesellschaftlichen Problemen konfrontiert, die mit dem Islam zusammenhingen. Nicht mit dem Judentum, nicht mit dem Christentum, mit dem Islam. Denn die Terroristen traten im Namen dieser Religion auf.

Zum ersten Mal habe er im Rahmen einer Ermittlung mit dem Islam intensiver zu tun, sagte er zu Nouria Abdelkader, deshalb interessiere ihn, welche Verbindung es gebe zwischen den Inhalten des Islam und den radikalen Islamisten.

»Da haben Sie sich gleich die schwierigste Frage ausgesucht.« Nouria lächelte. »Ich könnte Ihnen jetzt erzählen, was zum Dschihad, zum ›Kampf auf dem Wege Gottes‹, im Koran steht und wie diese Stellen interpretiert werden. Aber das wäre sinnlos, denn ich denke, dass Terroristen jeden Vorwand suchen, um ihre Gewalttaten zu rechtfertigen. Die Ursachen dafür sind nicht in der Religion zu suchen, sondern woanders. Der Begriff ›Dschihad‹ kommt ihnen dabei entgegen. Das wäre so ähnlich, als würden sich heute christliche Fanatiker auf die Kreuzzüge berufen und zum bewaffneten Kampf aufrufen. Ich glaube, hinter dem Hass der radikalen Islamisten auf die westliche Gesellschaft steckt vielfach die Enttäuschung, hier nicht Fuß fassen zu können, Menschen zweiter Klasse zu sein, keine Chance zu bekommen. Albert sah das übrigens genauso.«

Leblanc hatte interessiert zugehört. Dass Albert Barat, der Algerien-Begeisterte, sich zu dieser Frau hingezogen gefühlt hatte, war kein Wunder. Ihre Kenntnisse, ihr Engagement, ihre Herkunft und ihre Befreiung daraus mussten ihn fasziniert haben, ganz abgesehen von ihrer herben Schönheit. Er dachte an Christine Lambert, die andere Geliebte Barats. Mit ihr hatte Barat die Liebe zur Kunst geteilt, seine Bindung an Nouria musste tiefere Wurzeln gehabt haben, universeller gewesen sein. Vielleicht, dachte Leblanc, hatte er, vermittelt durch seinen Vater, immer mit einem Fuß in Algerien gelebt, war nie ganz in Frankreich angekommen, im Grunde wie alle Algerier, die hier nicht heimisch geworden sind.

»Und, helfen Sie mir, den Imam zu kontaktieren?«

»Ja, ich rufe ihn an. Soll ich ihm sagen, Sie möchten mit ihm über Albert sprechen?«

»Das ist kein schlechter Ansatzpunkt. Meinen Sie, ich könnte mir die Moschee einmal ansehen oder gar an einem Gebet teilnehmen?«

»Fragen Sie ihn! Ich halte ihn für einen offenen Menschen. Aber – worauf soll das alles eigentlich hinauslaufen? Was erhoffen Sie sich?«

»Genau weiß ich das selbst nicht. Hatten Sie in Ihrem Kurs

eigentlich Schwierigkeiten mit radikalen Jugendlichen, oder hat Barat Ihnen dergleichen berichtet?«

»Bei meinen Mädchen gab es keine Probleme. Albert unterrichtete dort zwei Jahre, sehr viel länger als ich. Es hat wohl ab und zu Proteste gegeben, der Kurs habe in der Moschee nichts zu suchen, man solle sich auf die islamische Kultur konzentrieren. Aber die Stimmen waren in der Minderzahl, und zu gewaltsamen Zwischenfällen ist es nie gekommen.«

In Leblancs Anwesenheit rief Nouria den Imam an und schilderte ihm dessen Anliegen. »Er ist jetzt in der Moschee, er erwartet Sie. Ich schreibe Ihnen die Adresse auf. Sie sollen sich beeilen, wenn Sie ihn vor dem Freitagsgebet am Mittag antreffen wollen.«

Leblanc bedankte sich.

Den Polizeiwagen parkte er in einiger Entfernung von der Moschee und ging, den Blick auf sein Handy mit dem Google-Maps-Stadtplan gerichtet, einen halben Kilometer zu Fuß. Auch diese Gegend zeichnete sich durch mehrstöckige einfache Siedlungshäuser aus Beton aus, zum Teil noch im Bau befindlich. Die Satellitenschüsseln, die überall an den Fenstern angebracht waren, fielen auf. Weit und breit waren keine Läden zu sehen, ein ziemlich tristes Viertel, fand Leblanc, auch wenn vieles neu, wie aus dem Boden gestampft wirkte. Immerhin hatte sich die Stadt um ein bisschen Grün bemüht, man hatte Bäume gepflanzt und Rasen gesät, dessen erste zarte Halme den Boden durchstießen, und eine Buslinie in die Innenstadt eingerichtet. Ein Schild wies auf die Moschee hin, die sich als schlichtes Gebäude mit mehreren Trakten, in Weiß und Orange gestrichen, herausstellte. Leblanc konnte weder einen Halbmond noch ein Minarett ausmachen. Oder sollte das winzige Türmchen auf der Rückseite diese Funktion erfüllen? Aber nagelneu sah das alles aus. Was hatte Nourias Bruder Tajeb gesagt? 2013 war die Moschee eingeweiht worden. Er schritt durch die eiserne

Pforte in den Innenhof, dann auf den Haupteingang zu, einem mit Metall eingefassten Glasportal. Dem Empfangsbereich schloss sich ein kleiner Raum mit Regalen an, in die zu Gebetszeiten die Schuhe abgestellt wurden. Kaum hatte Leblanc sich umgesehen, erschien ein Mann in einem grauen Kaftan, mit weißem Vollbart, Brille, auf dem Kopf eine Art flacher Turban. Er entsprach Leblancs Vorstellung von einem Imam, auch wenn er vorher noch nie einen zu Gesicht bekommen hatte. Offenbar war eine Überwachungskamera installiert, so schnell, wie der Imam aus dem Nichts aufgetaucht war.

»Sind Sie der Kommissar? Ich bin Imam Zahedi.«

Leblanc stellte sich vor.

»Bitte ziehen Sie die Schuhe aus«, bat der Imam, »wir durchqueren den Gebetsraum.«

Seine Schuhe stellte Leblanc in ein Regal, vergewisserte sich kurz, dass sich in den Socken kein Loch befand, was er, wenn es der Fall gewesen wäre, nicht hätte ändern können, ihm aber eine peinliche Situation beschert hätte, und folgte dem Oberhaupt durch einen großen, leeren, mit Teppichboden ausgelegten Raum zu einem Büro, das sich im hinteren Teil der Moschee befand. Der Gast bekam einen Stuhl zugewiesen.

»Monsieur Barat, der Leiter des Museums, hat in Ihrem Kulturzentrum Kunstunterricht gegeben«, begann Leblanc, »Sie haben erfahren, dass er erschossen wurde?«

»Madame Abdelkader, seine Mitarbeiterin, hat uns informiert, eine furchtbare Gewalttat.« Dann holte der Imam zu einem grundsätzlichen Plädoyer aus, als müsse er den Kommissar von der Friedfertigkeit seiner Weltanschauung überzeugen. »Sehen Sie, die Moscheen sind zentrale Orte der muslimischen Gemeinschaft, hier treffen sich Menschen unterschiedlicher Herkunft und sozialer Stellung zum Gebet und zum Austausch. Wir sind bestrebt, Bildung zu vermitteln, unsere Religion betreffend, aber auch die Bildung des

Landes, in dem wir leben. Monsieur Barat hat sich sehr um Integration der Jugendlichen bemüht, und ich habe sein Vorhaben nach Kräften unterstützt. Glauben Sie nicht, Herr Kommissar, wir würden die Probleme ignorieren, die sich uns als Muslime stellen. Glauben Sie bitte nicht, wir wären froh über radikale Islamisten, die unsere Religion im Namen Allahs missbrauchen und Misstrauen in der nicht-muslimischen Bevölkerung schüren. Es gibt genügend Schwierigkeiten für Muslime, die sich aus kulturellen und sozialen Differenzen ergeben. Wir möchten akzeptiert werden in unserer Religionsausübung und unseren Lebensgewohnheiten, und ich als Imam plädiere für einen integrativen Ansatz, nicht für Hass und Gewalt.«

Der Imam hatte während seines Statements keine Regung gezeigt, nicht ein einziges Mal gelächelt. Der Islam schien eine ernste Angelegenheit zu sein, dachte Leblanc. Aber deswegen war er nicht hier. »Ich möchte wissen, wer sich gegen den Unterricht von Monsieur Barat ausgesprochen hat. Er selbst hat erwähnt, dass es solche Stimmen gab.«

Nach der anfänglichen Offenheit gab sich der Imam nun verschlossen wie eine Auster. Davon habe er nie gehört, Monsieur Barat habe sich nicht beschwert. Die Mitarbeiter im Kulturzentrum hätten nichts dergleichen berichtet. Ob er mit diesen Mitarbeitern sprechen könne, fragte Leblanc, obwohl ihm klar war, dass hier keiner irgendwelche Namen nennen würde. Immerhin stimmte der Imam zu, er werde ihn zum benachbarten Kulturzentrum bringen.

Auf dem Weg dorthin konfrontierte Leblanc ihn direkt mit der Aussage des Geheimdienstes. Ob er wisse, dass die Moschee von Antiterroreinheiten beobachtet werde. Es gebe hier offenbar Gruppen, die nicht nur Religionsausübung praktizierten, wie er mit dieser Tatsache umgehe.

Der Imam zögerte nicht einen Moment. »Wir unterstützen solche Aktivitäten nicht. Unsere Augen sehen nichts, was dem Islam schadet. Wenn sich hier jedoch Anhänger radikaler Ideen zusammenfinden und an anderem Ort ihr zerstörerisches Werk fortsetzen, sind uns die Hände gebunden.« Leider sei es vor Kurzem zu einem bedauerlichen Vorfall gekommen, es seien junge Muslime verhaftet worden. Er glaube allerdings nicht, dass sich weitere sträfliche Taten anschließen würden. Noch einmal betonte der Imam: »Wir wollen in Ruhe unsere Religion ausüben, und wir verurteilen Morde im Namen Allahs. Nach dem Attentat auf die Redaktion von *Charlie Hebdo* haben wir, die Imame von Le Havre, unsere Türen geöffnet und die Bevölkerung, Angehörige aller Religionen, zu einem gemeinsamen Gebet eingeladen. Aber Fakt ist auch, dass man uns in der Öffentlichkeit und in den Medien stigmatisiert, beleidigt und mit Hass überschüttet, weil wir gleichgesetzt werden mit den Attentätern. Deshalb müssen wir vorsichtig sein.«

Konkrete Details, merkte Leblanc, würde er ebenso wenig erfahren wie Namen. Der Imam gab zu erkennen, dass er das Gespräch für beendet hielt, denn er werde nun gleich das Mittagsgebet abhalten.

»Gibt es im Lauf des Tages noch weitere Gebete?«, wollte Leblanc wissen.

»Ja«, antwortete der Imam, »eins im letzten Drittel des Nachmittags, eins am Abend zwischen beginnendem Sonnenuntergang und Ende der Dämmerung und eins in der Nacht zwischen Beginn der Dunkelheit und Einsetzen der Morgendämmerung. Aber das Mittagsgebet ist das wichtigste.«

»Sie könnten wohl nicht im Anschluss an ein Gebet den Mord an Monsieur Barat erwähnen und die Versammelten fragen, ob jemand an einem Freitagabend im Zusammenhang mit Monsieur Barats Unterricht irgendetwas gehört oder beobachtet hat? Das würde mir die Arbeit sehr erleichtern, sonst müsste ich mit meinen Leuten anrücken und die Männer nach dem Gebet befragen. Ich lasse Ihnen meine Karte mit den Telefonnummern da.«

»Bitte verstehen Sie, dass das unmöglich ist. Das Gebet ist das Gebet, dabei haben andere Dinge keinen Platz. Wenn Sie die Gläubigen befragen wollen, bitte außerhalb der Moschee.«

»Das habe ich mir schon gedacht. Sie verstehen hoffentlich auch, dass ich mich bei meinen Ermittlungen nicht von einer Moscheetür abhalten lassen kann, wenn es notwendig werden sollte, sie zu öffnen. Bis dahin halte ich mich an Ihren Wunsch.«

Im angegliederten Kulturzentrum ließ sich Leblanc von zwei nordafrikanischen Mitarbeitern, beide in Jeans und Pullover und ohne Kopfbedeckung, die Funktionen des Zentrums erklären: Koranunterricht für Kinder und Erwachsene, Vorträge, Lesungen und Diskussionsabende in arabischer und französischer Sprache, Feiern islamischer Feste, Austausch und gegenseitige Besuche mit anderen, auch religiösen Institutionen, Wochenendschule für Kinder und Jugendliche. Ja, hier habe auch der Kunstunterricht von Monsieur Barat stattgefunden, bedauerlich, dass er nun durch dessen Tod ein Ende gefunden habe. Nein, sie hätten keine Namenslisten des Kurses, da die Teilnahme freiwillig gewesen sei. Bei der Frage, ob ihnen im Kulturzentrum ein Mann mit einer auffälligen Narbe begegnet sei, sahen sie den Kommissar konsterniert an. Nein, ihnen sei niemand dergleichen bekannt. Die beiden Männer führten Leblanc durch mehrere kleinere und größere Seminarräume, die Klassenzimmern ähnelten, an der Wand Tafeln mit arabischen Schriftzeichen. Am Nachmittag und Abend seien alle Räume belegt, erläuterten die beiden Männer. Nun müssten sie aber zum Mittagsgebet, er möge sie entschuldigen.

Als Leblanc in den Vorraum der Moschee zurückkehrte, füllte der sich gerade mit Nordafrikanern, die zum Gebet gekommen waren. Er betrachtete die Männer unterschiedlichen Alters, mit glatten oder faltigen Gesichtern, rasiert oder bärtig, mit hellerer oder dunklerer Hautfarbe. Die meisten waren sehr einfach, fast ärmlich gekleidet, Jeans oder Trainingshose und Anorak herrschten vor. Algerier, Marokkaner, Tunesier? Leblanc versuchte, Unterschiede in den Gesichtszügen einzelnen Maghreb-Ländern zuzuordnen, ohne Erfolg. Da die Moschee mit algerischen Geldern gebaut worden war, handelte es sich vermutlich vorwiegend um Menschen aus Algerien. Entgegen seiner ursprünglichen Absicht verzichtete Leblanc auf eine Teilnahme am Gebet. Die Betenden zu imitieren, käme ihm absurd vor, und als Beobachter würde er stören. Außerdem hatte er den Imam gar nicht um Erlaubnis gefragt.

Auf dem Weg zu seinem Wagen schlenderte er durch menschenleere Straßen. Obwohl das Bemühen der Stadt und der Bewohner offensichtlich war, dieses Viertel nicht zu einem Ghetto werden zu lassen, empfand er Trostlosigkeit. Das lag an der Abwesenheit von Einrichtungen sozialen Lebens, von Cafés, Restaurants, Läden. Die Umgebung wirkte steril, als hätten sich alle Menschen in die Privatheit ihrer Wohnungen zurückgezogen und den öffentlichen Raum den Spatzen überlassen, die in den halbwüchsigen Bäumen kräftig zeterten. Leblanc dachte über die Ausführungen des Imam nach. Ja, der Geistliche hatte sich ausdrücklich gegen Terror und gewalttätige Islamisten ausgesprochen. Aber ihm schien es so, als würde diese für die islamischen Gemeinschaften zweifellos unangenehme Nebenwirkung im Vergleich zu den Hindernissen, die ihnen von westlichen Gesellschaften in den Weg gelegt würden, gering geschätzt. Irgendwie vermisste er wirkliche Offenheit. Aber was verstand er eigentlich darunter? Ein vernunftgeleitetes, rationales Denken, überliefert aus der Tradition der Aufklärung, weiterentwickelt in einem Land, das die Trennung von Staat und Religion praktizierte. Menschen, die sich vorwiegend durch ihre Religion leiten ließen, besaßen vielleicht andere Maßstäbe und Herangehensweisen. In aller Deutlichkeit wurde ihm bewusst, welche Hindernisse bei einem Zusammenleben von Menschen verschiedener Religionen überwunden werden mussten, im Denken und Handeln.

ACHTZEHN

Zurück in Trouville gönnte sich Leblanc ein spätes Mittagessen im Central. Mit großem Appetit machte er sich über gegrillte Sardinen als Vorspeise und Roastbeef mit Pommes frites her, als Lulu anrief und erfolgreiches Gelingen ihres »gemeinsamen Projekts« vermeldete. Er glaube, Marie habe ihm seine Rolle als Banker abgenommen, seine Stimme habe er um einige Nuancen angehoben, wie ein Kastrat habe er geklungen und seine Sorge zum Ausdruck gebracht, dass sie offenbar im Begriff sei, ihr Haus als Sicherheit für Monsieur Beaumonts Schulden einzusetzen. Ob sie sich über die Konsequenzen im Klaren sei, bei der finanziellen Lage seines Kunden könne es leicht passieren, dass sie das Haus verliere. Eigentlich sei er gar nicht befugt, ihr derartige Details mitzuteilen, aber er denke, sie solle wenigstens wissen, was da auf sie zukomme. So Lulu.

»Lulu, das darf niemals auffliegen, hörst du, niemals.«

»Logisch, Jacques, meine Lippen sind mit einem Schloss verriegelt, den Schlüssel werfe ich ins Meer.«

»Wir müssen jetzt abwarten, welche Wellen diese Neuigkeit schlägt.«

Nach dem Essen, beim Kaffee, kam Leblanc eine Idee, wie er seine Ermittlungen in der Moschee fortsetzen könnte, ohne dass jemand Verdacht schöpfte. Er selbst wäre nicht nur ein Fremdkörper unter den Maghrebinern, seine bloße Anwesenheit würde verhindern, dass sie sich unbefangen verhielten. Aber ein dreizehnjähriger schwarzer Junge würde dort nicht auffallen. Am Mittag hatte er einige dunkelhäutige Afrikaner gesehen, die sich zum Gebet eingefunden hatten. Dayo könnte sich am Abend unter die Betenden mischen und sie beobachten. Wenn sie Arabisch sprachen, würde er natürlich nichts verstehen, aber er könnte herausfinden, wer sich nach dem Gebet traf, ob sich Gruppen bildeten und vor allem, ob jemand mit einer ausgeprägten Narbe dabei war. Mit Feuereifer würde sich der Junge dieser Aufgabe widmen, wenn er seinem großen Bruder helfen konnte. Also rief er Marie an, sagte, dass er Dayo abholen und ihn erst am nächsten Tag zurückbringen würde, fragte aber vorsichtshalber, ob ihr das recht sei.

Eine Viertelstunde später stand er vor ihrer Tür. Marie befand sich in einem aufgelösten Zustand. Leblanc besann sich auf seine schauspielerischen Talente und fragte besorgt, was los sei, ob irgendetwas mit Dayo nicht stimme.

»Nein, mit Dayo ist alles in bester Ordnung, so freundlich und liebenswert ist dieses Kind. Ich habe etwas erfahren … aber darüber möchte ich jetzt nicht reden.«

»Natürlich, wenn ich dir irgendwie helfen kann …« Es war ein Kampf mit harten Bandagen, das erforderte ganzen Einsatz. »Ruf mich jederzeit an. Du kannst mit mir über alles sprechen.«

»Danke, Jacques. Ich muss die Sache erst einmal mit Hippolyte klären. Aber ich weiß es zu schätzen, dass du zu mir hältst, obwohl die Situation für dich bestimmt nicht erfreulich ist. Glaub nicht, ich würde das nicht merken oder einfach ignorieren.«

Ein weiterer Etappensieg! Sein Herz schlug schneller bei ihren Worten.

»Was willst du eigentlich mit Dayo anstellen?« Sie wechselte das Thema.

»Ich mache einen kleinen Ausflug mit ihm. Er kann bei mir übernachten.«

»Er isst oben in der Küche zu Mittag, sehr spät heute, aber ich hatte am Vormittag in Lisieux zu tun, und ich habe ihn mitgenommen, um ihm die Stadt und die Kathedrale zu zeigen. Wir sind erst eine halbe Stunde wieder zu Hause, ich habe auf die Schnelle etwas gekocht. Du hast wahrscheinlich schon gegessen.«

»Ja, gerade eben, bei mir ist es auch spät geworden.«

Dayo sprang vom Stuhl auf, als er seinen Bruder Jacques erblickte, vernachlässigte Kalbsschnitzel und grüne Bohnen und umarmte ihn heftig.

»Erst aufessen«, mahnte Marie, »bevor du mit Jacques aufbrichst.«

Dayo widmete sich gehorsam wieder seiner Mahlzeit. Leblanc setzte sich neben ihn, und schon vertieften sich die zwei in ein Gespräch über moderne Methoden der Spurensicherung, ausgehend von Dayos Frage, ob der Fingerabdruck bei der Identifizierung eines Täters heutzutage immer noch eine große Rolle spiele. In einem Kriminalroman habe er gelesen, dass der Verbrecher *Fantômas* Fingerabdrücke von anderen einsetzt, um denen die Taten in die Schuhe zu schieben.

»Ich weiß nicht, ob *Fantômas* die richtige Lektüre für einen Dreizehnjährigen ist«, gab Leblanc zu bedenken und erklärte ihm, wie ein Fingerabdruckscanner funktioniert und wie die Abdrücke in der Datenbank gespeichert werden.

Kopfschüttelnd betrachtete Marie die beiden ungleichen »Brüder« und staunte nicht schlecht über Jacques' ungeahntes Talent im Umgang mit Kindern – oder vielmehr mit diesem einen Kind.

Von seinem Plan erzählte Leblanc Dayo erst, als sie auf dem Weg zum Auto waren.

»Wenn du Lust hast, kannst du für mich ermitteln, gewissermaßen als Undercoveragent. Willst du?«

»Und ob.« Der Junge strahlte.

»Bedingung: zu niemandem ein Wort, nicht zu Marie, nicht zu Maman vier, du musst darüber schweigen. Klar?«

»Klar.«

»Du weißt, was der Islam ist?«

»Natürlich weiß ich das, in Kamerun sind zwanzig Prozent der Bevölkerung Muslime. Maman eins ist auch Muslimin, aber sie geht nicht in die Moschee, und meine Maman Ouma und Maman drei und auch deine Mutter glauben an Naturreligionen. Und Papa ist eigentlich gar nichts, er interessiert sich für alle Religionen.«

»Ein großer Vorteil, dass du schon Kenntnisse mitbringst. Warst du schon einmal in einer Moschee?«

»Ja, Papa hat mich mal mitgenommen in die Große Moschee in Yaoundé. In dem Kongresszentrum daneben hat er einen Vortrag gehalten, und ich durfte zuhören. Danach hat er mir die Moschee gezeigt und mir erklärt, wie Muslime beten.«

Gepriesen sei Ahmadou, dachte Leblanc. »Sehr gut. Dein Vater ist ein kluger Mann. Man kann mit Bildung nicht früh genug anfangen.«

»Und was soll ich tun?«, unterbrach ihn Dayo aufgeregt.

»Du wirst nachher in einer Moschee am Gebet teilnehmen, wenn du willst.« Dayo nickte heftig. »Du verhältst dich genauso wie die anderen. Beim Hinein- und Hinausgehen beobachtest du die Männer unauffällig, es sind vorwiegend Nordafrikaner. Wir suchen einen Mann mit einer auffälligen Narbe. Wenn dir so jemand auffällt, gibst du mir sofort Bescheid. Okay? Ich warte draußen im Auto.«

»Okay, Jacques. Ich werde ein guter Agent sein.«

»Vorher fahren wir noch kurz ins Präsidium, danach geht es zur Moschee nach Le Havre.«

Nadine saß am Computer, als Leblanc mit Dayo das Büro betrat. Der Junge hatte so sehr gefleht, dass er ihn einfach mitnehmen musste.

»Das ist mein Stiefbruder Dayo«, stellte er Nadine den Besucher vor.

»Bist du auch Kommissarin?«, wollte er wissen.

»Nein, Kommissarin noch nicht, ich bin jetzt Capitaine.« Nadine war im vergangenen Jahr vom Lieutenant zum Capitaine befördert worden.

»Toll«, sagte Dayo beeindruckt. Er sah sich interessiert um, obwohl in dem Büro außer den beiden Arbeitsplätzen und den Computern nichts Spannendes zu entdecken war.

»Chef, Sie sollen den Untersuchungsrichter anrufen. Er hat versucht, Sie zu erreichen.«

Leblanc griff zum Telefon. Ein überschwänglicher Monsieur Bertrand überhäufte ihn mit Lob. »Kommissar Pennec hat mir berichtet, dass der Mordfall Barat gelöst ist, es gibt ein Geständnis von einem der zwei Bilderdiebe. Großartig, Leblanc, sehr effektive Arbeit. Ich werde das Dossier sofort ans Innenministerium weiterleiten. Wir haben einen Präzedenzfall geschaffen, einen Beweis, dass der Ansatz, Kommissariate kooperieren zu lassen, funktioniert. Das müssen uns die anderen erst einmal nachmachen. Gratulation, Leblanc!«

Unbeeindruckt von den anerkennenden Worten, die auf ihn niederprasselten und die, glaubte Leblanc, nicht nur dem Ansehen und der Karriere des Untersuchungsrichters dienlich waren, sondern auch der Abschaffung von Kommissariaten, bedankte er sich schlicht, nicht ohne auf den maßgeblichen Anteil seines Kollegen in Le Havre ausdrücklich hingewiesen zu haben, und legte auf.

Dayo plauderte mit Nadine. Leblanc erstarrte, als er den Jungen sagen hörte: »Kommst du auch mit in die Moschee nach Le Havre?«

Er bemühte sich, schnell zu erklären: »Ich wollte einen Ausflug mit ihm machen. Er kennt die Moschee in Yaoundé und interessiert sich für den Islam.«

Zu spät. Nadines Misstrauen war geweckt, Empörung brach aus ihr hervor. »Sie gehen in die Moschee? Mit dem Kind? Um weitere Ermittlungen anzustellen? Sie haben den Fall noch nicht abgeschlossen, stimmt's?«

»Ein rein privater Besuch. Hat nichts mit der Arbeit zu tun.«

Ohne den Grund zu kennen, merkte Dayo, dass es ein Fehler gewesen war, Nadine gegenüber den Besuch in der Moschee zu erwähnen. Fragend blickte er zwischen den beiden Erwachsenen hin und her und bemühte sich um Wiedergutmachung. »Ich interessiere mich wirklich für den Islam.«

Seine Beteuerung verschlimmerte die Situation und trieb den Keil noch tiefer zwischen Nadine, die sich nun ausgebootet und hintergangen fühlte, und ihrem Chef, der an der Loyalität seiner Mitarbeiterin zweifelte. Jedes weitere Wort würde sich ungünstig auswirken. Dayo litt sichtlich unter den Unstimmigkeiten, die er ausgelöst hatte.

Um den qualvollen Zustand für alle zu beenden, streckte Leblanc Dayo die Hand entgegen, sagte nur knapp: »Wir gehen dann mal« und ließ seine Kollegin allein im Büro zurück.

Beide sollten recht behalten, Nadine mit der Annahme, ihr Chef würde ohne Autorisierung und ohne sie weiterermitteln, Leblanc mit der Befürchtung, sie werde Pennec unverzüglich über seinen Alleingang benachrichtigen. Genau das tat Nadine, kaum hatte er das Kommissariat verlassen. Sie fand, ihr Chef habe den Bogen überspannt, wenn er, nachdem der Fall offiziell – von Luc und vom Untersuchungsrichter – für beendet erklärt war, auf eigene Faust weitermachte. Wozu gab es denn dieses Kooperationsprojekt, wenn Leblanc ständig ausscherte und sich nicht an Absprachen hielt? Die Zeit der Kommissare als Alleinherrscher war vorbei, Teamgeist sollte auch bei der Polizei vorherrschen, meinte Nadine. Dass diese Meinung erst kürzlich, nämlich als Folge des Wiedersehens mit Luc, in ihr aufgekeimt war, dass sie vor diesem einschneidenden Ereignis keine Einwände gegen Leblancs Methode vorzubringen gehabt, dass sie sich im Gegenteil als vom Schicksal begünstigt gefühlt hatte angesichts eines solchen Chefs, wurde geflissentlich und erfolgreich verdrängt. Die Empörung über Leblancs Verhalten war nicht gespielt, aber von Motiven gespeist, die außerhalb der Vernunft lagen. Alles, was Nadine seit fünf Tagen tat, sollte dem einen Zweck dienen: Luc nahe zu sein. In den Stricken der Liebe verfangen blieb ihr Pennecs Charakter verborgen. Weit entfernt von hehren Zielen wie Teamarbeit strebte der Angebetete einer Solokarriere entgegen, und auf dem Weg dahin gedachte er, alle dienlichen Mittel zu nutzen und Hindernisse aus dem Weg zu räumen.

Nadine rief also stante pede ihren Luc an und berichtete vom frevelhaften Vorhaben Leblancs.

Von geheimer Freude erfüllt, den lästigen Konkurrenten schmähen und sich bei den Vorgesetzten Lorbeeren verdienen zu können, sparte er nicht mit Lob der fleißigen Denunziantin gegenüber. »Super, dass du mich gleich angerufen hast. Wir können das nicht durchgehen lassen.«

Das »Wir« war Balsam für Nadines Ohren. »Nein, das können wir nicht, das finde ich auch.«

»Dafür müsste er eine Verwarnung kassieren. Auf jeden Fall werden wir das weiterleiten. Hat dein Chef gesagt, was er damit bezweckt?« Hatte er, Pennec, vielleicht doch etwas verpasst? Gab es etwas, das ihm entgangen war?

»Nein, er hat gesagt, es sei privat, aber ich glaube ihm nicht.«

Pennecs Begeisterung flaute etwas ab, aber immerhin könnte er dem Untersuchungsrichter einen Tipp geben, eine Vermutung äußern.

»Sehen wir uns mal wieder?«, fügte Nadine möglichst beiläufig hinzu, um das eigentliche Ziel dieser ganzen Aktion zu verschleiern.

»I call you«, antwortete der Angebetete, Weltläufigkeit vortäuschend, aber durch die miserable Aussprache der englischen Wörter das Gegenteil beweisend.

»Okay«, gab Nadine zurück, leicht enttäuscht wie so oft, wenn sie mit Luc telefonierte und das Ergebnis des Gesprächs hinter ihren Erwartungen zurückblieb.

NEUNZEHN

Unterdessen befanden sich Leblanc und sein kleiner Stiefbruder, der sich auf seine Aufgabe als Undercoveragent vorbereitete, auf der Fahrt nach Le Havre.

»Bist du mir böse, Jacques?«, hatte Dayo gefragt, als sie in Leblancs Privatwagen stiegen. »Ich dachte, bei der Polizei sagt man sich alles. Marie oder Maman hätte ich bestimmt nichts erzählt, Ehrenwort. Glaubst du mir?«

»Klar, Dayo«, beruhigte ihn der große Bruder. »Normalerweise ist es auch so, dass wir als Kollegen über alles Bescheid wissen. Manchmal gibt es eben Ausnahmen. Mach dir keine Sorgen.«

Leblanc selbst war nicht ganz so sorglos. Normalerweise scherte er sich nicht darum, ob irgendjemand seine kleinen Grenzüberschreitungen bemerkte. Sie dienten immer und ausschließlich der Wahrheitsfindung, und niemand, der ihn kannte, hätte daran gezweifelt. Aber er traute diesem Pennec nicht über den Weg, zumal es bei der Kooperation der Kommissariate um ein Pilotprojekt ging, das weitreichende Folgen haben konnte. Der Ehrgeizling würde jede Gelegenheit ergreifen, um ihn, den Älteren, den Konkurrenten, auszubooten. Oder überschätzte er dessen Einfluss und es führte zu gar nichts? Bellte er nur laut, ohne zu beißen? Abwarten. Dayo jedenfalls konnte nichts dafür, dass sein unbedachtes Ausplaudern Konsequenzen haben könnte. Seine Annahme, dass Kollegen sich gegenseitig über ihre Schritte informieren, war im Grunde richtig. Dass dieser Fall anders lag, konnte und durfte er nicht wissen. Deshalb behielt Leblanc seine Bedenken für sich und lächelte den Jungen aufmunternd an.

Erleichtert, dass Bruder Jacques nicht schimpfte, kehrte Dayos natürliche Fröhlichkeit zurück, und er vertiefte sich hingerissen in die Stahlseilkonstruktion der Brücke, die sie gerade überquerten.

Leblanc parkte in einigem Abstand von der Moschee, aber so, dass er den Eingang im Blickfeld hatte. Er schärfte Dayo noch einmal ein, worauf er achten sollte – eine auffällige Narbe, egal wo, im Gesicht, am Hals oder am Arm –, und dass er, sobald ihm etwas merkwürdig oder unangenehm erscheine, sofort die Moschee verlassen solle. »Ich bleibe die ganze Zeit hier und warte auf dich.«

Als immer mehr Gläubige in den Innenhof strömten, um sich zum Abendgebet zu versammeln, stieg der Junge aus dem Auto und gesellte sich zu ihnen. Eine Weile beobachtete Leblanc noch, wie sich der schwarze Lockenkopf und die schlenkernden Arme in der Masse der eintreffenden Männer bewegten, dann wurde Dayo vom Eingangsportal wie vom Maul eines Drachen verschluckt.

Eine Welle der Zuneigung durchflutete Leblanc. So ein mutiger kleiner Kerl, und wie stolz er war, dass er seinem Bruder, dem Kommissar, helfen durfte. Aufkommende Zweifel, ob er einem Dreizehnjährigen eine solche Aufgabe zumuten durfte, verscheuchte er sofort. Handelte er verantwortungslos? Nein, in einer Moschee zu beten, auch wenn man kein Muslim war, setzte niemanden einer Gefahr aus.

Leblanc rutschte auf dem Fahrersitz so weit hinunter, dass sich seine Augen gerade über dem unteren Rand des Fensters befanden. Er zog sein Fernglas aus dem Ablagefach und richtete das Gerät, das auch bei Dunkelheit die observierten Objekte in aller Schärfe zeigte, auf den Innenhof der Moschee. Wie in Nahaufnahme offenbarten sich ihm die Gesichter der dem Eingang zuströmenden Personen, ausschließlich Männer und in größerer Anzahl als am Mittag. Vermutlich verhinderten die Arbeitsbedingungen, dass die Gläubigen, wenn mittags zum Gebet gerufen wurde, die Arbeit ruhen ließen, wie es der Koran vorschrieb, und in die Moschee eilten. Auf den

Ruf des Muezzins wurde hier verzichtet, obwohl Muslimen dieses Recht, um eine Gleichberechtigung mit dem Geläute der christlichen Kirchen herzustellen, in Frankreich eingeräumt wurde. Wie schon am Mittag überraschte Leblanc die Vielfältigkeit der Gesichter. Wer glaubte, dass alle Muslime den radikalen Islamisten mit Vollbart und bis in die Stirn gezogener Kappe ähnelten, die in den Nachrichten im Fernsehen gezeigt wurden, konnte sich hier eines Besseren belehren lassen. Der Strom der Gläubigen versiegte allmählich. Bisher war ihm nichts Besonderes aufgefallen. Die Männer kamen allein, allenfalls begrüßten sie einen Bekannten, und betraten ruhig, ohne Gespräche das Innere der Moschee.

Der observierende Kommissar nahm seine gewohnte Sitzhaltung wieder ein und schaltete das Radio an. Der Sender spielte »Derrière l'amour«, einen uralten Hit von Rocklegende Johnny Hallyday. Fasziniert verfolgte Leblanc, wenn ihm Fotos von ehemaligen Stars und Idolen wie Hallyday oder Alain Delon unterkamen, deren Alterungsprozess, besonders von denen, die einstmals als männliches Schönheitsideal galten. Das Alter kannte keine Gnade und zerstörte rücksichtslos jede Vollkommenheit, da halfen auch keine mehrfachen Operationen. Leblanc wiegte seinen Kopf im Rhythmus des Songs und ließ sich von der Musik treiben.

Ein einzelner Spaziergänger – Spaziergänger hier? Merkwürdig! – tauchte vor der Moschee auf, betrat aber den Innenhof nicht. Träge, fast widerwillig nahm er das Fernglas zur Hand, es war ein älterer Mann mit angegrauten, ehemals schwarzen, sehr kurz geschnittenen Haaren. Von hinten konnte er nicht viel erkennen. Schon war er im Begriff, das Fernglas zur Seite zu legen, als der Mann sich umdrehte. Leblanc stockte der Atem. Von der Schläfe bis zum Kieferknochen erstreckte sich in voller Länge eine breite Narbe. Seine Entdeckung nahm ihn so gefangen, dass er auf weitere Einzelheiten nicht achtete. Weil sein Blick an der Narbe haftete, entgingen ihm Gesichtszüge, Körperhaltung und Kleidung. Er hätte zwar die Narbe, nicht aber den Mann wiedererkannt, und was wäre eine Narbe ohne Gesicht wert – nichts. So schnell der Unbekannte aus dem Nichts hervorgetreten war, so schnell war er wieder verschwunden. Leblanc richtete das Fernglas in alle Richtungen, vergeblich. Keine Spur mehr von dem Narbenmann, so als hätte es ihn nicht gegeben.

Leblancs Herz gebärdete sich ungestüm wie ein junges Fohlen. Das war er! Es gab ihn also wirklich, und er, Leblanc, hatte ihn gesehen. »Ich habe ihn an seiner Narbe erkannt«, hatte Albert Barat seinem Anwalt und Freund auf die Mobilbox gesprochen. Eine einprägsame Narbe, in der Tat. Wer war dieser Mann? Und warum hielt er sich vor der Moschee auf und ging nicht hinein? Wie konnte er so plötzlich verschwinden? Leblanc musste die Identität des Unbekannten aufdecken, und wenn er die nächsten Wochen hier auf der Straße mit Observieren verbringen würde. Er hatte sich nicht getäuscht. Mehr denn je war er davon überzeugt, dass der alte Durand den Mord an Barat nicht begangen hatte.

Nach ungefähr fünfundvierzig Minuten belebte sich die Straße, die ersten Gläubigen traten aus dem Gebäude in den beleuchteten Innenhof. Inzwischen war es dunkel geworden. Das Abendgebet hatte präzise zwischen der einsetzenden Dämmerung und dem Ende des Sonnenuntergangs stattgefunden, wie der Imam gesagt hatte. In der folgenden Gruppe, die die Moschee verließ, befand sich auch Dayo. Ernst und ohne sich umzuschauen schritt er auf Leblancs Wagen zu.

»Das Gebet war auf Arabisch, aber sie haben es auch übersetzt«, teilte er seinem Stiefbruder mit, als er neben ihm saß. »Ich habe alles genauso gemacht wie die anderen, Jacques, ich bin bestimmt nicht aufgefallen.«

»Da bin ich sicher, Dayo. Du hast das sehr gut gemacht.«

»Ja-acques.«

»Ja?«

»Ich habe keine Narbe gesehen, nicht eine. Bist du jetzt enttäuscht von mir?«

»Natürlich nicht. Es war nur ein Versuch, wahrscheinlich gibt es gar keinen Mann mit einer Narbe, weißt du? Irgendjemand hat sich das nur eingebildet. Nun haben wir das überprüft und können die Sache ad acta legen. Ich danke dir für deinen exzellenten Undercovereinsatz. Du wirst einmal ein guter Kommissar.«

Dayos Mund verzog sich zu einem breiten Lächeln, seine weißen Zähne leuchteten in der Dunkelheit. Dann teilte er Leblanc mit, dass ihm das Gebet und das Drumherum gefallen habe, auf einem Teppich zu sitzen und sich zu verbeugen, die Stirn auf den Boden zu legen, das sei schön gewesen. Und die Betenden hätten einen ruhigen und in sich gekehrten Eindruck gemacht. Gern würde er diesen Besuch wiederholen.

Leblanc stellte sich vor, wie Ahmadou und Dayos Mutter reagieren würden, wenn sie von den Sympathien des Jungen für die religiösen Rituale des Islam erführen. Vermutlich nicht gerade erfreut. Jedenfalls wollte er der elterlichen Erziehung in Glaubenssachen nicht vorgreifen.

»Weißt du«, sagte er deshalb ausweichend, »vielleicht wäre es besser, wenn man sich erst einmal theoretisch mit dem Islam beschäftigt, bevor man sich in die Praxis stürzt. Jetzt hast du einen Eindruck von dieser Moschee bekommen, und dein Vater hat dir ja schon die in Yaoundé gezeigt, vielleicht möchte er, dass du alle Religionen kennenlernst. Es gibt ja noch das Judentum, den Hinduismus, den Katholizismus.«

»Marie hat mir die Kathedrale in Lisieux gezeigt, die ist katholisch.«

»Das ist doch schon mal ein Anfang.«

Bevor sie die Brücke erreichten, war der Junge, erschöpft von den vielen Eindrücken des Tages, fest eingeschlafen. Er erwachte auch nicht, als Leblancs Wagen in der Nähe seiner Wohnung hielt.

Weil Dayo zu schwer war, um getragen zu werden, schlang Leblanc einen Arm des Jungen um seinen Hals und führte ihn wie einen Schlafwandler in den Fahrstuhl und dann in sein Appartement. Auf Hygienemaßnahmen wie Zähneputzen wurde verzichtet, obwohl Marie ihm einen Kulturbeutel mitgegeben hatte. Dayo landete auf Leblancs Bett und setzte ohne Unterbrechung seinen Schlummer fort.

Um seine aufgewühlten Nerven zu beruhigen, genehmigte sich Leblanc ein Glas Weißwein aus dem Kühlschrank und stellte sich ans Fenster. Das schlafende Trouville lag zu seinen Füßen, die Lichter der Fischerboote blinkten auf dem Meer.

Er überlegte, welche Handlungsmöglichkeiten sich ihm boten, um den Narbenmann wiederzufinden. Eigentlich nur eine: an dem Ort zu warten, wo er aufgetaucht war, nämlich vor der Moschee. Wahrscheinlich hatte auch Barat ihn dort getroffen – und wiedererkannt, was bedeutete, er hatte ihn schon einmal gesehen. Dieser Mann hatte ihm Angst eingeflößt. Durch seine bloße Anwesenheit? Oder hatte Barat mit ihm geredet? Ob man aus all dem schließen konnte, dass der Narbenmann Barats Mörder war? Das Karussell der Gedanken drehte sich weiter: Warum hatte der Mann die Moschee nicht betreten? Hatte er auf jemanden gewartet? Gehörte er zu einer Zelle islamistischer Terroristen? Hatten sie Barat bedroht? Vielleicht hatte er den Mann in Algerien schon einmal zu Gesicht bekommen und wusste, dass der ein gesuchter Terrorist war, möglicherweise illegal in Frankreich eingereist. Leblanc musste ihn finden und das Rätsel lösen, vorher würde er keine Ruhe geben.

Nachdem er Stunden mit Grübeleien verbracht hatte, streckte er sich schließlich neben Dayos schmalem Knabenkörper aus und fiel, als sei Müdigkeit ansteckend, in einen traumlosen, tiefen Schlaf.

Er erwachte von einem Zeigefinger, der sich in seine Wange bohrte.

»Ja-acques? Bist du wach? Ich habe Hunger.«

Da er selbst nie frühstückte, war in seiner Küche nicht einmal ein Keks aufzutreiben. Er packte den Jungen ins Auto. In der Pâtisserie Charlotte nahm Dayo einen Kakao und drei Croissants zu sich, danach brachte Leblanc ihn zu Marie. Als Zeichen, dass er ihn vermisst hatte, sprang Arsène wild an dem Zurückgekehrten hoch. Schon kugelten Hund und Kind auf dem Boden herum, ein ineinander verhaktes Knäuel.

»Hattet ihr Spaß?«, fragte Marie. Leblanc bemerkte sofort die Gelassenheit und Heiterkeit, die sie im Gegensatz zum vorigen Tag ausstrahlte.

»Ja. Und du? Geht es dir besser? Bist du allein?«

»Mir geht es gut. Hippolyte ist zu Handwerkern gefahren. Nächste Woche beginnt der Bau. Wir haben uns am Abend Zeit genommen, ausführlich über alles zu reden. Vielleicht sollte ich dir das gar nicht erzählen.«

»Doch, unbedingt«, beeilte sich Leblanc zu versichern.

»Hippolyte hat Schulden, eine Menge Schulden, das hat er mir gestern gebeichtet – seine Frau, das Haus, die Ausbildung seiner Kinder, das kostet, und er hat eine Zeit lang keinen Auftrag bekommen. Architekten arbeiten, auch wenn sie einem Büro angeschlossen sind, frei, also auf eigenes Risiko. Das finanzielle Desaster ist ihm über den Kopf gewachsen, deshalb hat er es einfach ignoriert. Als ihm jetzt bewusst wurde, dass eine Scheidung ein kleines Vermögen kosten würde – er will diese Scheidung unbedingt, um mich zu heiraten –, hat er sich zu einer Kurzschlusshandlung hinreißen lassen und der Bank mein Haus als Sicherheit angeboten.«

Nicht zu fassen, dachte Leblanc, die Wirklichkeit übertrifft tatsächlich die Fantasie. Lulu und er hatten sich ausgedacht, was dieser niederträchtige Kerl längst in die Tat umgesetzt hatte. Vermutlich hätte er Marie sein Vergehen nie gebeichtet, wenn sie nicht von dem fiktiven Banker alias Lulu davon in Kenntnis gesetzt worden wäre, und sie vor vollendete Tatsachen gestellt. Napoleon hatte sich also gar nicht gewundert über den Anruf des Bankers.

Echte Empörung sprach aus seinem Ausruf: »Was? Hinter deinem Rücken?«

»Ja, er hätte mit mir sprechen müssen, ich hätte doch zugestimmt. Aber es war ihm peinlich, eine prekäre Situation eingestehen zu müssen. Schließlich tut er alles nur meinetwegen, für die Frau seines Lebens, mit der er alt werden möchte. Wir schaffen das gemeinsam, ich gebe ihm das Geld, wenn er es nötig braucht.«

Verflixt, der Schuss war nach hinten losgegangen. Dieser Napoleon war durchtriebener, als er gedacht hätte. »Marie«, sagte Leblanc ernst, »ich muss dich vor einem Betrüger warnen.« Erneut führte er seine vielfältigen Erfahrungen mit Heiratsschwindlern ins Feld. »Diese Masche wenden alle an, um an das Geld der Frauen zu kommen, die sie umgarnen. Sogar in Partnersuchportalen im Internet wird diese Art des Betrugs praktiziert, man nennt das Romance Scam.« Leblanc konnte tatsächlich mit konkreten Kenntnissen aufwarten, erst kürzlich war vom Büro des Polizeipräfekten eine Informationsmail über Internetkriminalität herumgeschickt worden. »Die Opfer sind fast immer Frauen. Die Betrüger gaukeln ihnen Verliebtheit vor, und nach einiger Zeit bitten sie um Geld, weil sie sich angeblich in einer misslichen Lage befinden.«

»Das kann man doch gar nicht vergleichen«, warf Marie ein, bestürzt über die Vehemenz, die Leblanc an den Tag legte.

»Sei nicht so naiv. Sobald Hippolyte hat, was er will, lässt er dich fallen wie eine heiße Kartoffel und kehrt reumütig zu seiner Frau zurück. Mit deinem Geld bezahlt er seine Schulden, das siehst du nie wieder. Du kannst keine Regressansprüche geltend machen, weil du dein Einverständnis gegeben hast. Am Ende stehst du ohne einen Cent und ohne Mann da. Das Einzige, was dir bleibt, sind verlorene Illusionen.«

»Du bist eifersüchtig, Jacques, und ich verstehe das. Mir würde es vermutlich genauso ergehen, wenn du mir plötzlich eine Heiratskandidatin präsentieren würdest. Das ganze Problem liegt in unserer wackligen Beziehung, dass wir uns nicht ganz füreinander, aber auch nicht gegeneinander entscheiden können. Ich weiß, dass du in guter Absicht handelst. Aber meinst du nicht, dass ich ein Gespür für Menschen habe und selbst beurteilen kann, wem ich mein Vertrauen schenke?«

»Doch, natürlich. Aber manchmal liegt man – ich nehme mich nicht aus – trotzdem falsch. Zum Beispiel, wenn man sich eine Sache so sehr wünscht, dass dieser Wunsch jede Wahrnehmung unterdrückt, die seiner Verwirklichung im Wege steht. Bitte, Marie, tu es nicht. Fahr mit dem Mann in die Ferien oder zieh mit ihm probeweise in eine Wohnung, wenn du glaubst, ihn zu lieben. Aber gib ihm nicht dein Geld, und verkaufe auf gar keinen Fall dein Haus.«

Alles, was er an Überzeugungskraft aufbringen konnte, setzte Leblanc ein. Frei von jedem Eigennutz dachte er in diesem Moment nur an Marie und daran, wie er sie vor einer Riesendummheit bewahren konnte.

Dayo hatte trotz des Herumtollens mit Arsène mit einem Ohr dem Gespräch gelauscht. Verständig, wie er war, hatte er sofort begriffen, worum es ging. Seine Abneigung diesem verabscheuungswürdigen Menschen gegenüber war eine Sache, darüber sprach er nur mit Jacques, um Marie nicht zu kränken. Aber jetzt musste sie beschützt werden, und dazu konnte er einen Teil beitragen. Denn er hatte zufällig ein Telefonat mitgehört, das Hippolyte im Salon geführt hatte, als Marie nicht zu Hause war, und diesen Sachverhalt musste er nun loswerden, weil er glaubte, damit eine entscheidende Wende in der Angelegenheit herbeiführen zu können.

»Hippolyte hat mit seiner Frau telefoniert, als du nicht da warst, Marie«, behauptete er entschieden.

»Woher weißt du denn, dass es seine Frau war?«, fragte Leblanc.

»Er hat gesagt: ›Bald können wir die Hypothek auf das Haus

ablösen. Ich bekomme das Geld, ich bin ganz nah dran, noch eine Woche, dann habe ich sie so weit. Gib den Kindern einen Kuss von mir.‹ Es war seine Frau. Oder hat Hippolyte noch eine andere Frau? Ich dachte, das ist in Frankreich verboten.«

Sprachlos starrten Leblanc und Marie den Jungen an. Leblanc, weil er Dayo aufs Wort glaubte – jede Perfidie traute er Napoleon zu –, und Marie, weil sie den Verdacht hegte, um seinem bewunderten Stiefbruder einen Dienst zu leisten, hatte er soeben eine Geschichte erfunden, eine sehr böse Geschichte. Erst nach geraumer Zeit fand sie zur Sprache zurück: »Du darfst nicht lügen, Dayo, auch wenn du jemandem helfen willst.«

Dayo fühlte sich in seiner Ehre gekränkt. »Ich lüge nicht. Das ist die Wahrheit. Ich stand auf der Treppe und habe das genau gehört.«

»Ich glaube dir, Dayo«, beruhigte ihn Leblanc. »Lässt du mich mal mit Marie allein?«

Der Junge stieg die Treppe hinauf, der Hund folgte ihm.

»Marie, falls du denkst, ich hätte mit Dayo über Na … äh, Hippolyte gesprochen, liegst du völlig falsch. Von mir weiß er gar nichts, und ich übe keinen Einfluss auf ihn aus. Ich bitte dich nur …« Leblancs Versuch, auf Marie einzureden, stellte sich als zwecklos heraus. Ihre Miene blieb starr.

»Bitte geh jetzt, Jacques«, sagte sie gepresst.

Obwohl er für den Wind, der heute herrschte, nicht die richtige Kleidung trug, schlug er die Richtung zum Strand ein. Es war Samstag, Wochenende. Kein Wetter für späte Sonnenanbeter, wohl aber für alle möglichen Wassersportler. Kitesurfer mit ihren Lenkdrachen nutzten den Wind und zeigten auf den Wellen halsbrecherische Luftsprünge, Strandsegler ließen sich bei Ebbe über den festen Sand ziehen. Leblanc bewegte sich fröstelnd auf dem Plankenweg in Richtung Hôtel des Roches Noires. Er brauchte frische Luft.

Irgendwie fühlte er sich erschöpft. An zwei, nein, an drei Fronten zu kämpfen, ging über seine Kraft. Was war nur los? Warum stellten sich ihm auf einmal so viele Hindernisse in den Weg, wo sonst alles glattlief?

Front Nummer eins: Marie. Ausgerechnet jetzt, wo er sich eine engere Bindung mit ihr vorstellen konnte, musste sie einen Mann treffen, der ihr die Erfüllung ihrer Wünsche versprach. Dass der ihr in betrügerischer Absicht Liebe vorgaukelte, könnte sich letztlich als Vorteil herausstellen, er musste sie nur davon überzeugen. Mit einem ernsthaften Bewerber hätte er es kaum aufnehmen können. Die verstockte und uneinsichtige Marie von ihrem Irrtum abzubringen, das erforderte Kraft und Geduld. Ein Wort zu viel, und sie verschloss sich. Aber was diese Kampfzone betraf, machte sich Leblanc trotz allem Hoffnung auf einen Sieg.

Front Nummer zwei: Die Aufklärung des Mordfalls Barat. Was trieb ihn eigentlich an, auf eigene Faust weiterzuermitteln? Sein Glaube an die Wahrheit? An Gerechtigkeit? Machte er nicht im Grunde dasselbe wie Marie, die an einer Idee festhielt und die Wirklichkeit dieser Idee unterordnete? Aber hier ging es um mehr als nur privates Glück. Ein Mensch hatte einen Mord verübt, und er, Leblanc, fand einfach, dass der Mörder, unabhängig davon, ob er sich einmal vor einem Jüngsten Gericht zu verantworten hatte oder nicht, der irdischen Justiz zugeführt werden sollte – der wirkliche Mörder und nicht der, den andere aus Bequemlichkeit oder Karrieredenken dafür hielten oder der sich selbst dafür ausgab. Wenn man so etwas Berufsehre nannte, dann wollte er dieser Ehre gerecht werden. Auch diesen Kampf würde er fortsetzen.

Front Nummer drei: Nadine. Es kränkte ihn mehr, als er zugeben wollte, dass seine geschätzte Mitarbeiterin zu dem Kollegen in Le Havre übergelaufen war, Liebe hin, Liebe her. Nicht allein, dass er den Austausch mit ihr vermisste, das gegenseitige Misstrauen machte ihm zu schaffen. Er konnte nicht mehr offen mit Nadine sprechen und musste sich Ausreden einfallen lassen, weil alles gegen ihn verwendet werden konnte. Das Schlimmste war, er besaß kein Rezept für eine Lösung des Konflikts. Diesen Kampf, schätzte er, würde er verloren geben müssen.

Der Wind zerrte an seinem Jackett und wirbelte seine grauen Haare durcheinander. Am Hôtel des Roches Noires angelangt, machte er kehrt.

Sein Handy klingelte. Fast hätte er wegen der Windböen die Stimme des Untersuchungsrichters nicht erkannt.

»Leblanc, mir ist zu Ohren gekommen, dass Sie den Fall Barat nicht für abgeschlossen halten. Sie stellen weitere Ermittlungen an. In der Moschee Annour haben Sie den Imam aufgesucht. Was soll das?«

»Woher wissen Sie …?«

»Das tut nichts zur Sache. Haben Sie mit dem Imam gesprochen oder nicht?«

»Ja, das stimmt.«

»Und zwar, nachdem Jean Durand ein Geständnis abgegeben hatte?«

»Ja.«

»Halten Sie das Geständnis für erzwungen?«

»Nein, natürlich nicht.«

»Glauben Sie, dass Durand lügt?«

Leblanc schwieg kurz und entschied sich, nicht die Wahrheit zu sagen. »Nein.«

»Also, warum dann Ihr Vorgehen?«

»Ich dachte, wir sollten nichts unversucht lassen. Manchmal ergeben sich ungeahnte Aspekte …«

»Hören Sie auf damit, Leblanc. Der Fall ist gelöst. Ihr Kollege Pennec hat mir seinen Bericht bereits geschickt, das erwarte ich auch von Ihnen. Damit wir die Sache abschließen können. Habe ich mich klar ausgedrückt? Das ist eine Dienstanweisung.«

Bislang hatte sich der Untersuchungsrichter noch nie auf die Hierarchie berufen und in diesem Ton mit ihm geredet. Nadine hatte Pennec angerufen, und der hatte ihn, um bei Monsieur Bertrand in einem besseren Licht zu erscheinen, angeschwärzt. So musste es gewesen sein. Aber die übermäßig harsche Reaktion des Untersuchungsrichters konnte er sich trotzdem nicht erklären.

»Ich habe verstanden«, gab er leise zurück.

Um der Order des Untersuchungsrichters Folge zu leisten, fuhr Leblanc ins Kommissariat und verfasste den angeforderten Bericht. Er beschränkte sich auf die Fakten, die für die Täterschaft von Durand sprachen, ganz im Sinne des Kollegen Pennec.

Nadine hatte frei, er befand sich allein im Büro. Nachdem er den Bericht abgeschickt hatte, suchte er im Internet nach Presseinformationen über die Islamisten, die im letzten Jahr in Le Havre verhaftet worden waren. Es handelte sich um zwei Franzosen mit algerischen Wurzeln, die zum Islam konvertiert waren und sich einer irakischen Terrororganisation angeschlossen hatten, um gegen Frankreich in den Heiligen Krieg zu ziehen. Die Zeitung nannte eine Zahl von dreihundert radikalisierten Anhängern der Bewegung allein in der Normandie. Präzise Auskünfte waren allerdings nirgends zu finden. Bei diesem Thema konnte man davon ausgehen, dass mindestens die Hälfte der Informationen auf Spekulationen beruhte. Wenn Leblanc gehofft hatte, auf Fotos der Verhafteten zu stoßen, wurde er enttäuscht. Nicht ein einziges, nur die immer gleichen bewaffneter Kämpfer aus dem Irak oder Syrien. Wahrscheinlich war die Presse vom Geheimdienst oder sogar von Europol angewiesen worden, keine Gesichter von Terroristen zu veröffentlichen. Er fütterte die Suchmaschine mit Begriffen wie »Terrorist mit Narbe« oder »Islamist mit Verletzung im Gesicht«, aber sie spuckte kein Ergebnis aus. Nein, so würde er dem Narbenmann nicht auf die Spur kommen. Er gab die Recherche auf und fuhr nach Hause.

Normalerweise rief er in emotionalen Krisensituationen die schöne Isabelle oder die Bäckerin Annie, die wunderbar nach frischem Brot roch, oder Claire in Cabourg an, aber er hatte nicht die geringste Lust, sich zu amüsieren oder abzulenken. Er packte seine Badehose und ein Handtuch in eine Plastiktüte und ging zu Fuß zum Piscine Olympique, um ein paar Bahnen zu schwimmen, was ihm immer guttat, wenn er in Melancholie zu versinken drohte.

Danach hatte er Hunger. Heute, am Samstag, zog es ihn nicht ins Central. Also suchte er Lulu auf, um bei ihm Steak frites zu essen. Der treue Freund bemerkte seine gedrückte Stimmung sofort und vermutete Ärger an der Marie-Front. Von den beiden anderen Fronten ahnte er nichts, und dabei wollte Leblanc es auch belassen.

»Keine positiven Nachrichten von Marie? Hat der Anruf nichts bewirkt?«, fragte er besorgt.

»Die Wirklichkeit ist viel schlimmer, als wir uns vorgestellt haben. Dieser Mistkerl hat tatsächlich ihr Haus als Pfand für seine Schulden eingesetzt. Er hat es gleich zugegeben und ihr erzählt, er habe alles nur ihretwegen gemacht, um die Scheidung zu finanzieren. Und sie glaubt ihm weiterhin. Ich weiß nicht, was noch alles passieren muss, damit sie erkennt, wie hinterhältig dieser Bursche ist. Im Moment komme ich nicht an sie heran. Übrigens scheint seine Frau über die Betrügereien Bescheid zu wissen, vielleicht haben sie die Sache sogar gemeinsam geplant, um an Geld zu kommen. Er reißt alleinstehende Frauen auf und zockt sie ab, und sie gibt im Hintergrund Anweisungen. Dayo hat ein Telefongespräch mitgehört.«

»Eine schlimme Sache. Ich mache uns mal etwas zu essen«, kommentierte Lulu Leblancs Ausführungen und verschwand in die Küche.

Lulu briet zwei Steaks, warf einen Berg Pommes frites ins Fett und garnierte das Ganze mit zwei Salatblättern – ein bisschen Grün für die Gesundheit. Dann stellte er die beiden Teller auf den Tisch und leistete dem Freund, der seine Unterstützung dringend benötigte, Gesellschaft. Als Verfechter der Theorie, Essen hilft gegen Kummer, griff er beherzt zu dieser Medizin, an die er sich selbst gern und oft hielt. Da er nur wenige Gerichte, die sich auch noch durch Kalorien- und Fettreichtum auszeichneten, im Repertoire hatte und außerdem davon überzeugt war, zu viel Gemüse schade der Verdauung, schob er einen stetig wachsenden Bauch vor sich her. Sein Bistro war nicht gerade als Feinschmeckerlokal bekannt, eher trafen sich hier am Abend einsame männliche Herzen, die, bevor sie allein ihrer Behausung zustrebten, zusammen mit Gleichgesinnten Trost in ein paar Gläsern Wein fanden. Am frühen Nachmittag gab es außer Leblanc keinen weiteren Gast.

Während des Essens überlegten die verschworenen Freunde weitere Rettungsstrategien – Maries Kinder benachrichtigen, Marie mit Beruhigungstabletten willenlos machen und sie zu Napoleons Frau karren, der Frau drohen, damit sie auf ihren Mann einwirkte, oder Napoleon verprügeln –, aber keine erschien wirklich überzeugend und zielführend.

Ohne eine konkrete Handlungsanweisung, aber durch Lulus Fürsorglichkeit aufgeheitert, verließ Leblanc, hoffnungsvoller als noch vor einigen Stunden, das Bistro.

Und fand sich, wie von Zauberhand dirigiert, einige Zeit später in Le Havre vor der Moschee Annour wieder. Wie war er dort hingelangt? Er wusste es nicht mehr. Was tat er dort? Im Auto sitzen und unablässig auf den Eingang der Moschee starren. Dieses Mal hatte er einen weiter entfernten Standort gewählt, der ihm aber dennoch einen Blick auf die Moscheebesucher gewährte, ohne selbst entdeckt zu werden. Er musste vorsichtig sein, immerhin kannten ihn der Imam und die Mitarbeiter des Kulturzentrums, und vielleicht hatten ihn weitere Personen bei seinem Besuch gestern Morgen gesehen. Was glaubte er eigentlich? Dass der Narbenmann, nur weil er gestern während des Abendgebets erschienen war, heute zur selben Stunde wiederkommen würde? Der Imam hatte von fünf Gebeten am Tag gesprochen. Der Unbekannte könnte genauso gut zu einer anderen Zeit auftauchen. Außerdem galt der Freitag als der Hauptgebetstag. Wollte er jetzt Tag und Nacht auf seinem Observierungsposten verbringen? Hätte man Leblanc diese Fragen gestellt, er hätte nur mit den Schultern gezuckt. Er wusste es nicht. Bald schon bemerkte er, dass bei Sonnenuntergang, dem Beginn des Abendgebets, viel weniger Besucher in die Moschee strömten als am Tag zuvor. Trotzdem verharrte er in seiner Stellung, das Fernglas griffbereit, bis zum Ende des Gebets. Der Narbenmann zeigte sich nicht.

Später lag er wach in seinem Bett und dachte an Dayos ruhigen Atem, als der Junge in der letzten Nacht neben ihm geschlafen hatte. Er vermisste ihn. Was er nie für möglich gehalten hätte, Zuneigung zu einem Kind zu entwickeln, war eingetreten. Am liebsten würde er Dayo nicht mehr hergeben. Ja, er gab zu, das Alter und die geistige Entwicklung des Jungen spielten eine Rolle, mit einem Kleinkind könnte er nicht viel anfangen. Bedeutsam schien ihm auch, dass es nicht sein eigenes Kind war. Verantwortung zu tragen, die Bürde wäre ihm zu schwer. Am morgigen Sonntag würde er etwas mit Dayo unternehmen. Vielleicht in den Zoo? Vielleicht mit Marie?

ZWANZIG

Ja, er könne Dayo abholen, sagte Marie am nächsten Morgen, als er anrief. Nein, sie komme nicht mit auf den Ausflug, sie habe Hippolyte versprochen, ihn bei seiner Fahrt zum Museum nach Honfleur zu begleiten, für das er den Eingangsbereich gestalte.

Den Vorschlag mit dem Zoo lehnte Dayo ab, in Kamerun würde er dauernd Tiere sehen, lieber irgendetwas mit Kriminalistik. Leblanc fiel nur das Arsène-Lupin-Museum in Étretat ein. Ein Volltreffer. Der Junge hatte bei seinen Streifzügen durch die Kriminalliteratur auch die Lupin-Romane gelesen. Großer Jubel schallte dem Stiefbruder entgegen: »O ja, Jacques, super.«

Also streiften sie, der Kommissar und das Kind, ausgestattet mit Kopfhörern, aus denen die Stimme eines Erzählers an ihr Ohr drang, durch das Lupin-Universum in der ehemaligen Villa seines Schöpfers, der seltsamerweise ebenfalls den Namen Leblanc trug. Dayo bog sich vor Lachen über diese Koinzidenz. Ausgestellt waren die Beutestücke des Meisterdiebs, aus Museen entwendete Gemälde wie die *Mona Lisa* und gestohlener Schmuck von Prinzessinnen, oder die falschen Bärte und Perücken des Verkleidungskünstlers sowie die Dechiffriermethode, die zur Entschlüsselung des Geheimnisses der »Hohlen Nadel« geführt hatte, eines Kalkfelsens an der Küste von Étretat.

Verzaubert von dieser aus Romanen auferstandenen Welt konnte sich Dayo kaum losreißen von den Abenteuern des »Gentleman-Gauners«, wie Lupin genannt wurde.

»Toll, Jacques, was der alles kann. Superman ist dagegen ein Anfänger.«

Damit er sich nicht zu sehr mit dieser Romanfigur identifizierte, hielt Leblanc es für angebracht, ihn auf den Boden der Tatsachen zurückzuholen.

»Natürlich ist das spannend und faszinierend, aber wenn wir Lupins Taten mal auf die Wirklichkeit übertragen, dann handelt es sich bei den Delikten um Diebstahl, Raub, Betrug und sogar Mord. Als Kommissar muss ich sagen: Lupin war ein Schwerverbrecher und gehörte hinter Gittern.«

»Klar«, gab Dayo zu, aber sein Herz, wie wohl das der meisten Besucher des Museums, schlug für den intelligenten Gauner.

Den weiteren Tag verbrachten sie in dem Badeort, aßen Fisch und Pommes in einem Restaurant am Strand und spazierten auf den Wegen der Steilküste herum. Als sie auf der Rückfahrt am Abend durch Le Havre kamen, hielt Leblanc erneut vor der Moschee Annour an.

»Nur einen Moment, ich möchte etwas überprüfen.«

Dayo fragte nichts. Schweigend saß er neben seinem Stiefbruder, der mit dem Fernglas den Eingang der Moschee beobachtete, bis nach dem Gebet die wenigen Gläubigen heraustraten. Erst als Leblanc das Fernglas beiseitelegte, begann er zu sprechen.

»Es wäre doch gut, wenn wir uns verkleiden würden wie Lupin, oder? Dann könnten wir überallhin gehen und keiner würde uns erkennen. Das ist fast so gut wie unsichtbar sein.«

»Ja, keine schlechte Idee. Ich fürchte nur, dass mich trotz Maskerade niemand für einen Muslim halten würde, Körperhaltung, Gang, Verhalten würden mich verraten. Apropos verraten, du erzählst niemandem von dieser kleinen Aktion hier, okay?«

»Ehrenwort. Den Fehler mache ich nicht noch einmal.«

In Le Havre aßen sie im Zentrum der Stadt in einem libanesischen Restaurant zu Abend. Leblanc bestellte eine Platte mit Mezze, orientalischen Vorspeisen, die Dayo noch nie gegessen hatte. Auf seine Frage, wo er schlafen wolle, gab der Junge spontan die Antwort, auf die Leblanc gehofft hatte: »Bei dir.« Also gab er Marie Bescheid und sah einer weiteren Nacht in Gesellschaft seines kleinen Bruders glücklich entgegen.

Lustlos begab er sich, nachdem er Dayo bei Marie abgeliefert hatte, am nächsten Morgen ins Kommissariat, als ihn, noch im Treppenhaus, ein seltsamer Anruf erreichte, den er zuerst nicht ernst zu nehmen gedachte. Ein Professor Morel aus Paris meldete sich mit altersbrüchiger Stimme, er habe Leblancs Telefonnummer von Laure. Leblanc kramte in seinem Gedächtnis. Er hatte mal eine Laure gekannt, aber das war mindestens fünfzehn Jahre her oder noch länger. Sie hatten seitdem keinen Kontakt mehr gehabt. Weil er sich keinen Reim auf den Anrufer und seine Absicht machen konnte, antwortete er nur mit einem fragenden Ja.

»Meine Familie ist bestrebt, jegliche Aufregung von mir fernzuhalten«, sagte der ominöse Professor, »dabei wissen sie gar nicht, was mich aufregt.« Es ertönte ein greisenhaftes Kichern. »Meine Frau stellt den Fernseher aus, wenn gewalttätige Szenen gezeigt werden, meine Kinder erzählen mir auf einmal nur noch Positives, Erfolg und Glück auf der ganzen Linie. Ich weiß, sie meinen es gut, ich hatte nämlich vor zwei Jahren einen schweren Herzinfarkt, fast wäre es mit mir vorbei gewesen. Aber Gevatter Tod hat sich noch einmal zurückgezogen und mir Zeit geschenkt. Ob das nicht ein Danaergeschenk war, wird sich noch zeigen. ›Traut nicht dem Pferde, Trojaner‹ – frei nach Vergil. Siebenundachtzig bin ich jetzt, wollen mal sehen, was sich in meinem Pferd noch verbirgt.« Erneutes Kichern.

»Monsieur …«, unterbrach ihn Leblanc, der kaum ein Wort von dem krausen Gerede verstand.

»Morel, Professor Morel. Sie fragen sich sicher, warum ich Ihnen das erzähle? Weil ich, wenn meine Frau nicht im Hause ist und auch sonst keine der Damen, die mich beaufsichtigen sollen, die Schubladen durchsuche, um herauszufinden, was sie mir verheimlichen.« Als würde er sich bei dem Gedanken ungemein amüsieren, ließ er wieder das greisenhafte Kichern hören. »Und da habe ich die Anzeige gefunden und von seinem Tod erfahren.«

»Wessen Tod?«, fragte Leblanc verwirrt, mit seinen Gedanken gerade noch bei Griechen und Trojanern. Die Sprünge des Professors vermochte er nicht nachzuvollziehen.

»Na, Alberts Tod. Ich dachte, Sie sind der Kommissar, der sich um den Fall kümmert. Hat mir jedenfalls Laure gesagt.«

Allmählich dämmerte es Leblanc. Er begann die Zusammenhänge zu verstehen – der Professor sprach von Albert und Laure Barat – und beeilte sich zu erwidern: »Ja, natürlich, das stimmt.«

»Ich möchte Ihnen etwas zeigen und Ihnen eine Geschichte erzählen, die lange zurückliegt. Können Sie heute Nachmittag zu mir kommen?«

»Nach Paris?«

»Natürlich nach Paris, da wohne ich, Rue Gracieuse Nummer 10. Meine Frau geht um fünfzehn Uhr zum Friseur, das dauert mindestens zwei Stunden, Färben und was Damen sonst noch so beim Friseur anstellen, und meine Gouvernante hat frei. Also, kommen Sie?« Der alte Herr kicherte schon wieder, als hätte er sich gerade zu einem amourösen Rendezvous verabredet.

»In welchem Arrondissement liegt denn die Straße?«

»Im fünften natürlich, fußläufig zur Sorbonne. Jedenfalls wenn man noch gut zu Fuß ist, bin ich nicht mehr, muss auch nicht mehr zur Sorbonne, Professor emeritus. Wissen Sie, wo Claude Simon gewohnt hat?«

»Nein.« Leblanc erinnerte sich vage, dass Claude Simon ein Schriftsteller war, der einen Nobelpreis bekommen hatte.

»Place Monge, junger Mann, das sollten Sie aber wissen.«

»Ja, Place Monge kenne ich, ich bin um fünfzehn Uhr bei Ihnen.«

Das Klicken in der Leitung deutete an, dass sein Gesprächspartner den letzten Satz verpasst hatte. Leblanc verharrte vor der Bürotür. Was war das denn? Ein durchgeknallter Professor, der wirres Zeug redete und ihm etwas von Albert Barat erzählen wollte? Wieso hatte er dem Treffen zugestimmt? Er sah auf die Uhr, Viertel nach zehn. Zwei Stunden müsste er für die Fahrt nach Paris einplanen. Sollte er tatsächlich aufgrund einer völlig unpräzisen Andeutung diese Reise auf sich nehmen? Andererseits war seine Neugier geweckt, zu verlieren hatte er nichts. Im schlimmsten Fall war er am Ende umsonst nach Paris gefahren. Aber er konnte das nicht während der Dienstzeit tun. Die Anweisung vom Untersuchungsrichter noch im Ohr, beschloss er, sich diesen Tag, ach was, ein paar Tage freizunehmen. Urlaub hatte er noch genug, dazu Überstunden, die er abbummeln konnte. Beherzt öffnete er also die Bürotür, wünschte Nadine einen Guten Morgen und setzte sie über seine Entscheidung in Kenntnis.

»Ich nehme mir zwei, drei Tage frei. Den Bericht zum Fall Barat habe ich geschrieben und an den Untersuchungsrichter geschickt, in Kopie an Pennec. Ich werde mich um meine Mutter und meine kranke Tante in Versailles kümmern, außerdem ist mein kleiner Stiefbruder Dayo aus Kamerun gerade zu Besuch, du hast ihn ja neulich kennengelernt.«

Wenn Leblancs Vorhaben Nadine überraschte, ließ sie sich jedenfalls nichts anmerken. Seit sie ihn kannte, hatte er noch nie ein paar Tage freigenommen. Aber da sie für den Abend mit Luc verabredet war und sich bereits mental auf das Rendezvous vorbereitete, dachte sie nicht weiter darüber nach. »Okay, Chef.«

»Ich bin sicher, du kommst allein zurecht.«

»Klar, keine Sorge.«

»Und wenn nicht, rufst du mich an.«

»Mache ich.«

»Ja, dann gehe ich mal.«

Mit widersprüchlichen Gefühlen, einerseits erleichtert, dass Nadine nicht nachbohrte, andererseits enttäuscht, dass sie ihn so schnell für entbehrlich hielt, verließ er das Kommissariat, um die Fahrt nach Paris anzutreten. Vorher entnahm er dem Dienstwagen das Nachtsichtfernglas, das er sich für seine Observierungen im eigenen Auto ausgeliehen und zurückgebracht hatte, und legte es wieder in seinen Peugeot, wohl wissend, dass er jetzt nicht als Kommissar, sondern als Privatmann aufzutreten hatte.

Keine zwei Stunden dauerte die Fahrt nach Paris, die Autobahn war an diesem Montag frei, keine Staus an den Zahlstellen, und so rollte Leblancs Peugeot schon am Mittag auf den Triumphbogen zu. Um ins 5. Arrondissement zu gelangen, musste er die Stadt von West nach Ost durchqueren. Er fuhr die Champs-Élysées hinunter bis zum Grand Palais, überquerte die Seine auf dem Pont Alexandre III, bog in den Quai d'Orsay ein, dann in den Boulevard Saint-Germain.

Als Jugendlicher hatte er hier im 6. Arrondissement in einem Pensionat gelebt, in das seine Eltern ihn gesteckt hatten. Einen guten Schulabschluss sollte er machen, Abitur, und dann studieren. Aber schon damals, als Fünfzehn-, Sechzehnjähriger, hatte ihn die Straße mehr gereizt. Die bürgerkriegsähnlichen Unruhen des Mai 1968 waren Ende der Siebzigerjahre längst vorbei, aber geblieben war ein Gefühl des Aufbruchs. Frauen hatten sich organisiert, um ihr Recht auf Abtreibung durchzusetzen und sich gegen sexuelle Übergriffe zu wehren, Arbeiter und Gewerkschaften demonstrierten und streikten für ihre Forderungen. Er hatte als Jugendlicher staunend am Straßenrand gestanden, wenn die Demos an ihm vorbeizogen. Am meisten aber fühlte er sich von den Lokalen angezogen, die für ihn seines Alters wegen eigentlich verboten waren, Bars und Striplokale, verruchte Kellerkneipen und Bordelle. Dem Reiz dieser Parallelwelt konnte er nicht widerstehen und hatte sich manche Nacht aus dem Pensionat geschlichen, um die Gegend um den Boulevard de Clichy zu durchstreifen. Zweimal hatten sie ihn erwischt, und fast wäre er aus dem Pensionat geflogen. Dabei war er nicht nur darauf aus, sexuelle Erfahrungen zu machen – drei-, viermal hatte er sein Taschengeld bei Prostituierten ausgegeben –, nein, er beobachtete gern die Atmosphäre in diesen Etablissements, die Frauen, die Männer, wie sie sich annäherten, was sie antrieb. Er sah zu, wie krumme Geschäfte eingefädelt wurden, wie Gauner sich Hehlerware zuschanzten. Damals war sein Interesse für Kriminalität erwacht, und er, der junge Jacques Leblanc, beschloss, auf der richtigen Seite des Gesetzes zu stehen. Um Kriminalität zu bekämpfen, meinte er, müsse man ihre Mechanismen und die Motive der Täter verstehen. Das Abitur hatte er mit Mühe und Not geschafft, aber danach begann er mit einer Ausbildung bei der Polizei.

Mit etwas Wehmut gedachte Leblanc dieser Ereignisse aus seiner Vergangenheit, als er das Viertel Saint-Germain durchquerte, heute eine der schicksten und teuersten Wohngegenden in Paris. Nichts erinnerte mehr an die Aufbruchszeiten der Sechziger- und Siebzigerjahre, die legendären Cafés Deux Magots und Flore nur noch Anlaufstelle für nostalgische Touristen, stattdessen immer mehr Fast-Food-Restaurants.

Er bog in die Rue Monge ein, nun schon im Quartier Latin, und folgte ihr bis zur Place Monge, einem platanenbestandenen Platz, auf dem an drei Tagen in der Woche Markt abgehalten wurde. Mit Glück fand er einen Parkplatz, eine Rarität in dieser Gegend, in ganz Paris.

Beim Aussteigen bemerkte er, dass die Luft um einige Grad wärmer war als in Deauville, was er jetzt im Herbst, anders als im Sommer, wenn es in der Stadt stickig zu werden drohte, als angenehm empfand. Es war halb zwei, er hatte noch eineinhalb Stunden bis zu dem Besuch beim Professor. In der Rue Mouffetard, einer der ältesten Pariser Straßen mit Marktständen und kleinen Restaurants, hoffte er, ein anständiges Mittagessen einnehmen zu können. Er strebte auf ein Ecklokal namens Le Mouffetard zu, in dem er meinte, früher einmal gut gegessen zu haben. Er hatte sich nicht getäuscht, es bot immer noch eine bodenständige Küche an. Er entschied sich für eine Fleischpastete und Rindertartar mit Pommes frites und Salat. So würde ihm das Leben in Paris gefallen, dachte er, Zeit zu haben wie ein Rentner, um die angenehmen Seiten der Stadt zu genießen. Als Kommissar würde er nicht mehr hier arbeiten wollen, dieser Art der Kriminalität mit Terrorismus und Gewalt fühlte er sich nicht gewachsen. Deshalb war die Entscheidung für Deauville richtig gewesen. Aber wer weiß, vielleicht würde er eines Tages, wenn er pensioniert wäre, nach Paris zurückkehren, vielleicht mit Marie? Bevor er ins Träumen geriet, machte er sich über die Speisen her, Gerichte, die, da die Touristen natürlich wegen der Fischgerichte ans Meer fuhren, in Trouville selten angeboten wurden. Weil das Lokal eine selbst gemachte Tarte Tatin anbot, gönnte er sich als Dessert auch noch diese Köstlichkeit, zusammen mit einem Kaffee. Nach dem Essen blieb noch Zeit für einen Spaziergang die Rue Mouffetard hinauf bis zur Place de la Contrescarpe, und Leblanc stellte fest, dass auch hier alteingesessene Lokale billigen Klamotten- oder Schmuckläden hatten weichen müssen, eine Entwicklung, die offenbar nicht aufzuhalten war.

Als die Uhr kurz vor drei zeigte, schlug er den Weg Richtung Place Monge ein. Das Haus Nummer 10 in der Rue Gracieuse stellte sich als fünfstöckiges Gebäude mit einer Physiotherapiepraxis im Erdgeschoss heraus. Anders als bei Pariser Mietshäusern üblich, wo ein Ziffernfeld zur Eingabe eines Code an der Haustür angebracht war, gab es Klingeln mit Namensschildern. Den Namen Morel fand er sofort. Kaum hatte er den Knopf gedrückt, wurde die Tür geöffnet, als hätte jemand seine Ankunft ungeduldig erwartet. Leblanc stieg in den ersten Stock hinauf, es gab keinen Fahrstuhl.

Professor Morel hatte sich für seinen Gast mit Sorgfalt gekleidet, graue Hose, hellblaues Hemd, Jackett, Seidenschal. Die brüchige Stimme am Telefon hatte in Leblanc die Vorstellung eines etwas verwahrlosten, leicht verrückten Greises erweckt. Umso überraschter war er, einen gepflegten alten Herrn mit kurz geschnittenen weißen Haaren vorzufinden, der sich ohne Gehhilfe bewegte und seinem Besucher beide Hände entgegenstreckte.

»Sie sind der Kommissar. Überrascht?«, fragte er spitzbübisch, als er Leblancs Miene sah. »Ich tue nur manchmal so, als sei ich ein bisschen gaga, ein nettes Spiel, das man sich im Alter erlauben darf. In Wirklichkeit funktioniert mein Gehirn noch ganz gut. Kommen Sie herein!«

Er führte Leblanc den langen Flur entlang in einen Raum, der von Büchern überquoll. In Regale gestopft, den Schreibtisch bedeckend, auf dem Boden sich stapelnd, ließen die Bände gerade Platz für einen schmalen Durchgang zu zwei Sesseln, neben dem Schreibtischstuhl die einzigen Sitzmöbel in dem Arbeitszimmer, das nach Leblancs Schätzung mindestens fünfundzwanzig Quadratmeter maß.

»Was Sie hier sehen, ist eine untergehende Welt.« Professor Morel machte eine ausladende Armbewegung.

»Alle Achtung«, sagte Leblanc mit Blick auf die Bücherberge, die er teils als bedrohlich, teils als bewundernswert empfand, »Sie haben an der Sorbonne unterrichtet?«

»Ja, Arabistik. Angefangen habe ich als Althistoriker, griechische und römische Antike, dann habe ich umgesattelt. Arabisch konnte ich schon – meine Vorfahren sind, wie die von Julien Barat, Alberts Vater, Pieds-noirs. Dann habe ich noch Persisch gelernt. Arabisten, überhaupt Orientalisten, waren an den Universitäten hochbegehrt zu meiner Zeit.«

Professor Morel bot Leblanc einen der von Büchern umstellten Sessel an, setzte sich auf den zweiten und fuhr fort: »Julien und ich waren eng befreundet. Der arme Julien musste uns schon vor zwei

Jahren verlassen, ich bin vier Jahre älter und immer noch da. Sie sehen, junger Mann, das Schicksal ist ungerecht. Ich nehme an, diese Erfahrung bleibt niemandem erspart.«

Der Professor verlor sich manchmal in Abschweifungen, das war Leblanc schon am Telefon aufgefallen. Er vermutete den Grund für diese Angewohnheit in der Untätigkeit, zu der der ehemalige Wissenschaftler verdammt war. Doch da irrte der Kommissar, denn als Kenner des orientalischen Erzählens, das sich durch vielfaches Ranken um ein Thema herum auszeichnete, glaubte Morel, dass häufig mehr Wahrheit in verzierenden Arabesken steckte als im gradlinigen Auf-den Punkt-Kommen. Außerdem zwang eine reich ornamentierte Rede dazu, aufmerksam zu sein, um das Wichtige vom Unwichtigen trennen zu können.

»Sie kannten also Albert Barats Vater«, versuchte Leblanc, ihn wieder aufs Thema zu bringen.

»Julien und ich haben uns während des Studiums in den Fünfzigerjahren kennengelernt. Damals war der Besuch einer Universität etwas Besonderes, keine Massenveranstaltung wie heute, was nicht heißt, dass die Studenten es jetzt leichter haben. Wer studieren durfte, genoss ein großes Privileg, für Kinder von Pieds-noirs keine Selbstverständlichkeit. Meine Eltern und Juliens Mutter – sein Vater war aus dem Zweiten Weltkrieg nicht mehr zurückgekehrt – nahmen viele Entbehrungen auf sich, damit ihre Kinder in Frankreich Fuß fassen und ein besseres Leben führen konnten. Wir wären nie auf die Idee verfallen, es ihnen nicht mit Fleiß und Strebsamkeit zu danken. Und noch etwas einte Julien und mich, was sich an der Wahl unserer Studienfächer ablesen lässt: Obwohl wir als Nachgeborene nie in Algerien gelebt hatten, war dieses Land, bedingt durch unsere Familien, in uns lebendig. Die genauen Mechanismen einer solchen Einpflanzung in die Seele eines Menschen kann ich Ihnen nicht erklären. Meine Eltern waren froh, in Frankreich zu leben, aber trotzdem muss es bei ihnen eine Sehnsucht nach etwas gegeben haben, das dieses – wie soll ich sagen – pragmatische Land nicht zu stillen in der Lage war. Ich nenne es mal die orientalische Lebensweise. Aber verstehen Sie mich recht, ich spreche vom 19. und dem Beginn des 20. Jahrhunderts, glauben Sie ja nicht, dass ich etwas verklären möchte, das heute gar nicht mehr existiert.«

Leblanc hatte es aufgegeben, den Professor auf den Pfad der Gradlinigkeit zurückzubringen. Er ließ ihn einfach reden, irgendwann würde er schon auf den Punkt kommen, der ihn interessierte. Hätte Professor Morel sich vorgenommen, dem Kommissar eine Lektion in Sachen orientalisches Erzählen zu erteilen, hätte er sich über den schnellen Lernerfolg freuen können.

»Meine Eltern litten furchtbar unter all den Nachrichten, die sie über den algerischen Unabhängigkeitskrieg erhielten, einen der blutigsten militärischen Konflikte der zweiten Hälfte des 20. Jahrhunderts mit systematischem Einsatz von Folter und Gewalt an Zivilisten, Umsiedlungen und psychologischer Kriegsführung. 1962, am Ende dieses fast achtjährigen Krieges, waren vierhunderttausend algerische Tote und fünfundzwanzigtausend gefallene französische Soldaten zu beklagen. Algerien war verwüstet, Frankreich stürzte in eine politische Krise, französische Militärs galten weltweit als gefragte Folterexperten. Wussten Sie das, junger Mann?«

»So in etwa«, gab Leblanc an, die genauen Zahlen und Fakten kannte er tatsächlich nicht.

»Warum erzähle ich Ihnen das alles?« Eine rein rhetorische Frage, wie das verschmitzte Lächeln des Professors andeutete.

»Weil Sie mir beschreiben wollen, wie die Atmosphäre in den Fünfzigerjahren war?«

»Richtig. Und auch, um Ihnen zu vermitteln, wie sehr der französischen Regierung nach 1962 daran gelegen war, das dunkle Kapitel ›Algerienkrieg‹ hinter sich zu lassen. Was folgte, war eine Politik des Schweigens, inklusive einer Amnestie der Terrorakte der OAS, der bewaffneten Geheimorganisation, die Algerien als Bestandteil des Mutterlands Frankreich unter allen Umständen – und das bedeutete mit Mitteln von Gewalt, Folter und Mord – behalten wollte, und der Abschaffung des Wortes ›Krieg‹ für den Militäreinsatz. Die infolge der Unabhängigkeit Algeriens nach Frankreich ausgewanderten Algerienfranzosen protestierten dagegen. Sie organisierten sich in verschiedenen Verbänden, nicht nur, um politische Forderungen durchzusetzen, sondern auch, um Erinnerungen an die verlorene Heimat wachzuhalten. Werden Sie schon ungeduldig, junger Mann?«

»Nein, ich höre Ihnen zu.«

»Ich komme jetzt zum zentralen Punkt. Julien und ich waren ab 1963 in einem solchen Verband aktiv, um den Migranten zu helfen, sich hier besser zu integrieren, und ihnen Tipps für juristischen Beistand zu geben. Wir waren zutiefst empört über das Vorgehen der Polizei 1961 beim Massaker gegen Algerier in Paris – anders kann man dieses Blutbad nicht nennen – und über das anschließende Totschweigen der Ereignisse in der Öffentlichkeit und den Medien. Daraufhin haben wir beschlossen, uns zu engagieren.«

Der Professor machte eine Pause und hob von dem Bücherstapel neben seinem Sessel ein Buch empor, schlug es auf und entnahm ihm zwei Fotos, von denen er eins Leblanc reichte.

»Dieses Bild muss 1964 während einer unserer Versammlungen entstanden sein, leider habe ich das genaue Datum nicht notiert.«

Leblanc erkannte auf dem körnigen, verschwommenen Schwarz-Weiß-Foto eine Gruppe von Männern, größtenteils im Anzug, manche sogar mit Schlips, die sich um einen Tisch versammelt hatten.

Professor Morel tippte mit dem Finger auf einen jungen, dunkelhaarigen Mann. »Das bin ich in meinen Dreißigern, kaum wiederzuerkennen, nicht wahr? Und das«, er zeigte auf den Nebenmann, »ist Julien Barat. Das zweite Foto hier«, er gab es Leblanc in die

Hand, »wird Sie mehr interessieren. Es wurde im Oktober 1982 aufgenommen. Sie sehen wieder Julien und mich, nun zwanzig Jahre älter und leicht ergraut, und das Kind neben Julien, das ist Albert, gerade zehn Jahre alt.«

Ein weiteres Schwarz-Weiß-Foto in besserer Qualität, elf Männer, die Kleidung legerer als auf dem anderen Bild, und ein Junge. »Demnach haben Sie Ihr Engagement in dem algerischen Verband fortgesetzt?«

»Ja, weil sich nichts geändert hatte. Da der Algerienkrieg von offizieller Seite nicht als Krieg deklariert wurde, waren die Algerier auch nicht als Kriegsteilnehmer anerkannt, was bedeutete, dass ihnen materielle Privilegien vorenthalten wurden. Und wir kämpften vor allem für eine lückenlose und öffentliche Aufklärung der Ereignisse des Algerienkriegs. Das hier«, er wies auf einen in der Mitte stehenden, gestikulierenden, kräftigen Mann, »ist André Boudissa. Er hatte in der algerischen Befreiungsfront gekämpft und sich nach dem Krieg für die Bildung freier Gewerkschaften eingesetzt. Nach seinem Jurastudium in Frankreich ließ er sich als Anwalt in Paris nieder und setzte sich ausschließlich für – vor allem algerische – Migranten ein. Dem französischen Staat warf er Rassismus und Ungerechtigkeit vor, Boudissa war ein durchaus streitbarer, militanter Zeitgenosse, der kein Blatt vor den Mund nahm. Kurze Zeit nachdem dieses Foto aufgenommen wurde, ist Boudissa im Anschluss an eine Sitzung unseres Vereins auf offener Straße erschossen worden. Wir vermuteten, dass der algerische Geheimdienst dahintersteckte. Der Mörder wurde nie entdeckt – wir gingen davon aus, dass von französischer Seite nicht intensiv nach ihm gefahndet wurde –, und die Presse hat über den Vorfall sehr zurückhaltend berichtet.«

»Was, meinen Sie, könnte dieses lang zurückliegende Ereignis mit dem Mord an Albert Barat zu tun haben? Er war damals noch ein Kind.«

»Sie haben zu Recht den Konjunktiv gebraucht, denn meine Annahmen basieren auf reiner Vermutung. Julien hat Albert schon im Alter von sechs, sieben Jahren immer zu unseren Sitzungen mitgebracht. Ich fand das etwas übertrieben, aber Julien meinte, der Junge könne nicht früh genug lernen, wie es in der Welt zugeht. Albert war auch bei der Versammlung dabei, in deren Anschluss Boudissa erschossen wurde, und danach, so berichtete uns Julien, habe sich der Junge geweigert, noch einmal mitzukommen. Er habe nie einen Grund für seine Abwehr angegeben, außer es würde ihn nicht mehr interessieren. Aber er sei mehrere Wochen verstört gewesen und habe kaum gesprochen. Julien konnte ihm kein Wort entlocken, und selbst der Besuch bei einem Kinderpsychiater hat keinen Erfolg gezeigt. Aber nach ein paar Wochen war Albert wohl wieder der Alte, und die Sache wurde vergessen.«

Die Faszination, mit der Leblanc den Worten des Professors lauschte, spiegelte sich in seiner Miene. »Wenn ich Sie richtig verstehe, glauben Sie an einen Zusammenhang zwischen den beiden Morden. Albert könnte als Kind den Mörder von Boudissa gesehen und nun wiedererkannt haben.«

»Wie gesagt, reine Vermutung. Mir fiel dieses Ereignis wieder ein, als mir Laure Barat berichtete, Albert sei nicht eines natürlichen Todes gestorben, sondern erschossen worden. Das ist alles, was ich Ihnen sagen wollte, Herr Kommissar.«

Leblanc nickte wie abwesend. Das klang plausibel, sehr plausibel. Wenn das so wäre, hätte er es mit dem algerischen Geheimdienst zu tun.

»Ist Ihnen früher einmal, im Zusammenhang mit den Treffen des algerischen Vereins, ein Mann mit einer Narbe im Gesicht aufgefallen?«, fragte Leblanc.

Der Professor versuchte angestrengt, sich zu erinnern, stöberte in seinem Gedächtnis nach Bildern aus der Vergangenheit. Es dauerte lange, bis er wie in Trance antwortete: »Ja, ich sehe vor mir das Gesicht eines jungen Mannes mit einem furchtbaren Schmiss von der Schläfe bis zum Kinn, als hätte ihm jemand das Gesicht zerschnitten. Aber es war ein Fremder, niemand aus unserem Kreis. Wegen dieser Verletzung ist er mir aufgefallen, aber ich weiß nicht mehr, wo und wann.«

Mehr als zwei Stunden waren während dieser Unterhaltung vergangen, Kommissar und Professor hatten die Zeit vergessen. Als Madame Morel, von ihrem Friseurbesuch zurückgekehrt, die Tür zum Arbeitszimmer ihres Mannes öffnete, fühlten sich die beiden ins Gespräch vertieften Männer ertappt wie Schuljungen, die etwas Verbotenes tun.

»Ach, du hast Besuch«, wunderte sich die Eintretende.

»Ja, das ist Monsieur Leblanc vom Antiquariat Sommernachtstraum, ich habe ihm einige Bände gezeigt, die für ihn von Interesse sein könnten.«

»Bonjour, Madame«, mehr fiel Leblanc angesichts dieser spontan geäußerten Lüge seines Gastgebers nicht ein.

»Das ist ja etwas ganz Neues. Du willst dich von deinen Büchern trennen? Ich kann es kaum glauben.«

»Noch ist es nicht so weit, ich wollte sie nur vorsorglich mal einem Experten zeigen. Vorerst werde ich sie behalten, meine papierenen Lebensgefährten. Was sollten wir auch mit diesem Raum anfangen, wenn er leer wäre. Du siehst ganz entzückend aus, Céline, Kompliment an deinen Friseur.«

»Du hast dem Herrn sicher nichts zu trinken angeboten, Ernest, Zeit für den Nachmittagstee. Möchten Sie auch Tee, Monsieur …«

»… Leblanc.«

»… Monsieur Leblanc, oder bevorzugen Sie Kaffee?«

»Besten Dank, nichts von beidem. Ich war gerade im Begriff aufzubrechen. Darf ich die zwei Prospekte, die Sie mir gezeigt haben, mitnehmen?« Um Professor Morel nicht bloßzustellen, spielte Leblanc mit.

»Ja, bringen Sie sie mir bei Gelegenheit zurück. Und wenn Sie den Wert der Bände ermittelt haben, benachrichtigen Sie mich bitte. Man sollte doch wissen, woran man ist.«

»Gewiss, Herr Professor. Ich danke Ihnen für Ihr Vertrauen.«

EINUNDZWANZIG

Auf der Fahrt zurück nach Deauville überlegte Leblanc, was zu tun sei. Wenn der Narbenmann tatsächlich etwas mit dem algerischen Geheimdienst zu tun hätte und er, Leblanc, Indizien für dessen Täterschaft anbringen könnte, müsste er das Innenministerium und die Generaldirektion für innere Sicherheit benachrichtigen. Aber nachdem der Mordfall Barat abgeschlossen war und er keine Beweise für seinen Verdacht hatte, würde ihm niemand Gehör schenken. Zumal der Mann ein Phantom blieb. Er musste dessen Identität ausfindig machen – aber sollte er die Sache nicht lieber aufgeben? Das wäre vernünftig, zumindest pragmatisch, aber sein moralisches Empfinden sprach gegen Aufgeben. Da draußen lief möglicherweise ein mehrfacher Mörder herum, er, Leblanc, wusste davon, und dieses Wissen würde ihm keine Ruhe lassen. Er wollte den Mann finden. Auf der A13, der Autoroute de Normandie, genauer gesagt auf Höhe der Ausfahrt Bourneville, ergriff etwas von Leblanc Besitz, was man als Besessenheit bezeichnen könnte. Afrikanische Religionen hätten vielleicht einen Geist oder einen Dämon vermutet, der in ihn gefahren war, und vielleicht hätte seine Mutter ein heilendes Gegenmittel gehabt, aber Leblanc verschwendete keinen Gedanken an Geister oder Heilmittel und setzte seinen Weg, den er für den einzig gangbaren hielt, fort.

In aufgewühltem Zustand traf er in Deauville ein. Statt sich in seine Wohnung zu begeben, hielt er vor Maries Haus. Auf sein Klingeln öffnete ein überraschter Napoleon die Tür. Die beiden Rivalen standen sich gegenüber, Leblanc mit zusammengezogenen Augenbrauen und geballten Fäusten, Napoleon einen Kopf kleiner, mit einem schiefen Grinsen im Gesicht, das Überheblichkeit andeuten sollte.

»Chérie, der Kommissar mit den schlechten Manieren ist hier. Kommst du mal runter«, rief er die Treppe hinauf.

Leblancs Faust zuckte, er hatte sie ganz und gar nicht im Griff. Sie schnellte hervor und landete, weil Napoleon seinen Kopf halb gedreht hatte, statt auf dem Kinn über dessen rechtem Kieferknochen.

»Betrüger, Hochstapler, du bist auf ihr Geld aus«, schrie Leblanc aus voller Kehle, als wollte er seine Faust anfeuern, einen weiteren Treffer zu landen.

Aber Napoleon wankte schon, ergriff die Kante des Schränkchens, auf dem Marie ihre Schlüssel abzulegen pflegte, rutschte ab und fiel zu Boden. Marie und Dayo stürmten die Treppe hinab zum Ort des Geschehens.

»Jacques hat ihm eine reingehauen«, kommentierte Dayo die sich vor seinen Augen ausbreitende Szene.

»Was fällt dir ein, Jacques, bist du jetzt völlig durchgedreht?«, fauchte Marie wie eine aufgebrachte Katze und beugte sich über den gefallenen Napoleon, der sich mit schmerzerfülltem Gesicht an den Kieferknochen griff. Sie half ihm auf und führte den Verletzten zum Sofa. Auf der rechten Gesichtshälfte war der Abdruck von Leblancs Faust zu erkennen. Marie begutachtete die Stelle. »Es scheint nichts gebrochen zu sein. Kannst du den Mund bewegen?« Er konnte.

Napoleon gefiel sich in der Rolle des Opfers und jammerte und klagte über die schrecklichen Schmerzen.

Marie eilte in die Küche, um Eis für einen kühlenden Umschlag zu holen. Leblanc kam erst jetzt wieder zu sich, seine Faust hatte wie in Trance ein Eigenleben geführt. Aber eigentlich bereute er nichts, Napoleon hatte eine Abreibung verdient. Es versetzte ihn eher in

Erstaunen, dass er zu einem solchen Schlag fähig war. Bisher hatte er sich nicht für einen Mann gehalten, der andere verprügelt.

Die Lage beruhigte sich allmählich, als klar wurde, dass nichts Schlimmes passiert war. Dayo hatte als Einziger dem Slapstickhaften der filmreifen Darbietung etwas abgewinnen können, aber seinen Impuls, laut loszulachen, unterdrückt. Marie redete auf Leblanc ein.

»Ich verstehe dich nicht, Jacques. Du bist doch sonst nicht gewalttätig. Was ist nur in dich gefahren?«

Der Beschuldigte hatte keine plausible Erklärung für seine sträfliche Handlung parat. Was sollte er sagen? Dass er seine Faust nicht im Griff hatte? Dass es eine spontane Eingebung war? Dass er sich in einem Ausnahmezustand befand? Nichts davon hätte seine Tat erklärt. Und so schwieg er. Marie bestand auf einer Entschuldigung, und der nun einsichtig gewordene Leblanc kam ihrer Bitte nach.

»Dayo, wenn du möchtest, kannst du bei Jacques bleiben.« An Leblanc gewandt fügte sie hinzu: »Er hat allerdings noch nichts gegessen.«

»Oh, ja, darf ich, Jacques?«

»Klar, hol deine Sachen, dann gehen wir.«

Falls durch Maries beherztes Eingreifen zugunsten Hippolytes der Eindruck entstanden sein sollte, ihr Herz hätte sich auf die Seite des Angegriffenen geschlagen, muss dem energisch widersprochen werden. Maries Natur gebot es ihr, jedem zu helfen, der am Boden lag, und das war in diesem Fall Hippolyte. Was alles andere betraf, so war ihr Glaube an das Du-bist-die-Frau-meines-Lebens-Gerede erheblich geschwunden. Außerdem hatte Hippolyte diese Beschwörung schon mindestens drei Tage lang nicht mehr von sich gegeben, und erst gestern hatten sie eine zermürbende Auseinandersetzung gehabt. Allmählich dämmerte es Marie, dass sie in die Falle ihrer eigenen Wünsche getappt war. Der gnädige Kerzenschein, in dem sie den Mann betrachtet hatte, der die Erfüllung ihrer Träume versprach, war einem grellen Scheinwerferlicht gewichen, das auch die Schatten desjenigen zeigte, den es beleuchtete. Marie also schwankte gehörig, aber noch war es zu früh, sich oder gar anderen diese Niederlage einzugestehen.

»Hör mal, Dayo«, sagte Leblanc, als sie in seiner Wohnung angekommen waren, nachdem er unterwegs Fish and Chips besorgt hatte, »was ich da gemacht habe, ist nicht vorbildhaft. Man schlägt andere Leute nicht, auch wenn sie einem nicht passen. Gewalt ist nie eine Lösung.«

»Weiß ich doch. Sah trotzdem aus wie im Film.«

Später, weil der Junge im Moment sein einziger Verbündeter war und er loswerden musste, was ihn bedrückte, vertraute er dem dreizehnjährigen Stiefbruder seine Sorgen an. Er erzählte von der Dienstanweisung des Untersuchungsrichters, von seinem Besuch bei Professor Morel, von seiner Absicht, den Narbenmann zu finden, den er für Albert Barats Mörder hielt, und davon, dass allein die Moschee in Le Havre einen Anhaltspunkt bot. Dayo hörte aufmerksam zu, aber irgendwann war er auf dem Sofa eingeschlafen, und Leblanc breitete eine Decke über ihn.

Als seine Mutter anrief, zog er sich ins Schlafzimmer zurück, damit Dayo nicht geweckt würde.

Seiner Tante gehe es besser, teilte Suzanne ihm mit, ihre Heilkräuter hätten angeschlagen. Sie fürchte nur, dass Amélie wieder erkranken werde, wenn sie ihr Leben nicht änderte. »Sie kann nicht von mir erwarten, Jacques, dass ich ihr in ihrer Einsamkeit Gesellschaft leiste. Sie selbst muss etwas tun, sich Freunde suchen, eine Tätigkeit, die ihr Spaß macht. Sie sitzt nur da und will unterhalten werden. Außerdem weigert sie sich, mich in Kamerun zu besuchen. Das würde ihr aber guttun.«

»Maman, du hast dich wirklich um sie bemüht. Amélie ist unbelehrbar. Wann hast du denn vor, wieder zurückzufliegen?«

Eine bange Frage, denn Leblanc merkte, dass er Dayo vermissen würde.

»Ich schätze, Ende der Woche. Dayo hat zwar noch länger Ferien, aber die kann er auch zu Hause verbringen.«

»Er geht auf eine Privatschule, oder?«

»Ja, er besucht ein internationales Gymnasium in Yaoundé, eine sehr angesehene Schule. Gefällt es dem Jungen bei euch?«

»Ich denke schon. Er ist ein außergewöhnliches Kind, freundlich, klug und lernbegierig.«

»Ich werde Ahmadou berichten, dass ihr euch gut versteht. Das wird ihn freuen und Ouma auch.«

»Ouma hat schon zweimal bei Marie angerufen, um sich nach Dayo zu erkundigen. Die zwei sind fast Freundinnen geworden.«

»Ich weiß, du lässt dir von deiner alten Mutter nichts sagen. Ich weiß auch, dass ich mich bei deiner Erziehung nicht gerade mit Ruhm bekleckert habe, weil wir, dein Vater und ich, dich – in bester Absicht, behaupte ich – alleingelassen haben. Aber leg dich bei Marie ein bisschen ins Zeug, sonst verlierst du sie.«

Er gab keinen Kommentar ab, aber ihre Worte hallten in ihm nach. Ob er mit seinem Faustschlag heute diesem Ziel allerdings näher gerückt war, bezweifelte er.

Ganz früh am nächsten Morgen, bevor Nadine im Büro aufkreuzte, nahm er Dayo mit ins Büro. Er schaltete den Computer an, um an Informationen über den algerischen Geheimdienst zu kommen. Die Mitteilungen reichten über allgemeine Nachrichten kaum hinaus. Es hieß, der Geheimdienst sei vor einem Jahr neu organisiert und direkt dem Staatspräsidenten unterstellt worden. Drei Abteilungen waren eingerichtet worden: eine für innere Sicherheit, eine für außenpolitische Sicherheit und Terrorismusabwehr, eine für technische Entwicklungen. Zur Geschichte und Rolle der Geheimdienste im Algerienkrieg gab es eine Fülle an Buchempfehlungen und Hinweisen. Die neueste Schlagzeile bezog sich auf eine Äußerung der Front-National-Vorsitzenden Marine Le Pen, die zum Zweck der Terrorismusabwehr eine enge Zusammenarbeit des französischen mit dem algerischen Geheimdienst forderte. Fand diese Kooperation vielleicht längst statt?

Er ließ sich noch einmal mit der Generaldirektion für innere Sicherheit verbinden. Einen Versuch war es wert. Leider erinnerte er sich nicht mehr an den Namen des Gesprächspartners, der ihm vor Kurzem Auskunft gegeben hatte. Dieses Mal jedenfalls wollte niemand für seine Anfrage zuständig sein, und als er schließlich einen Terrorismusexperten am Apparat hatte, sagte der nur schlicht, über Interna könne er nicht sprechen, und erteilte ihm gleich noch eine Rüge: Ihm als Angehörigem der Police nationale sollte doch die Aufteilung der Kompetenzen bekannt sein. Falls er Beobachtungen die innere Sicherheit betreffend mitzuteilen hätte, möge er doch bitte einen Bericht verfassen und diesen auf dem angewiesenen Dienstweg an die entsprechende Behörde weiterleiten. Einen letzten Versuch wagte Leblanc. Er fragte den Terrorismusexperten, ob ihm jemand mit einer auffälligen Narbe im Gesicht bekannt sei, sei es als Terrorverdächtiger, sei es als Mitarbeiter des algerischen Geheimdienstes. »Nein«, sagte sein Gesprächspartner knapp und beendete das Telefonat.

Nach diesem erfolglosen Intermezzo beschloss Leblanc, seinen zweiten freien Tag zu nutzen, um Dayo vor seiner Abreise einen wichtigen geschichtsträchtigen Ort in der Normandie zu zeigen, Omaha Beach, den Strand, an dem die Landung der Alliierten im Zweiten Weltkrieg begonnen hatte, und das dortige Museum.

»Cool«, fand Dayo, als er hörte, dass es um Geschichte ging.

Unterwegs erzählte ihm Leblanc, dass an diesem Strandabschnitt im Juni 1944 amerikanische Truppen gelandet waren, um zusammen mit Briten, Kanadiern, Franzosen und Polen der Exilregierung in London die Truppen der deutschen Nazis anzugreifen, was den Beginn der Befreiung Frankreichs von der deutschen Besatzung markierte.

»Wir haben in der Schule in Geschichte gelernt, dass Kameruner Soldaten sich im Krieg den Streitkräften für ein freies Frankreich von de Gaulle in London angeschlossen haben.«

»Siehst du, es kann sein, dass hier auch Soldaten aus Kamerun gekämpft haben und wir deinen Landsleuten wie vielen anderen die Befreiung von den Nazis zu verdanken haben.«

Schwer beeindruckt stapfte Dayo über den weiten, hellen Sandstrand, auf den vor über siebzig Jahren, eine unvorstellbare Zeitspanne, Kameruner Soldaten ihren Fuß gesetzt hatten, um gemeinsam mit Franzosen für ein freies Frankreich zu kämpfen. Dieser Küstenabschnitt mit Resten von Bunkern, Hinweistafeln und einer abgebrochenen Brücke übte immer noch eine bedrückende Wirkung aus.

Der leichte Nebel trug zu der beklemmenden Atmosphäre bei. Im Museum interessierte sich Dayo weniger für die Panzer und Geschütze als für die mit Figuren nachgestellten Szenen des Lebens unter der Besatzung.

Auf der Heimfahrt blieb der Junge schweigsam, und Leblanc dachte schon, er hätte ihn mit diesem Ausflug in eine schreckliche, unvorstellbare Vergangenheit überfordert. Aber kurz bevor sie bei Marie ankamen, sagte Dayo voller Mitgefühl:

»Danke, Jacques, dass du mir das gezeigt hast. Menschen haben es manchmal sehr schwer, nicht? Wir können froh sein, dass wir heute leben.«

»… und in demokratischen Ländern, das ist keine Selbstverständlichkeit«, fügte sein Stiefbruder hinzu. »Und nicht einmal das bietet eine Garantie.«

Am frühen Abend brachte er Dayo zu Marie, hielt sich aber trotz ihrer Bitte um ein Gespräch nicht länger bei ihr auf, was ihn der Notwendigkeit enthob, einen Kommentar zu seinem gestrigen

Verhalten abgeben zu müssen. Er habe noch etwas Dringendes zu erledigen, vertröstete er sie auf den nächsten Tag.

Es drängte ihn, pünktlich zum Abendgebet vor der Moschee in Le Havre aufzukreuzen. Da die Dämmerung immer früher begann, verschob sich auch das Gebet. Wegen des Aufenthalts in Paris hatte er am Tag zuvor seinen Beobachtungsposten nicht einnehmen können. Durch die neuen Erkenntnisse, die er von Professor Morel erhalten hatte, in seinem Vorhaben bestärkt, fieberte er der Verfolgung des Narbenmanns entgegen.

Hätte man ihn gefragt, ob er die Moschee von nun an jeden Abend observieren wolle und wie lange er das durchzuhalten gedachte, er hätte keine Antwort gewusst. Und hätte er die Erzählung *Das Versprechen* des Schweizer Schriftstellers Dürrenmatt gekannt, in der ein Kommissar seine Arbeit, sein ganzes Leben aufgibt, um den Mörder eines kleinen Mädchens zu stellen – er wartete Wochen, Monate –, es hätte ihn erschreckt. Denn die Chance, zu scheitern und den Narbenmann niemals zu erwischen und deshalb niemals zu erfahren, ob er mit seiner Vermutung richtiglag, war groß. Das war ihm bewusst, und die Chance, wegen seiner Eigenmächtigkeit zur Rechenschaft gezogen zu werden, noch größer.

Trotzdem saß Kommissar Leblanc in Le Havre in seinem Auto, das Fernglas auf den Eingang der Moschee gerichtet. Das Gebet war beendet, die Gläubigen traten auf die Straße, und es passierte – nichts.

ZWEIUNDZWANZIG

Es passierte auch am nächsten und übernächsten Abend nichts. Außer dass Leblanc seine Ausrüstung um eine Kamera erweitert hatte, gab es keine Veränderungen.

Tagsüber hatte er sich wieder im Büro blicken lassen. Nadines Gefühlsleben steuerte auf einen Zustand größter Glückseligkeit zu, ihre Annäherung an den Kommissar in Le Havre hatte ungeahnte Fortschritte gemacht. Über das Fitnessstudio waren die zwei längst hinaus, beim letzten Date hatte Luc sie zu seinem Tauchclub mitgenommen, für Nadine ein untrügliches Zeichen größter Zuneigung. Er hatte ihr nach dem Training, das sie vom Beckenrand aus verfolgen durfte, seine Ausrüstung geliehen, und sie war mit der Sauerstoffflasche auf dem Rücken bis auf den Grund des Schwimmbads gesunken. Dieses Schweben im Wasser sei ein unglaubliches Gefühl, mit nichts zu vergleichen, wie sie mit überschnappender Stimme versicherte.

Was Leblanc beunruhigen sollte, war der erneute Anruf des Untersuchungsrichters. Weniger wegen dessen Hinweis, es drohe ihm, Leblanc, eine Dienstaufsichtsbeschwerde, wenn er sich weiterhin vor der Moschee in Le Havre aufhalten sollte, als wegen der Frage, wie der Untersuchungsrichter in den Besitz dieser Information gelangt war. Nadine hatte er nichts gesagt, also konnte auch Pennec nichts wissen. Der Imam? Sollte er Leblanc aus dem Fenster beobachtet haben? Selbst wenn, wieso glaubte der Imam, er ermittle nicht in seiner Eigenschaft als Kommissar? Außerdem, woher kannte er den Untersuchungsrichter? Monsieur Bertrand rückte mit der Sprache, als Leblanc ihn diesbezüglich fragte, nicht heraus, sagte nur: »Zum letzten Mal, Leblanc, lassen Sie das!«

Aber Leblanc folgte der Dienstanweisung nicht und fand sich am Abend wieder vor der Moschee ein. Es war der Tag des Freitagsgebets, die Moschee würde stärker besucht sein. An den Freitagen hatte außerdem Albert Barat seinen Unterricht abgehalten. Leblanc war frühzeitig erschienen und parkte das Auto mit etwas größerem Abstand zum Eingang unter einem Baum. Auf dem Nebensitz befanden sich nicht nur Fernglas und Fotoapparat, sondern auch Vorräte in Gestalt eines Sandwiches und einer Flasche Wasser. Die Sachen hatte ihm Lulu mitgegeben, bei dem er kurz vorbeigefahren war. Er richtete sich auf einen längeren Observationsaufenthalt ein.

Wie in der Woche zuvor gab es einen regen Zustrom von Besuchern. Es begann jetzt, Ende September, schon gegen sieben dämmrig zu werden. Die Gläubigen sammelten sich im Innenhof und verschwanden hinter der Eingangstür. Als nur noch vereinzelte Nachzügler eintrafen und der Besucherstrom dann ganz verebbte, setzte Leblanc das Fernglas ab. Nun hieß es warten, bis das Gebet beendet war. Notfalls würde er bis zum Nachtgebet bleiben. Die Uhrzeit wusste er allerdings nicht, nur dass es vor der Morgendämmerung beendet sein musste. Aber würde irgendjemand mitten in der Nacht zum Gebet erscheinen? In der Hoffnung auf etwas Unterhaltung schaltete Leblanc das Radio ein, aber statt Rockmusik aus den Siebzigerjahren ertönte Hip-Hop, ein Musikgenre, das er gar nicht mochte. Also machte er es wieder aus.

Seine Mutter hatte ihm auf der Mobilbox eine Nachricht hinterlassen, dass sie erst Anfang nächster Woche zurück nach Kamerun fliegen würde, und Marie hatte angerufen, aber er rief nicht zurück. Im Moment wollte er sich weder mit Napoleon noch mit Maries Heiratsplänen beschäftigen, sondern sich auf diese Sache hier konzentrieren. Immerhin war seine Besessenheit, den wahren Mörder um jeden Preis zu finden und nicht abzulassen, bevor das geschehen war, einer etwas vernünftigeren Herangehensweise gewichen. Er hatte sich eine Frist gesetzt: noch zwei Tage. Bis Sonntagabend würde er seine Observation fortsetzen, er fand, das war er Albert Barat, seiner Familie und seinen Freunden schuldig. Aber wenn sich der Narbenmann bis dahin nicht gezeigt hätte, würde er aufgeben. Dann würde er wieder wie gewohnt seiner Arbeit nachgehen und sich um Marie kümmern, die ganze Geschichte, die sich nie aufklären würde, vergessen und mit dem Gedanken leben müssen, dass er einer Einbildung, einem Phantom nachgejagt war. Dann war es eben so, wie es war.

Er aß das Sandwich mit Rillettes, das Lulu ihm liebevoll zubereitet und mit Verschwörermiene zugesteckt hatte, als würde er ihm Proviant für eine gefährliche Expeditionsreise mitgeben. Mit der Serviette wischte er sich den Mund ab und knüllte die Papiertüte zusammen. Die Wasserflasche war fast leer, er nahm einen letzten Schluck.

Das Gebet schien beendet, die Männer – es waren wieder ausschließlich Männer, er sah keine einzige Frau – strömten aus dem Eingang auf die Straße und entfernten sich allein oder in kleinen Gruppen. Es war jetzt vollkommen dunkel, niemand ließ sich mehr blicken. Wieder war nichts passiert. Leblanc legte das Fernglas beiseite. Sollte er die Nacht hier verbringen? Noch unentschieden öffnete er die Autotür, griff sich die leere Plastikflasche und die Papiertüte und stieg aus, um sich die Beine zu vertreten und den Müll in einem Papierkorb in der Nähe zu entsorgen. Er schüttelte Arme und Beine, die vom langen Sitzen im Auto Ermüdungserscheinungen zeigten, und beschloss, noch zwei Stunden auszuharren, unabhängig vom Nachtgebet. Die Tür des Peugeot hatte er offen gelassen. Er setzte sich wieder auf den Fahrersitz und zog die Tür zu. Es roch merkwürdig – die Rillettes?

Als er das Klicken vernahm, spürte er gleichzeitig etwas Kühles oberhalb seines Nackens. Hinter ihm sagte eine Männerstimme: »Drehen Sie sich nicht um. Die Pistole ist geladen.«

Seine Dienstwaffe, fiel ihm siedend heiß ein, lag im Handschuhfach. Aber selbst wenn er sie am Körper trüge, er würde sie in dieser Situation nicht benutzen können. Er war dem Angreifer schutzlos ausgeliefert. Also versuchte er das zu tun, was allen Polizisten in allen Schulungen beigebracht wurde: Deeskalation durch Gespräch.

»Was wollen Sie von mir?«

»Sie wollen etwas von mir, und das gefällt mir nicht. Hören Sie auf, hier herumzuschnüffeln. Sie gefährden unsere Arbeit.«

»Wessen Arbeit?«

»Antiterroreinsatz.«

»Sie sind vom Geheimdienst?«

Schweigen.

»Algerischer?«

»Spielt keine Rolle.«

»Sie wissen, wer ich bin?«

»Kommissar Leblanc aus Deauville.«

»Warum bedrohen Sie mich? Ich tue nur meine Arbeit.«

»Tun Sie nicht, Sie wurden mehrmals aufgefordert, sich hier nicht mehr blicken zu lassen.«

»Ich suche einen Mörder, der noch frei herumläuft.«

Der Mann hinter ihm ließ ein bitteres, trockenes Lachen hören. »Was glauben Sie, wie viele Mörder auf der Welt frei herumlaufen. Außerdem haben Sie doch einen Schuldigen.«

Die Stimme, die an sein Ohr drang, klang nicht wie die eines jungen Mannes. Es lag eine große Härte, Entschiedenheit und Ruhe darin. Leblancs Herz klopfte schnell. Er bemühte sich, sich die Aufregung nicht anmerken zu lassen. »Sie scheinen über den Fall Barat Bescheid zu wissen. Ich denke, dass wir den Falschen verhaftet haben, auch wenn der ein Geständnis abgelegt hat.«

»Denken Sie, was Sie wollen, aber denken Sie woanders. Das

hier ist übrigens kein Spiel. Ein toter Kommissar, ermordet von islamistischen Terroristen, das macht sich gut. Die Öffentlichkeit schreit nach mehr Polizei, das Sicherheitsbedürfnis der Bevölkerung steigt, Rufe nach Beschränkung der Migration werden laut.« Wieder ertönte das bittere Lachen.

In Leblanc stieg Angst auf, Angst und gleichzeitig Wut. Was waren das für zynische, gewalttätige Menschen, die der Geheimdienst für sich arbeiten ließ. Aber vielleicht war der Mann gar kein offizieller Ermittler, sondern ein professioneller Killer, dem ein Menschenleben vollkommen egal war. Er wusste ja gar nicht, ob der Unbekannte hinter ihm tatsächlich der Narbenmann war, er konnte sich nicht umdrehen. Der Rückspiegel gab keine Auskunft, der Mann saß außerhalb des Sichtwinkels. Das Wichtigste war jetzt, Zeit zu gewinnen, den Mann zum Reden zu bringen und ihm vor allem klarzumachen, dass es für ihn gefährlich wäre, einen ermittelnden Polizisten umzubringen. Er zwang sich zur Ruhe. »Ein erschossener Kommissar würde aber einigen Staub aufwirbeln, man würde den Fall, an dem er zuletzt gearbeitet hat, genauer unter die Lupe nehmen. Man würde schnell auf die Moschee hier kommen, und dann wäre es nicht nur ein Kommissar, sondern eine ganze Abteilung, die hier herumschnüffelt.«

Der Mann hinter ihm lachte scharf auf. »Was haben Sie für Vorstellungen! Wo leben Sie eigentlich? Wenn ich Sie erledigen wollte, hätte ich das schon getan. Nehmen Sie dieses Gespräch einfach als eine eindringliche Warnung.«

Leblanc wagte einen Vorstoß.

»Woher haben Sie die Narbe?«

Die Überraschung schien gelungen. Einen Moment herrschte Schweigen, dann, sei es, dass er überrumpelt war von der Frage, sei es, dass ihn diese Phase seines Lebens mit Stolz erfüllte, sagte der Mann: »Fremdenlegion, Afrika, Zaïre, heute Kongo, ich war noch sehr jung, eine Machete im Nahkampf.«

Der Mann, den er gesucht hatte, von dem er annahm, dass er Albert Barat erschossen hatte, saß hinter ihm im Auto. War es derselbe, an den sich Professor Morel im Zusammenhang mit den Hilfsvereinen für algerische Migranten erinnerte? Leblanc wollte unbedingt die Zusammenhänge verstehen. Egal, wie diese Geschichte hier ausgehen würde.

»Sie haben Albert Barat erschossen, stimmt's? Warum? Wegen seiner integrativen Haltung Muslimen gegenüber und des Unterrichts in der Moschee?«

Schweigen.

»Ist er Ihnen bei Ermittlungen gegen islamistische Terrorgruppen in die Quere gekommen?«

»Sie haben nicht die geringste Ahnung, was hier hinter den Kulissen los ist, abseits der braven Muslime, die die Moschee zum Beten nutzen. Haben Sie schon einmal von der AQMI gehört, der al-Qaida im islamischen Maghreb? Sie stammt ursprünglich aus Algerien, ist aber im gesamten Maghreb aktiv mit Anschlägen und Entführungen. Junge algerischstämmige Franzosen werden in Frankreich angeheuert und in Algerien oder Marokko zu Terroristen ausgebildet. Nicht alle bleiben dort, manche werden zurückgeschickt, um in westlichen Ländern Anschläge vorzubereiten und durchzuführen oder um neue Leute zu rekrutieren.«

»Und der Geheimdienst versucht, das zu verhindern?«

»Wir verfolgen die Wege der Leute, wenn sie nach Frankreich einreisen und Kontakte aufnehmen. Häufig geschieht das im Umkreis einer Moschee oder in Wohngebieten mit überwiegend nordafrikanischer Bevölkerung.«

Wir – Geheimdienst also. Leblanc glaubte, er hätte dem Narbenmann eine Falle gestellt und der wäre hineingetappt. Aber in Wahrheit war der gar nicht darauf bedacht, seine Tätigkeit geheim zu halten, im Gegenteil. Im Bewusstsein, dass er einen bedeutenden Beitrag zur Sicherheit des Landes leistete und der Geheimdienst ihm Rückendeckung gab, fühlte er sich unangreifbar. Das sollte der Kommissar aus diesem Provinznest begreifen, der sich offenbar durch Anweisungen von Vorgesetzten nicht zur Raison bringen ließ. Das war der Sinn dieses Einsatzes, dass der endlich Ruhe gab und seine Schnüffeleien einstellte.

Leblanc kam auf den Mord zurück. Der Narbenmann hatte bisher nichts dazu gesagt. »Aber was hat das mit Albert Barat zu tun? Er hat sicher keine Terroristen unterstützt, oder?«

Schweigen.

Leblanc zielte ins Ungewisse und versuchte erneut, einen Treffer zu landen. »Oder haben Sie ihn aus einem ganz anderen Grund umgebracht? Wusste er etwas über Sie, was im Zusammenhang mit dem Mord an dem algerischen Anwalt Boudissa 1982 in Paris stand?«

»Respekt, Herr Kommissar. Sie sind klüger, als ich dachte. Okay, Sie sollen es wissen. Vielleicht geben Sie dann endlich Ruhe. Ja, es stimmt, dass ich Boudissa erschossen habe. Nach acht Jahren in der Fremdenlegion trat ich 1980 in den französischen Sicherheitsdienst ein. Die brisanten Konflikte mit Algeriern wie noch in den Sechzigerjahren waren längst vorbei, aber es gab ein gravierendes Problem: Zwischen 1962 und 1982 war die Zahl der in Frankreich lebenden Algerier von dreihundertfünfzigtausend auf über achthunderttausend angestiegen. Die Regierung beschränkte daraufhin die Freizügigkeit des Zuzugs, aber die bereits in Frankreich lebenden Algerier wollten bleiben und holten ihre Familien und weitere Angehörige nach. Boudissa war einer von den militanten Befürwortern der unbegrenzten Zuzugsmöglichkeit. Wir nahmen an, dass er nicht nur juristisch aktiv war, sondern auch illegale Einwanderungen organisierte. Ich beschattete ihn längere Zeit, unsere Annahme bewahrheitete sich, und ich habe ihn beseitigt. Die Sache ist folgenlos und unter Verschluss geblieben, es wusste kaum jemand davon – bis vor zwei Wochen, als ich zwei junge Algerier im

Visier hatte, die in Algerien einer Terrorgruppe angehört hatten. Sie besuchten die Moschee.«

»Dabei hat Albert Barat Sie gesehen und Sie an Ihrer Narbe wiedererkannt. Er hat als Kind beobachtet, wie Sie Boudissa auf der Straße erschossen haben, denn sein Vater hat ihn immer mitgenommen zu den Versammlungen des algerischen Vereins«, unterbrach Leblanc den Redefluss des Narbenmanns hinter ihm. Er wagte immer noch nicht, sich umzudrehen, denn er spürte nach wie vor die Mündung der Pistole an seinem Hinterkopf, fühlte sich aber, nachdem der Mann zu reden begonnen hatte, sicherer.

»Ja. Das Kind muss mich beobachtet haben, ohne dass ich es bemerkt habe.«

»Der Anblick der Tat hat den Jungen traumatisiert, er ist danach nicht mehr mitgegangen zu den Treffen und war lange Zeit verstört, so hat es sein Vater einem Freund berichtet.«

»Jedenfalls ist er an dem Abend vor zwei Wochen direkt auf mich zugekommen und hat mir gedroht, er würde sich an die Presse wenden und den Fall Boudissa neu aufrollen. Es würde auf jeden Fall ein Schlaglicht auf die Machenschaften des Geheimdienstes werfen. Er sagte, er würde Journalisten beim Fernsehen kennen, die nur auf solche Informationen warteten. Er würde keine Ruhe geben, bis die Öffentlichkeit über diesen Mord an dem Anwalt Boudissa und die Rolle des Geheimdienstes bei der Behandlung von Algeriern aufgeklärt sei. Juristisch konnte mir diese Drohung nichts anhaben. Der Mord lag über dreißig Jahre zurück, und auch nach der Verlängerung der Verjährungsfrist von zehn auf zwanzig Jahre würde ich dafür nicht mehr verurteilt werden können. Aber so eine öffentlichkeitswirksame Aktion würde in der jetzigen aufgeheizten Situation zu Aufständen und Rebellionen in einigen Vierteln führen, die die Polizei sowieso nicht mehr unter Kontrolle hat. Falls Sie es noch nicht bemerkt haben sollten, wir leben auf einem Pulverfass, das jederzeit zu explodieren droht.«

»Trotzdem gibt Ihnen das nicht das Recht, einfach einen Menschen zu erschießen.«

»Das ist eine Frage der Kosten-Nutzen-Abwägung. Mir ist klar, dass Sie einen anderen Schluss ziehen. Weshalb habe ich Ihnen das alles erzählt? Weil es egal ist, ob Sie es wissen oder nicht. Sie sind nur ein kleiner Kommissar, ich stehe unter dem Schutz einer höheren Macht. Sollten Sie versuchen, Ihr Wissen weiterzugeben, waren Sie die längste Zeit Polizist. Das können Sie glauben oder nicht, ich würde es an Ihrer Stelle nicht ausprobieren. Sehen Sie, ich brauche meinen Zeigefinger nicht krumm zu machen, um Sie aus dem Weg zu räumen. Kosten-Nutzen-Abwägung, wie ich schon sagte. Aber falls sich trotzdem aus irgendwelchen Gründen die Notwendigkeit ergeben sollte, wären Sie in die Hände von gewalttätigen Islamisten geraten, denen Ihre Observationen vor der Moschee nicht gefallen haben.«

»Woher wussten Sie, dass Albert Barat an dem Sonntagmorgen, als Sie ihn erschossen, auf sein Boot gehen würde?«

»Ich wusste es nicht. Erfolgreiches Beschatten ist eine gelungene Mischung aus drei Elementen: Wissen, Intuition und Sichunsichtbarmachen.«

Kaum waren die letzten Worte verhallt, verschwand die Mündung der Waffe von Leblancs Hinterkopf und die Autotür schlug zu. Als er sich umdrehte, war der Rücksitz leer, als hätte es den Narbenmann nie gegeben. Nachdem der Kommissar die Lähmung überwunden hatte, die ihn noch einige Sekunden auf seinem Platz hielt, stieg er aus und blickte sich um. Der Mann, der ihn eben noch mit einer Pistole bedroht hatte, war wie vom Erdboden verschluckt. Hatte er sich in Luft aufgelöst? Kein Auto parkte in der Nähe, kein Mensch war auf der Straße zu sehen. Hatten die Leute vom Geheimdienst eine Methode erfunden, sich zu dematerialisieren? Wahrscheinlicher war, dass seine Schockstarre nicht nur Sekunden, sondern Minuten gedauert hatte und der Mann genügend

Zeit gehabt hatte, sich zu entfernen, zumal er sich vermutlich in der Gegend auskannte. Sinnlos, hier herumzulaufen und nach ihm zu suchen, dachte Leblanc. Außerdem wozu? Er setzte sich wieder in den Wagen, fuhr aber nicht los. Was er gerade erlebt hatte, kam ihm unwirklich vor. War er eingenickt, und er hatte die Szene nur geträumt? Er könnte den Mann nicht einmal beschreiben, er blieb ein Phantom, der einzige Anhaltspunkt war die Narbe und ein herber Geruch, der sich nicht verflüchtigen wollte.

Angenommen, er hatte nicht geträumt und die Szene hatte sich so abgespielt. Damit hätten sich seine Vermutungen bestätigt. Seine Ermittlungen und Schlussfolgerungen waren richtig gewesen. Aber was sollte er mit seinem Wissen anfangen? Beweise gab es nicht, und wenn ihm bisher niemand geglaubt hatte, warum sollte es jetzt jemand tun? Oder war es vielmehr so, dass der Geheimdienst sich schon eingeschaltet und seine Vorgesetzten instruiert hatte, ihn von dem Fall abzuziehen? Der Narbenmann war so selbstsicher aufgetreten, als hätte er nicht nur den Geheimdienst, sondern die gesamte Polizei und den Staatsapparat hinter sich. Aber gerade das hatte ihm offenbar das Leben gerettet. Die hatten es nicht nötig, ihn auszuschalten, weil sie wussten, dass er gar nichts ausrichten konnte.

Bis tief in die Nacht grübelte Leblanc in seinem Auto vor der Moschee vor sich hin, bevor er endlich den Zündschlüssel umdrehte und den Motor anließ, um die Heimfahrt anzutreten.

Als er den Pont de Normandie überquerte, sah er in der Ferne die aufscheinenden Lichter der Küstenorte, Honfleur, Trouville, Deauville und Cabourg, wie leuchtende kleine Nester lagen sie aufgereiht da vor der dunklen Kulisse des Ärmelkanals. Eine tiefe Traurigkeit überkam ihn. Er mochte diese Gegend gern, obwohl ihm die Gepflogenheiten und Eigenarten der Bewohner, ihre Wortkargheit und Verschlossenheit, fremd gewesen waren. Aber nach einer gewissen Zeit hatte er sich daran gewöhnt. Er mochte das Überschaubare, Kleinstädtische, das dennoch, durch die Nähe zu Paris, etwas Mondänes besaß. Vor allem aber gefiel ihm, dass er es mit Menschen zu tun hatte, nicht mit organisiertem Verbrechen, nicht mit Banden oder Terrorismus. Deshalb hatte er Paris verlassen und sich versetzen lassen nach Deauville. Ja, er musste gestehen, in gewisser Weise war es eine Flucht in die Idylle gewesen, wenn man im Zusammenhang mit Kriminalität überhaupt von Idylle reden konnte. Und nun hatte ihn genau das eingeholt, vor dem er weggelaufen war, schlimmer noch, er war zwischen unsichtbare Fronten geraten – islamistische Terroristen, Geheimdienst, rebellische algerische Jugendliche –, weil er einen Mord an einem Museumsdirektor aufklären wollte. Den er auch aufgeklärt hatte, nur dass höhere Mächte ihn hinderten, den Mörder hinter Gitter zu bringen. Die internationalen Verflechtungen, das politische Weltgeschehen waren in jeden Winkel des Landes gedrungen, vermutlich in jeden Winkel der Erde. Er wusste, dass dieser Fall sein Gewissen belasten würde, und er wusste auch, dass er nichts tun konnte; ein Kampf wäre sinnlos und würde nur ihm selbst schaden. Wenn er an Laure Barat und ihre Kinder, an Maître Roland und Professor Morel dachte, daran, dass sie die Wahrheit und die Zusammenhänge, warum ihr Mann, Vater, Freund sterben musste, nie erfahren würden, fühlte er sich elend. Gleichgültig dagegen war ihm, dass er, der an dem Geständnis des mutmaßlichen Täters Durand zweifelte, den Verlierer gab, während Kommissar Pennec als strahlender Sieger dastand.

Leblanc war sehr müde, als er zu Hause ankam. Trotzdem konnte er nicht schlafen.

DREIUNDZWANZIG

In Maries Seele herrschte Aufruhr. Am Abend zuvor hatte Hippolyte seine Sachen gepackt und war gegangen. Für den restlichen Aufenthalt seiner Tätigkeit in Honfleur wollte er sich dort ein Zimmer in einem Gästehaus suchen. Gegangen hieß, er hatte Marie und die gemeinsamen Pläne über Bord geworfen und würde zukünftig sein Schiff in eine andere Richtung lenken, in welche, hatte er offengelassen. Die Geschehnisse der letzten Wochen habe er als sehr unangenehm und anstrengend empfunden, erst die Sache mit dem schwarzen Balg, dann dieser Exlover, der sie nicht aus den Klauen lasse und von dem er sich sogar habe schlagen lassen müssen – das sei ihm im Leben noch nicht passiert, in solchen Kreisen verkehre er nicht –, vor allem aber Marie selbst, die offenbar Zweifel an seiner Ehrlichkeit hege. Er sei auf ihr Geld nicht angewiesen, er würde sich schon durchschlagen, auch wenn ihm seine prekäre finanzielle Situation manchmal die Luft abschnüre. Sie solle sich keine Sorgen machen, auch wenn er schon manches Mal daran gedacht hätte, sich das Leben zu nehmen. Besonders, als er gemerkt habe, dass sie, Marie, sich von ihm abwandte. Das könne er nicht verkraften. Denn er, Hippolyte, habe wirklich und wahrhaftig eine gemeinsame Zukunft mit ihr anvisiert. Aber nein, Sorgen solle sie sich nicht machen. Das waren die letzten Worte des Abkömmlings einer napoleonischen Seitenlinie. Damit hatte er Marie allein gelassen.

Schlaflos hatte sie im Bett gelegen. Um sechs war sie leise, um Dayo nicht zu wecken, aufgestanden und hatte sich einen Tee zubereitet. Wie spät war es jetzt in Tokio? Plus sieben Stunden, also Mittag. Sie wollte Rachel anrufen, ihre beste, vertrauteste Freundin, sie musste mit jemandem reden. Rachel, Schulkameradin aus Kinderzeiten, Jüdin, Künstlerin, lebte mit ihrer japanischen Lebensgefährtin Masako teils in Paris, teils in Tokio und besaß immer noch eine Wohnung im Hôtel des Roches Noires in Trouville, wo sie allerdings selten auftauchte. Marie wusste, dass die Frauen sich gerade in Tokio aufhielten.

Rachel war sofort am Apparat. Die beiden Freundinnen brauchten sich nicht mit Banalitäten aufzuhalten. Sie kannten sich so lange und so gut, dass auch eine längere Pause der Intensität ihrer Freundschaft nichts anhaben konnte. Wenn es brannte, war die eine für die andere da. Marie kam gleich zur Sache.

»Ich weiß gerade nicht mehr weiter«, begann sie und erzählte ausführlich die ganze Geschichte von Hippolyte, von ihren Wünschen, die sie an diesen Mann geknüpft hatte, von Jacques, seinem Insistieren und dem Faustschlag, und von Hippolytes sang- und klanglosem Verschwinden.

Rachel hörte geduldig zu. Als Marie fertig war, hob sie an: »Meine Meinung gefällt dir vielleicht nicht, aber ich sage dir ehrlich, was ich darüber denke. Du kannst dich glücklich schätzen, dass dieser Mann von selbst das Weite gesucht hat. Ach, Marie, warum bin ich nicht bei dir, um dich zu beschützen? Ist deine Sehnsucht nach einer engen Bindung so groß, dass du dich von einem Mann blenden lässt, der dir das Blaue vom Himmel verspricht? Ich verstehe deine Sehnsucht, aber ein verheirateter Mann mit Schulden, der als Erstes versucht, dich zu überreden, dein Haus zu verkaufen, und dir etwas vorlügt! Marie! Wo ist deine Vernunft geblieben? Wenn da nicht der Zufall eingegriffen hätte, wüsstest du heute noch nichts von seiner Familie und seinen Schulden. Der Mann ist nicht seriös. Bin ich froh, dass Jacques dir die Sache vermasselt hat! Warum kannst du dich denn nicht auf ihn einlassen? Ich glaube, er liebt dich wirklich.«

»Na ja, er hat sich in letzter Zeit schon geändert … Aber er ist so wenig … wie soll ich das sagen … bürgerlich.«

Rachel lachte laut. »Ja, das stimmt, er ist unkonventionell. Ich bin auch unkonventionell. Willst du denn in einem bürgerlichen Leben im Stillstand ersticken? Museums- und Konzertbesuche und die gelegentlichen Diners mit Geschäftspartnern des Mannes an deiner Seite würden dir auf Dauer keine Zufriedenheit verschaffen. Lass Jacques seine Freiheit, und er wird zu dir kommen. Er wird älter. Du sagst, er hat sich schon geändert, er kann sich weiter auf dich zubewegen. Und noch etwas, Marie, ich weiß das aus eigener Erfahrung: Versprich dir nicht die Erfüllung deines Lebens von einem anderen Menschen, egal ob Mann oder Frau. Finde für dich etwas, das dich erfüllt. Ich hatte eigentlich den Eindruck, dass du mit Gästehaus und Hund und Trouville glücklich warst. Habe ich mich so getäuscht?«

»Nein, hast du nicht, ich war zufrieden. Aber irgendetwas hat mir gefehlt. Dass der Junge bei mir ist, macht mich glücklich, ich kümmere mich gern um ihn.«

»Welcher Junge?«, fragte Rachel erstaunt.

Und dann erzählte Marie auch noch von Dayo und wie sehr sie das Zusammensein mit ihm genoss.

Rachel lachte erneut. »Warte, bis du Enkelkinder hast. Noch ein paar Jahre, dann werden Elisabeth und Charles sich freuen, wenn sie ihren Nachwuchs bei dir unterbringen können. Deine Enkel werden dich lieben, du wirst eine wundervolle Großmutter sein.«

»Großmutter? Daran müsste ich mich erst gewöhnen, zumindest an das Wort.«

»Keine Angst, das klingt nur deshalb so bedrohlich nach Alter, weil wir an unsere eigenen Großmütter denken. Aber die Zeiten haben sich geändert.«

Eine Stunde dauerte das Gespräch mit Rachel in Tokio, es hatte ihr wie jedes Mal gutgetan.

Als der Tag heraufdämmerte, stieg sie die Treppe hinab. Dayo war inzwischen aufgewacht und hatte Arsène, der vor seinem Bett geschlafen hatte, in den Salon gebracht. Der morgendliche Spaziergang mit dem Hund stand an. Dayo, der, anders als Marie, reine Freude über den Verlust des tyrannischen Mitbewohners empfand, hatte am Tag zuvor Maries Bedrücktheit gespürt und bot sich als Begleiter an. Dass der Junge so sensibel auf ihre Stimmung reagierte und so bemüht war, sie aufzumuntern, rührte sie. Weil er fast keine wärmende Kleidung mitgebracht hatte – vermutlich konnte sich in Kamerun niemand die Temperaturen in der Normandie vorstellen –, zog ihm Marie eine ihrer Strickjacken über, die Dayos Schenkel bedeckte und an den Ärmeln aufgekrempelt werden musste.

Der Herbstmorgen zeigte sich an diesem ersten Tag im Oktober nach dem gestrigen Regentag kühl, aber klar. Die Sonne würde über die Mittagszeit ihre wärmende Kraft noch einmal entfalten, aber es deutete sich bereits der nahende Winter an. Dayo und Arsène rannten über die Weite der Priellandschaft bis zum Meeressaum, und der Hund stürzte sich in die Wellen, um den Gummiball, den Dayo so weit wie möglich ins Wasser warf, mit dem Maul zu schnappen und wieder an Land zu befördern. Marie konnte sich gar nicht vorstellen, dass der Junge bald nach Kamerun zurückfliegen würde. Er würde ihr fehlen, so sehr hatte sie sich an ihn gewöhnt. Die letzten Tage mit ihm wollte sie noch genießen.

»Komm, Dayo«, sagte sie, als sie, mit Ausnahme von Arsène, den sein dichtes Retrieverfell wärmte, durchgefroren waren, »wir gehen zu Charlotte zum Frühstücken, Croissants und Kakao, das magst du doch.«

»O ja.« Freudige Zustimmung bei Dayo, den die Kälte allerdings erstaunlicherweise kaum beeinträchtigte.

Bei Charlotte schlug ihnen eine von süßem Duft erfüllte Wärme entgegen. Die Wochenendtouristen waren noch nicht aufgetaucht, und sie hatten das kleine Café für sich.

Vielleicht sollte sie Rachels Rat folgen und eine Zukunft mit Jacques in Betracht ziehen, dachte Marie, während sie an ihrem Milchkaffee nippte. Hatte sie sich wider besseres Wissen in die unrealistische Idee von einem glücklichen sorglosen Leben verrannt, das jemand ihr zu Füßen legte? Wie hieß noch dieser weise Spruch: Je mehr man dem Glück hinterherläuft, desto mehr versteckt es sich – oder so ähnlich. Attraktiv hatte sie Hippolyte eigentlich nicht gefunden, zu klein, zu wenig Haare, außerdem hatte seine Neigung zum Dominanzverhalten sie erheblich gestört. Das Bild eines sich auf die Brust trommelnden Gorillas tauchte in ihrer Vorstellung auf. Sie setzte Hippolytes Kopf auf den Affenkörper und musste so laut lachen, dass Dayo erstaunt beim Kauen seines Croissants innehielt. Mit dem Verblassen dieser Collage verschwand der Abkömmling Napoleons langsam aus Maries Gedanken.

VIERUNDZWANZIG

Leblanc verbrachte das Wochenende weitestgehend im Bett, eine für ihn untypische Verhaltensweise. Er fühlte sich krank und fiebrig und nicht in der Lage aufzustehen. In Ermangelung von Medikamenten gegen Kopfschmerzen und Fieber nahm er nur ab und zu ein Glas Calvados zu sich, was seinen Zustand verschlimmerte und ihm erdrückende Albträume bescherte, aus denen er schweißgebadet erwachte. Er befand sich allein in der Wüste, und ganze Heere von Islamisten waren hinter ihm her, schwangen Gewehre und drohten mit Messern. Sie wollten seinen Kopf, und gerade als sie ihn packten, zog ihn ein Mann mit vernarbtem Gesicht in einen Jeep. Für einen Moment fühlte er sich gerettet, um sogleich in den nächsten Abgrund gestoßen zu werden. Der Mann setzte ihm eine Pistole an die Schläfe und drückte ab.

Leblanc litt Qualen. Er selbst diagnostizierte die Fieberfantasien und rasenden Kopfschmerzen als Grippe, die er sich durch eine Verkühlung zugezogen zu haben glaubte. Aber der wahre Grund für seine Erkrankung lag in den Ereignissen der Freitagnacht. Noch nie in seiner Laufbahn als Polizist hatte ihn eine Situation in derartige Gewissenskonflikte gebracht. Durfte er schweigen, wie er gewissermaßen unter Schock zunächst beschlossen hatte? Als würden zwei Seelen in seiner Brust streiten, tendierte er manchmal dazu, seine Erkenntnisse der Öffentlichkeit mitzuteilen und damit seine Stelle, vielleicht sogar sein Leben zu riskieren. Dann schalt er sich wieder für dieses törichte Märtyrertum.

Auf Telefonanrufe von Marie, seiner Mutter und Lulu antwortete er nicht, er fühlte sich zu matt zum Reden. Er wälzte sich unruhig im Bett hin und her. Da er kein Fieberthermometer besaß, konnte er nicht wissen, dass seine Temperatur bedenkliche vierzig Grad erreichte.

Als es am Sonntagabend klingelte, wollte er nicht öffnen. Aber dann hörte es nicht mehr auf zu klingeln, und es klopfte an seiner Tür, und gezwungenermaßen erhob er sich, sich mit den Händen an der Wand abstützend, aus dem Bett und wankte in den Flur. Marie und Dayo starrten ihn an wie einen Geist. Er musste einen entsetzlichen Anblick bieten, unrasiert, mit glasigen Augen und wirren Haaren und fiebrig gerötetem Gesicht, über das Ströme von Schweiß liefen.

»O Gott, Jacques, was ist mit dir? Du siehst schrecklich aus«, entfuhr es Marie.

Und Dayo bestätigte: »Ja, wirklich, Jacques, echt krank.«

»Ich habe mindestens zwanzigmal versucht, dich anzurufen. Wir haben uns Sorgen gemacht.« Marie schüttelte ungläubig den Kopf.

»Mir geht es nicht gut, wahrscheinlich eine Grippe, ich bin im Bett geblieben, das Telefon ist ausgeschaltet.«

Trotz seines erbärmlichen Zustands empfand er eine gewisse Peinlichkeit, denn ihm fiel ein, dass Marie nie zuvor in seiner Wohnung gewesen war, und nun erhielt sie Einblick in sein unordentliches Junggesellendasein. Verstreut lagen Kleidungsstücke herum, schmutzige Gläser stapelten sich auf dem Tisch, die Küche war, da so gut wie nie benutzt, verwaist. Aber Marie, durch die Krankheiten ihrer Kinder geschult in pragmatischem Handeln, war allein darauf bedacht, dem Kranken zu helfen, und übersah das durch längere Unachtsamkeit entstandene Chaos.

»Hier kann ich nichts für dich tun«, sagte sie entschieden. »Wir machen Folgendes: Dayo bleibt mit Arsène bei dir, ich gehe nach Hause und hole den Wagen, und dann nehmen wir dich mit. Einverstanden?«

Zu schwach zum Stehen, ließ sich Leblanc auf einen Stuhl fallen. »Und Napo … äh … Hippolyte?«

»Der ist weg«, platzte Dayo triumphierend heraus.

»Das spielt jetzt keine Rolle«, sagte Marie. Es war nicht der Moment für Erklärungen. »Hast du in den letzten Tagen genug getrunken?«

Leblanc schüttelte den Kopf. Die einzige Flüssigkeit, die er zu sich genommen hatte, war der Calvados.

»Das habe ich mir gedacht. Wahrscheinlich bist du dehydriert. Das kann zu Halluzinationen führen. Bis ich wiederkomme, trinkst du viel Wasser und nicht dieses Zeug, das da auf deinem Nachttisch steht.« Sie zeigte mit dem Finger auf die Flasche mit dem Calvados. »Dayo wird das beaufsichtigen.«

Dann ging Marie. Dayo geleitete seinen Stiefbruder wieder ins Bett, holte ein Glas Wasser aus der Küche und setzte sich neben den Kranken. Der Hund ließ sich auf dem Boden nieder und leckte ab und zu, Sympathie bekundend, Leblancs aus der Decke hervorlugende Hand.

Nach einer guten halben Stunde hatte Marie ihren Wagen vorgefahren, und Leblanc wurde, nachdem sie Kleidungsstücke und Rasierapparat in eine Tasche gepackt hatte, auf den Rücksitz verfrachtet. Er selbst würde später über diese Rettungsaktion keine Auskunft geben können, denn sein Bewusstsein war vorübergehend getrübt. Er war unfähig, die Außenwelt wahrzunehmen.

Da lag der kranke Kommissar also in einem von Maries Gästezimmern, bekam Aspirin und viel Wasser eingeflößt und Wadenwickel gegen das hohe Fieber. Der gerufene Arzt konstatierte nichts anderes als einen grippalen Infekt, obwohl sich die typischen Symptome wie Husten oder Halsschmerzen nicht einstellen wollten.

Marie informierte Leblancs Mutter über die Erkrankung ihres Sohnes. Suzanne hatte ursprünglich vorgehabt, am darauffolgenden Mittwoch mit Dayo nach Kamerun zurückzufliegen und ihn am Dienstag abzuholen. Der Junge aber bettelte und flehte, er wolle bleiben, bis Jacques gesund sei. Ob sie nicht die Rückreise verschieben könnten, er habe doch die ganze Woche noch Ferien. Wegen der Sorge um ihren eigenen Sohn und um Dayos Wunsch zu erfüllen, wurde der Flug noch einmal umgebucht, und Suzanne erschien einen Tag später in Trouville, bewaffnet mit ihren bewährten Heilkräutern, um dem Fieber ihres Sohnes den Garaus zu machen.

»Jacques«, sagte sie, nachdem sie ihre Hand auf seine Stirn gelegt hatte, »du befindest dich in einem Kampf, den du nicht gewinnen kannst. Lass ab davon, sonst frisst dich das Fieber auf. Du hast Gift in dir wie bei einem Schlangenbiss. Die Kräuter, die ich dir gebe, werden dir helfen, das Gift aus deiner Seele zu holen. Aber du musst auch den Willen haben, gesund zu werden.«

Diese Worte sprach die Heilerin und Kräuterfrau Suzanne Leblanc. Sie gab ihrem Sohn ein Gebräu zu trinken und legte ihm einen Brustwickel an. Unter normalen Umständen hätte sich Leblanc, der bei körperlichen Beeinträchtigungen ausschließlich der klassischen Schulmedizin und ihren Medikamenten vertraute, mit Händen und Füßen gegen eine solch nebulöse Behandlung gewehrt. Aber seine Schwäche gestattete nicht einmal den leisesten Protest.

Zum Glück, denn die Kräutertherapie seiner Mutter schien anzuschlagen. Nach weiteren zwei Tagen kehrten Leblancs Lebensgeister zurück, und er aß mit einigem Appetit eine Hühnerbrühe, die Marie zubereitet hatte. Das Fieber senkte sich, das Schwitzen ließ nach, und es sah so aus, als ob Jacques Leblanc, um acht Kilo leichter, seinen Fuß wieder in die Welt der Lebenden setzen und die quälenden Gespenster seiner Albträume in die Verbannung schicken konnte.

Marie hatte ihn im Kommissariat krankgemeldet. Als er selbst wieder zum Telefon greifen konnte, rief er Nadine an, die sich sofort nach seinem Befinden erkundigte.

»Hallo Chef, geht es Ihnen wieder besser? Wir haben alle an Sie gedacht.«

»Es war eine üble Grippe, aber ich bin über den Berg. Gibt's etwas Neues im Kommissariat?«

»Außer einem Raubüberfall auf eine Apotheke nichts Außergewöhnliches. Hier liegt ein Brief für Sie von der Polizeidirektion in Paris.«

»Mach ihn auf und lies ihn mir vor.«

»Okay, warten Sie.« Nadine riss den Umschlag auf und holte den Brief heraus. Sie zögerte einen Moment.

»Was ist, lies schon.«

»Wenn Sie wirklich wollen … Also: ›An Kommissar Leblanc, Mordkommission Deauville/Trouville. Betrifft: Nichtbefolgung von Dienstanweisungen. Mit sofortiger Wirkung sind Sie für sechs Monate vom Dienst beurlaubt. Während dieser Zeit laufen Ihre Bezüge weiter. Mit Beginn des nächsten Jahres wird Ihre Dienststelle in Deauville auf einen Polizeiposten reduziert. Im Rahmen der Zusammenlegung von Kommissariaten wird das Revier in das Präsidium in Le Havre überführt. Wir werden uns zu gegebener Zeit mit Ihnen in Verbindung setzen, um eine geeignete Lösung für Ihre mögliche Weiterbeschäftigung zu finden. Angesichts Ihres Alters wäre auch an eine Frühpensionierung zu denken. Andernfalls würden wir Sie als Ko-Kommissar im Präsidium in Caen oder Le Havre einsetzen.‹ Chef, sind Sie noch da?«

Leblanc fand keine Worte. Das war das Ende. Es sah so aus, als wollten sie ihn loswerden. Er hatte gegen eine Dienstanweisung verstoßen und in ein Wespennest gestochen. Der Geheimdienst wusste von seinen Observationen und meinte, er, Leblanc, behindere den Antiterroreinsatz. Jedenfalls musste es der Narbenmann so dargestellt haben. Offenbar wurde er geopfert, um – ja, warum? Um die Arbeit des Geheimdienstes gegen radikale Islamisten nicht zu gefährden? Um den weit zurückliegenden Mord an dem algerischen Anwalt unter Verschluss zu halten, damit es keine Aufstände gab? Nahmen sie für ein »höheres Ziel« in Kauf, dass Barats Mörder nicht belangt wurde? Die Fragen würde er nie endgültig klären, denn niemand würde ihm eine Antwort geben.

Nadine fragte noch einmal: »Sind Sie noch da?«

»Äh, ja, also, was soll ich sagen«, stammelte Leblanc. »Wenn die Polizeidirektion das so beschlossen hat.«

»Chef, ich muss Ihnen auch noch etwas beichten. Es ist mir lieber, Sie hören es von mir und nicht von einem anderen. Ich habe um Versetzung nach Le Havre gebeten, unabhängig von der Schließung unserer Dienststelle, davon habe ich eben erst erfahren. Meinem Antrag wurde stattgegeben, und ich verstehe jetzt, warum es so schnell ging. Ich hoffe, Sie können meine Gründe akzeptieren. Ich bin mit Luc zusammen, wir wollen uns eine gemeinsame Wohnung suchen. Er ist einverstanden, dass wir künftig zusammenarbeiten. Und zum anderen, das wissen Sie schon, möchte ich mehr am Puls der Zeit sein als hier in dem verschlafenen Deauville. Sie sind mir nicht böse, oder?«

»Nein, Nadine, ich wünsche dir sehr, dass du in Le Havre findest, was du suchst.«

»Wenn Sie jetzt beurlaubt sind, dann werde ich wohl in der nächsten Zeit das Kommissariat leiten.«

»Du wirst das sicher hervorragend machen, du bist eine gute Polizistin.«

»Danke, Chef. Was machen Sie denn nun?«

»Das weiß ich noch nicht. Erst mal ganz gesund werden. Ich fühle mich noch sehr schwach.«

Nach dem Gespräch fiel Leblanc in einen tiefen, lang anhaltenden Schlaf. Alle Versuche, ihn wachzurütteln, schlugen fehl. Als er nach über vierundzwanzig Stunden die Augen aufschlug, saß Marie an seinem Bett. Er merkte, dass er die Krankheit überwunden hatte.

»Ich bin sechs Monate vom Dienst beurlaubt, und danach schicken sie mich wahrscheinlich in die Frühverrentung.« Das war das Erste, was er sagte.

»Ach, Jacques.« Marie streichelte seine Hand, ihre Art, Mitgefühl zu zeigen. Sie fragte nichts, Worte wären fehl am Platz gewesen. Sie wusste, wenn diese Entscheidung endgültig wäre, würde er Zeit brauchen, um mit der neuen Situation klarzukommen.

»Dayo und deine Mutter fliegen morgen nach Kamerun, sie hatten die Rückreise verschoben, um bei dir zu sein. Aber jetzt geht es dir ja besser, und Dayos Schule beginnt nächste Woche.«

Maries Worte brachten Leblanc auf eine Idee. »Wollen wir nicht auch nach Kamerun fliegen? Ein paar Wochen oder Monate, solange es uns gefällt? Wir können erst bei Ahmadous Familie wohnen und dann herumreisen. Es gibt so viel zu sehen, Dayo hat von Regenwäldern und Vulkanen erzählt und von Nationalparks, in denen es Gorillas gibt, die vom Aussterben bedroht sind. Wir könnten Dayo mitnehmen und auch Ouma, wenn sie möchte.« Je mehr er darüber sprach, desto besser gefiel Leblanc sein Einfall. »Was meinst du? Gäste hast du doch in nächster Zeit sowieso nicht – wegen Napoleon.«

»Napoleon?« Marie sah ihn fragend an.

Leblanc grinste. »Hippolyte. Ich habe ihn für mich immer Napoleon genannt. Ist er wirklich weg?«

»Ja, ist er. Aber ich möchte nicht darüber reden. Ich denke viel nach, was da mit mir passiert ist.«

»Okay. Was sagst du zu Kamerun?«

Über Maries Gesicht huschte ein Lächeln. »Ich sage Ja, lass uns das machen. Es wird uns beiden guttun. Und Dayo wird sich freuen.«

Sie öffnete die Tür und rief in den Flur: »Dayo, komm mal her!«

Der Junge lief herbei, gefolgt von Arsène, und warf sich seinem Stiefbruder in die Arme. »Du bist wieder ganz gesund, Jacques?« Etwas Sorge schwang in der Frage mit.

»Noch ein bisschen schwach, aber das wird schon. Wir besuchen dich in Yaoundé, Dayo, dich und die ganze Familie.«

»Echt? Super. Wann?«

»Marie, was meinst du? Nächste Woche, sobald wir ein Visum haben.«

»Ja, so schnell wie möglich. Ich werde meine Freundin Dominique fragen, ob sie Arsène für eine Weile nehmen kann. Der muss leider hierbleiben.«

»Ich zeige euch alles, meine Schule und das Museum, den Markt und die Kathedrale Notre-Dame – und die Große Moschee, die ist größer als die in Le Havre, sogar eine der größten in Zentralafrika. Sie hat auch ein hohes Minarett ...« Dayo glaubte, bei seinem Stiefbruder, nachdem der ihn in eine Moschee geschickt hatte, eine anhaltende Vorliebe für Moscheen entdeckt zu haben. Aber dessen Interesse hielt sich bis auf Weiteres in Grenzen.

»Die Moschee lassen wir lieber.«

Marie verstand weder Dayos Angebot noch Leblancs Ablehnung und sagte, um Dayo nicht zu enttäuschen: »Wir freuen uns, wenn du uns das alles zeigst.«

Der Flug war beschlossene Sache. Aber Leblancs Gesundheitszustand besserte sich nur langsam, er fühlte sich häufig schwach und geriet schnell ins Schwitzen. Die Visa wurden ihnen nach zehn Tagen zugestellt. Zwei Wochen nach der Abreise von Leblancs Mutter und Dayo konnten Leblanc und Marie den Flug nach Yaoundé antreten.

FÜNFUNDZWANZIG

Das Flugzeug setzte zur Landung an auf dem International Airport von Yaoundé, der etwa zwanzig Kilometer südlich der Millionenstadt lag. Von oben konnten sie die grünen Hügel der Umgebung erkennen. Leblanc ergriff Maries Hand, weil er wusste, dass ihr beim Starten und Landen immer etwas mulmig war.

Als sie ausstiegen, schlug ihnen feuchte Wärme entgegen. Die Regenzeit ging langsam zu Ende, die Temperatur betrug sechsundzwanzig Grad. Nach Kälte und Sturm in der Normandie würden sie sich an die Hitze gewöhnen müssen. Es dauerte eine Weile, bis sie ihr Gepäck vom Band nehmen und durch das Portal in die Halle treten konnten. Am Ausgang warteten Ahmadou, Leblancs Mutter und Dayo auf die ankommenden Besucher. Große Freude, herzliche Umarmungen. Das Gepäck wurde in Ahmadous Wagen geladen. Bevor Leblanc ins Auto stieg, stellte er sein Handy an und sah, dass eine Mail von Nadine eingetroffen war.

»Nur einen Moment«, sagte er, »ich bin gleich da.«

Neugierig öffnete er die Nachricht und las.

»Hallo Chef«, schrieb Nadine, obwohl er gar nicht mehr ihr Chef war, »ich ermittle in Le Havre zusammen mit Luc. Wir haben einen Toten, der in der Nähe einer Moschee erschossen aufgefunden wurde. Sein Körper wurde von mehreren Kugeln durchsiebt, und sein Gesicht ist von einer Narbe schrecklich entstellt, aber die Wunde stammt aus früherer Zeit. Ein interessanter Fall, wir vermuten, dass wir es mit terroristischen Islamisten zu tun haben, und haben den Geheimdienst eingeschaltet. Übrigens hat Jean Durand, als er dem Untersuchungsrichter vorgeführt wurde, sein Geständnis widerrufen. An dem Bilderraub sei er beteiligt gewesen, den Mord an Barat habe er aber nicht begangen. Als Grund für seinen Widerruf gab er an, das Leben im Gefängnis würde ihm doch nicht so gut gefallen, wie er gedacht habe. Außerdem sei seine Frau gestorben und er müsse nicht mehr für das Heim aufkommen. Seltsam, nicht wahr? Jedenfalls muss die Sache noch einmal aufgerollt werden. Ich dachte, vielleicht möchten Sie das wissen. Wenn nicht, vergessen Sie meine Informationen sofort wieder. Ich wünsche Ihnen einen schönen Aufenthalt in Kamerun, erholen Sie sich. Ihre ehemalige Mitarbeiterin Nadine.«

Leblanc schluckte und atmete tief durch. Der Impuls, das nächste Flugzeug zurück nach Paris zu nehmen, dauerte nur zwei Sekunden. Dann besann er sich darauf, wo er sich befand.

»Ja-acques, kommst du?«, krähte Dayo aus dem Innenraum des Wagens.

»Jacques, wo bleibst du denn?«, riefen seine Mutter und Marie im Chor.

»Ist etwas passiert?«, fragte Ahmadou.

Leblanc klickte die Mail weg, stellte sein Handy aus und hievte sich auf den Vordersitz des Autos. »Nein, nichts Besonderes, ich bin ganz bei euch.«

Autorin

Catherine Simon ist das Pseudonym für Sabine Grimkowski. Bis Ende 2017 arbeitete sie als Redakteurin beim Südwestrundfunk. Sie hat Sachbücher geschrieben, unter anderem einen Reisebegleiter »Normandie«, und Romane zu Fernsehserien. Regelmäßig fährt sie in die Normandie und wohnt in Trouville im legendären »Hôtel des Roches Noires«, wo schon Marcel Proust logierte und Marguerite Duras eine Wohnung besaß. Seit Anfang 2018 lebt Sabine Grimkowski als freie Autorin in Hamburg.

GOLDMANN
Lesen erleben